हिन्द पॉकेट बुक्स

काला पानी

विनायक दामोदर सावरकर प्रखर राष्ट्रवादी नेता थे। उन्हें प्रायः स्वातंत्र्यवीर, वीर सावरकर के नाम से सम्बोधित किया जाता है। वे न केवल स्वाधीनता-संग्राम के एक तेजस्वी सेनानी थे अपितु महान क्रान्तिकारी, चिन्तक, सिद्धहस्त लेखक, कवि, ओजस्वी वक्ता तथा दूरदर्शी राजनेता भी थे। वे एक ऐसे इतिहासकार भी हैं जिन्होंने हिन्दू राष्ट्र की विजय के इतिहास को प्रामाणिक ढंग से लिपिबद्ध किया है। उन्होंने 1857 के प्रथम स्वातंत्र्य समर का सनसनीखेज व खोजपूर्ण इतिहास लिखकर ब्रिटिश शासन को हिला कर रख दिया था। वे स्वामी श्रद्धानंद के शुद्धि आंदोलन से प्रेरित थे, इसलिए उन्होंने परिवर्तित हिंदुओं के हिंदू धर्म को वापस लौटाने हेतु सतत प्रयास किये एवं आंदोलन चलाये।

काला पानी

वीर सावरकर

अनुवादक एवं संक्षेपकार
आनंदवर्धन विद्यालंकार

हिन्द पॉकेट बुक्स
पेंगुइन रैंडम हाउस इम्प्रिंट

हिन्द पॉकेट बुक्स

यूएसए। कनाडा। यूके। आयरलैंड। ऑस्ट्रेलिया। सिंगापुर
न्यू ज़ीलैंड। भारत। दक्षिण अफ्रीका। चीन

हिन्द पॉकेट बुक्स, पेंगुइन रैंडम हाउस ग्रुप ऑफ़ कम्पनीज़ का हिस्सा है,
जिसका पता global.penguinrandomhouse.com पर मिलेगा

पेंगुइन रैंडम हाउस इंडिया प्रा. लि.,
चौथी मंजिल, कैपिटल टावर -1, एम जी रोड,
गुड़गांव 122 002, हरियाणा, भारत

पेंगुइन
रैंडम हाउस
इंडिया

प्रथम हिन्दी संस्करण हिन्द पॉकेट बुक्स द्वारा 1967 में प्रकाशित
यह हिन्दी संस्करण हिन्द पॉकेट बुक्स में पेंगुइन रैंडम हाउस द्वारा 2022 में प्रकाशित

अनुवादक एवं संक्षेप कार : आनंदवर्धन विद्यालंकार

10 9 8 7 6 5 4 3 2

ISBN 9789353493295

मुद्रक : मणिपाल टेक्नॉलजीस् लिमिटेड, भारत

www.penguin.co.in

FSC www.fsc.org MIX Paper | Supporting responsible forestry FSC® C043100

This is a legitimate digitally printed version of the book and therefore might not have certain extra finishing on the cover.

काला पानी

"अम्मा, एक गीत तो सुनाओ ना, मैं तुम्हें इतने मीठे-मीठे और सुरीले गाने गाकर सुनाती हूं और तुम हमें एक भी गीत न सुनाओ? यह कहां की रीत है !" मालती ने झूले पर एक और ऊंचा झोंका लेते हुए लाइभरे कंठ से रमाबाई से कहा।

"बेटा, तुम एक की बात करती हो। मैं तुम्हारे लिए एक लाख गाने सुनाने के लिए तैयार हूं, पर अब मेरा गला तुझ जैसा सुरीला नहीं रह गया ! प्रेम-भरे गीत तेरे मीठे कंठ में से और भी अधिक मिठास घोलने लग जाते हैं। इसीलिए, मैं कहती हूं, मीठे-मीठे गाने तुझ जैसी लड़कियों को ही गाकर सुनाने चाहिए। मैं अगर गाने लगूं तो मेरे फटे गले से निकलती हुई चीखभरी आवाज़ सुनकर गाने की सारी मिठास किरकिरी हो जाएगी और तुझे हंसी आएगी।"

"हंसी आएगी तो आने दे। देवता की पूजा में बैठते समय घंटों गीत, पद और स्तोत्र पाठ करती है, तब नहीं लगती आवाज़ चीखती हुई !"

ऐसा कहकर तत्काल मां के साथ लिपटकर और उसकी ठोड़ी के पास अपने नन्हे-नन्हे होंठ ले जाकर वह किशोरी उसे मनाने लगी :

"तुम मेरी मां हो न, तब तुम नहीं सुनाओगी तो मुझे और कौन गाकर सुनाएगा मां के दुलार-भरे गाने ?"

"अच्छा, ले सुनाती हूं, पर बेटा, दो-चार ही सुनाऊंगी, एं!"

"हां-हां, अब आएगा असली मज़ा !" यह कहकर मालती ने झूले को ज़ोर-ज़ोर से झोंके देना शुरू किया। "यह क्या, सुनाती काहे को नहीं, कामचोर गवैये की तरह तालसुर वगैरा ठीक करने ही में आधी रात गुज़ार दोगी क्या ?" इस तरह एक बार फिर मालती के कोहनी के धक्के से सूचित किए जाने पर रमाजाई के मुंह में उस वक्त जो भी गाना आया वही वे सुनाने लगी :

*एरी रत्नों की खान, अपनी-----
मत जतला ठसक, ऐसी,
देख, गोदी में मेरी भी कैसी,—रत्न 'माला ?'
आते-जाते राजा के बेटे,
देखियो ना चोरी-चोरी;
डीठ लग जाएगी मेरी—मालती को !
सौंपती हूं अपनी सारी,
संचित सुकृतों की ढेरी;
करें संरक्षण श्री हरी—लाडली का !
चंद्रकला सी बढ़ती जावे
जन्मभर हे नारायण,
कन्या मेरी सुलक्षण—इकलौती !

गाने की धुन में ज्योंही मुंह से 'इकलौती' शब्द निकला त्योंही एकदम बिच्छू के दंश के सदृश किसी तीव्र मर्मव्यथा के स्मरण से रमाबाई का चित्त व्याकुल हो उठा, और वह गाना जो उसके मुंह से बाहर निकल रहा था वहीं का वहीं अकस्मात् थम गया। मालती ने समझा, शायद गाते-गाते मां की सांस फूल गई है, इसीलिए वह चुप हो गई है। मां को थोड़ा विश्राम देने के लिए तथा गाने की जो धुन सवार थी उसमें भी किसी प्रकार का विघ्न उपस्थित न हो इसके लिए, अपनी गाने की बारी समझकर आगे की पंक्तियां वह स्वयं ही गाने लगी :

---

*पृष्ठ ६ और ७ के ये पद मराठी के 'ओवी' नामक छंद में लिखे गए हैं। भाषांतर भी उसी छंद के समकक्ष करने का यत्न किया गया है।—अनु०

मां का स्नेहभाव
अवर्ण्य वाक्यों में,
विद्रुम-माणिक्यों में—रंग चढ़े ॥
अलभ्य औरों में
स्नेह जनयित्री का
स्वर्ग यही धरित्री का—ज्योतिर्गर्भ ॥
मां का स्नेह भाव
कन्या पुत्रों में विभक्त
भाग प्रत्येक को प्राप्त—पूर्ण-पूर्ण !
प्राणों को देती प्राण,
अर्पूं' मैं भी सर्बस;
पुष्प किमर्थ नीरस—भाई राजा ?
मेरा यह आयुष्य
लेकर मारुति-मूर्ति !
कर शतवर्ष पूर्ति—भाई राजा की !

मराठी गवैया हिंदी भाषा के पदों के अर्थों पर विशेष ध्यान न देते हुए केवल उसके स्वर की लालसा से जिस तरह गाता चला जाता है तद्वत् वह भी गाती चली गई। पर उसकी मां का ध्यान उन पदों के अर्थों की ओर लगा हुआ था; अत: मालती जब गाने की लहर में आकर अपने भाई राजा पर से गीत गाने लगी तब मां का हृदय दु:ख से भर आया और रोने की नौबत आने का भय लगने लगा। उसके उस दु:ख की छाया का प्रभाव मालती के हंसते-खिलखिलाते चेहरे पर पड़कर कहीं वह विषण्ण न हो जाए, इस बुद्धि से रमाबाई ने मालती के उन असहय प्रतीत होनेवाले पदों को बंद करने के लिए उसे बीच ही में रोक दिया।

"मालती, बेटा, बस करो, देखो, अब सिर चक्कर खाने लग गया—तू कितने ऊंचे झोंके ले रही है !"

ऐसा बहाना बनाकर, जमीन को पैर का टेका देकर मां ने झूला रुकवा

दिया। उसके साथ सिर्फ मालती ही झूले पर से नीचे नहीं उतरी प्रत्युत ऊंची तरंगों के झोंकों में बेसुध हुमा उसका मन भी उस गाने के झूले पर से नीचे उतरा और होश में आया।

देखा, मां की आंखों में पानी भर आया है, आकृति दुःखों की तीव्र स्मृति से विषण्ण हो उठी है। मालती के ध्यान में तत्काल यह आया कि हो न हो, मां को मेरे मृत बड़े भाई का स्मरण हो आया होगा। और मेरे मुंह से सहज ही निकले हुए भाई-सम्बन्धी पदों से ही उसका मन भर आया होगा। मालती को ऐसे प्रसंगों पर मां के दुःख को—दूर करनेवाला न भी हो तो—बधिर करनेवाला एक प्रत्युपाय अवगत था।

उसने झट अपना सिर अपनी मां की गोद में रख दिया—तत्क्षण उसकी मुखाकृति विषादयुक्त हो गई और तुरन्त उसकी आंखों में पानी उतर आया। तत्पश्चात् अपने नित्य के स्वभाव के अनुसार उसने अपना अश्रुपूर्ण मुख मां की ठोड़ी के समीप ले जाकर अत्यन्त व्याकुल स्वर में बोलना शुरू किया।

"ऐसा क्यों भला मां, तेरे विषाद को कम करने के लिए तथा तुझे आनन्दित करने के लिए मैं गाने लगी, और भूल से तेरे दुख की खिपली ही उखड़ गई। न जाने क्यों मेरे मुंह से ऐसी गीत-पंक्तियां निकल पड़ीं!"

मालती के मन को वह भूल इतनी चुभती हुई दिखाई दी कि, उसकी मां को अपने पुराने दुःख की अपेक्षा इस समय का मालती का यह रोने का दुःख ही असहय प्रतीत होने लगा और रमाबाई ने तत्काल अपना रोना बन्द करके मालती का समाधान करना शुरू कर दिया :

"पगली कहीं की! अरी, तेरी गीत-पंक्तियों से नहीं—वरंच मैं ही गीत सुनाते समय तुझे अपना इकलौता बच्चा बोल गई थी न, उसीका मुझे इतना खेद हुआ है, समझी! परमेश्वर द्वारा दो बच्चे मिलने पर भी देव ने मुझसे एक छीन लिया और अब सिर्फ एक ही अवशिष्ट रह गया है। खैर, जो गुज़र गया वह लौटकर थोड़े ही आनेवाला है! तेरे भाई की तुझपर इतनी अधिक ममता थी कि उसके वियोग के दुःख से भी यदि मैंने तुझे रुलाया तो वह मुझपर बिगड़ खड़ा होगा। और तू मेरे लिए उसीकी स्थानापन्न है न? तब तुझी में

मेरे दोनों बच्चे समाविष्ट हैं—हैं न ? चुप, अरी चुप हो ! आज रात को उस नये आए हुए साधु के कीर्तन में जाना है। चल, तो उठ !”

वे दोनों मां-बेटियां घर में गई ! यह एक छोटा-सा सुहावना-सा घर रमाबाई ने गत मास ही मथुरा-क्षेत्र के निवास के लिए आने के बाद स्वतन्त्र रूप से किराए पर लिया था।

रमाबाई के पति दो बच्चे होने के पश्चात् एकाएक गुज़र गए ! रमाबाई का जीवन-निर्वाह आसानी से हो सके, इतना द्रव्य और कुछ गहने उनके पति अपने पीछे छोड़ गए थे। उसीके बल पर रमाबाई ने अपने दोनों बच्चों का पालन-पोषण कुछ बरस तक नागपुर की तरफ के अपने असली गांव में रहकर किया। आगे चलकर उनके पुत्र की सेना में नौकरी लग गई। वह उधर चला गया और अब उनके समीप केवल मालती रह गई। दो-चार बरस में भारतवर्ष से बाहर अंग्रेजों के साथ चलनेवाले किसी युद्ध में भारतीय सेना भेजी गई—उसीमें रमाबाई के पुत्र को भी जाना पड़ा। परन्तु वहां जाने के पश्चात् वह लगभग लापता हो गया।

उस बात को बीते पांच-छः बरस का अर्सा हो चुका था ; पर रमाबाई इसे भला पूरी तरह से कैसे बिसरा सकती थीं? उन्हें अपने पुत्र का विस्मरण नहीं हुआ था—इतना ही नहीं, उनका पुत्र मर चुका है, और अब इस लोक में उसकी मुलाकात कभी नहीं होगी यह बात भी उन्हें कभी-कभी सत्य नहीं प्रतीत होती थी।

पुत्र की मृत्यु का समाचार मिलने के पश्चात् दुःख से भग्न हुई उस मां के प्राण अपनी बची हुई इकलौती लड़की के स्नेह के ऊपर ही टिके हुए थे। मालती के लाड़ पूर्ण करने में उन्होंने किसी किस्म की न्यूनता नहीं रहने दी थी। उसके चौदह बरस अब पूरे हो चुके थे, और उसकी मां के मन में उसके भविष्य के बारे में सुनहरी आशाओं और आकांक्षाओं का एक उद्यान-सा विकसित होने लग गया था।

रमाबाई की बहुत पुरानी सखी अर्थात् सूतिका अन्नपूर्णाबाई नायडू आजकल मथुरा में नौकरी पर थीं। उन्हींके आग्रह से तथा उनके देवभक्त मन

को तीर्थ-यात्रा की अभिरुचि होने के कारण से रमाबाई मालती को साथ ले पन्द्रह दिनों के लिए मथुरा चली आई थीं। मथुरा की प्रख्यात जगहें, मन्दिर और साधु-सन्तों का दर्शन करने के लिए मार्ग-दर्शक का काम नायडूबाई ही करती थी। उन्हें भी साधु-सन्तों की बड़ी अभिरुचि थी।

उनके घर के समीप के घाट पर गत मास जो योगानन्द नाम का साधु अपनी शिष्टमण्डली के साथ आकर उतरा हुआ था, उसके यहां आजकल अन्नपूर्णाबाई नायडू भजन-पूजन-दर्शनार्थ जाने-माने लग गई थीं। उस योगानन्द के बारे में चारों ओर यह फैला हआ था कि उसे भूत, भविष्य तथा वर्तमान को जानने की दैविक शक्ति प्राप्त है। रात को उस साधु के मठ में भजन-कीर्तन का कोलाहल अपने पूर्ण यौवन पर आया कि सैकड़ों लोग नाम-संकीर्तन के रंग में रंगे जाकर भक्ति के आवेश में नाचने लग जाते थे। नायडूबाई के द्वारा रमाबाई की जानकारी उस योगानन्द साधु के कानों तक पहुंच गई थी ; अतः उन्होंने देवता का प्रसाद अपने हाथों से—अपनी विशेष कृपा के निदर्शन के तौर पर—रमाबाई के पास भिजवाया। रमाबाई मालती के साथ उस भजनोत्सव में भी गत दो-तीन दिन से जाने लगी थीं। स्वतः योगानन्द ने भी एक-दो समय थोड़ी-बहुत पूछताछ करने की कृपा रमाबाई पर की थी।

रमाबाई मालती को लेकर आज की रात भजन-महोत्सव के लिए वहीं जानेवाली थीं। उन दोनों मां-बेटियों का भोजन अभी समाप्त होने भी न पाया था कि, इतने में उनके दरवाजे पर नायडूबाई की थपथपाहट की आवाज़ सुनाई दी। तत्काल वे तीनों घाट पर के स्वामीजी के मठ की ओर जाने के लिए जल्दबाज़ी में निकल पड़ीं।

2

रमाबाई जिस समय मालती को साथ लेकर भजन की जगह पहुंचीं, उस समय भजन अपने पूरे रंग में था। श्रीमान् साधु तुलसीदासजी के एक पद का वह चरण उन सौ भजनीकों के सौ कण्ठों से एकसाथ निकलकर सम्पूर्ण

वातावरण में व्याप्त हो रहा था :

तुलसी मगन भए। हरि गुण गानों में
मगन भये हरि गुण गानों में ॥ ध्रु० ॥
कोई चढ़े हाथी-घोड़ा पालकी सजा के
साधु चले पैयां-पैयां चींटियां बचाके ।
मगन भये हरि गुण गानों में ॥ तुलसी० ॥

इतने में उस ऊंचे चढ़े हुए शतकंठ-निनादी स्वर को कम-कम करते हुए पद्य के चरण योगानन्दजी अकेले ही इतनी तल्लीन मुद्रा में बोलने लगे कि शिष्यादिक भजनीकों ने झांजों का कोलाहल बन्द कर चिपलियां (करताल) बजाना शुरू किया। 'तुलसी मगन भये हरिगुण गानों में,' इस चरण को लौट-पौट कर सुकुमार स्वर में गाते हुए योगानन्द खड़े हो गए।

योगानन्दजी उस पद का अर्थ नहीं बतलाते, थे पर जिनको वह समझ में आता था, उन्हें उस भजन में अर्थों के पोथे के पोथे सुनाई देते थे। इस जीवन की साधना हर कोई अपनी-अपनी रुचि के अनुसार करता है ; हर कोई आनन्द की प्राप्ति के पीछे पड़ा हुआ है ; कोई भोग द्वारा, कोई योग द्वारा।

कोई ऊंचे-ऊंचे चन्दन के पलंगों पर गादियों और गदेलों पर लोटपोट होने के लिए खटपट करते हैं ; उन्हें उसमें आनन्द प्रतीत होता है ! पर कोई विद्यमान पलंग ही नहीं बल्कि कामूक पत्नियों को भी छोड़कर बुद्ध भगवान् के समान बोधिवट के नीचे, खुले प्रदेश में ज़मीन पर ही पड़कर सो रहते हैं, उन्हें गाढ़ी नींद वहां लगती है। गाढ़ निद्रा का लगता ही यदि ध्येय हो तो वह जिसको जहां लगे उसका वहीं सोना योग्य है। मेरे उपाय का अवलम्बन तुझे करना ही चाहिए ऐसी हठधर्मी क्यों ?

कोई चढ़े हाथी-घोड़ा पालकी सजाके।
साधु चले पैयां-पैयां चींटियां बचाके।
पैयां पैयां। चींटियां बचाके ॥
पैयां पैयां। चीटियां बचाके ॥

यह चरण अत्यन्त शांत, मन्द स्वर में दुहराते-दुहराते योगानन्द साधु

अपने पग भी एक-एक करके गिनते हुए शान्ति के साथ रखने लगा और वीणा के स्वर पर फिर-फिर गाने लगा, "पैयां पैयां, चींटियां बचाके ॥ साधु चले पैयां-पैयां चींटियां बचाके ॥"

उस समय तुलसीदास के पद में निर्दिष्ट साधु यही है, ऐसा हर किसीको भास होने लगा ; क्योंकि योगानन्द की यह खास आदत थी कि रास्ते पर, घाट पर, हाट पर, जहां कहीं भी वह जाता, नीचे देखकर और एक-एक कदम उठा-उठाकर रखता।

ऐसे भजनोत्सव में ही आधी रात बीत गई। आरती के वक्त साधुजी का चरणस्पर्श करने के लिए लोगों की बड़ी भारी भीड़ जमा हो गई और उसी गड़बड़ी में जब वह समुदाय लौटने लगा तो धक्का-मुक्की बड़ गई। इसी बीच, नायडूबाई, रमाबाई और मालती जिधर से बाहर निकल रही थीं वहां अकस्मात् दस-बारह आदमियों का लड़ाई-झगड़ा शुरू होकर बड़ी भारी गड़बड़ मच गई। उस भीड़-भड़क्के में रमाबाई, नायडूबाई और मालती तीनों एक-दूसरे से बिछुड़ गए—कौन कहां चला गया, इसका किसीको पता न रहा। पर इसी बीच, बुरी तरह दिङ्मूढ़ हुई-हुई, लोगों के पैरों तले कुचली जाते-जाते बची हुई रमाबाई का हाथ साधु के एक शिष्य ने पकड़ उन्हें उस भीड़ में से बाहर निकाला और कहा—"साधुजी की आज्ञा से स्त्रियों को विशेष तत्परतापूर्वक अपने-अपने घरों को रवाना करने के लिए हमें भेजा गया है। अब आप अपने घर चलिए।"

"पर मेरी मालती कहां है ? मालती?" गड़बड़ाकर और घबराकर रमाबाई पूछ रही थीं कि उसने झटपट उन्हें आगे-आगे ले जाते हुए ही कहा-"सबको घर पहुंचवा आया हूं—आप आगे चलिए—बस !"

आधी राह तक भीड़ में धक्का-मुक्का खाते हुए रमाबाई बाहर हुई। शिष्य उन्हें लगभग घसीटता हुआ ही खींच लाया। "जाइए, अब सीधी घर चले जाइए ! बाकी दो माताओं को पहले ही मैं वहां पहुंचा आया हं," ऐसा आश्वासन देकर, उत्तर सुनने के लिए समय का अपव्यय न करते हुए वह शिष्य अन्य किसी भीड़ में पड़ी हुई स्त्री को बचाकर घर तक पहुंचवाने की

बुद्धि से वहां से चला गया और भीड़ में अन्तहित हो गया।

रमाबाई धड़धड़ करती हुई छाती से झपटकर पग बढ़ाती हुई घर की ओर चलीं। साधु महाराज के भीड़-भड़क्के से बाहर निकालकर सुरक्षित रूप से घर पर पहुंचाने की व्यवस्था के उपकार का स्मरण करती हुई, तथा मालती दरवाजे पर अकेली बैठी राह देखती होगी और घबरा रही होगी—ऐसा विचार करते-करते अपने वह घर आ पहुंचीं। अंधेरे में से ही उन्होंने बरामदे की ओर देखा; पर मालती या अन्य किसीकी कोई आहट न सुनाई दी।

"मालती ! ऐ मालती !"

रमाबाई ने न जाने किस उद्देश्य से उस जनशून्य अन्धकार में ही जैसे-तैसे दो बार हांक मारी। तीसरी हांक मारने जाते ही उनका गला रुंध आया और रुलाई आकर एकदम वे नीचे बैठ गईं !

वे रास्ते पर चलते हए थोड़ी दूर ही गई होंगी—नायडूबाई स्वयं उनकी ओर आती हुई दिखाई दीं !—पर अकेली !

घबराई हुई आवाज़ में रमाबाई ने पूछा—"अयं—मालती कहां है ?"

आश्चर्यपूर्ण स्वर में नायडूबाई ने जवाब दिया—"अयं...मालती तुम्हारे साथ गई है, ऐसा मुझे साधुजी के एक शिष्य ने ही कहा था !"

"हे भगवान, मेरी मालती, कहां होगी वह ?"

गद्गद-युक्त रुंधे हुए कंठ से इन्हीं किन्हीं शब्दों में उद्गार व्यक्त करती हुई एक छोटे बच्चे की तरह चिहुंक-चिहुंककर रमाबाई रोने लगीं !

नायडूबाई उनकी अपेक्षा अधिक धैर्यशालिनी थीं—किंवा उनकी इकलौती एक उपवर कन्या तो अपहरण नहीं की गई थी न, इसलिए भी उनका धीरज कायम रहा होगा। रमाबाई को हाथ का सहारा देते हए वे बोलीं, "ऐसी क्या घबराती हो बिलकुल ! जैसे साधुजी महाराज ने तुम्हें, हमें तथा अन्य सभी स्त्रियों को सुरक्षित रूप में अपने-अपने घर पहुंचवा दिया था, वैसे ही मालती को भी भीड़ में से बाहर निकालकर अपने पास ही कहीं सुरक्षित रूप में रख लिया होगा ! चलो, साधुजी की ओर चलें पहले, हो न हो मालती वहीं सुरक्षित है ! चलो !"

रमाबाई का धीरज इस तरह बंधाते हुए नायडूबाई साधुजी के मन्दिर की ओर चल तो पड़ीं; पर उनके भी हृदय में—आगे क्या होगा, इस आशंका से कुहराम मचे बिना न रहा।

3

योगानन्द जिस मन्दिर में उतरे हुए थे उसके प्रांगण में उस दिन सबेरे, कुछ दर्शनार्थी एवं प्रश्नार्थीगण साधुजी के बुलावे की प्रतीक्षा में इधर-उधर घूम रहे थे। परिचित-परिचित अलग-अलग दो-चार का झुंड बनाकर, योगानन्द के भूतभविष्यद्‌वर्तमान के ज्ञान की प्रशंसा कर रहे थे। कोई आशंका कर बैठता तो दूसरा भावुक उसकी शंकानिवृत्ति के लिए योगानन्द द्वारा बताई गई भूत-भविष्य की बातों के उदाहरणों का ज़रा नोन-मिर्च-मसाला लगाकर वर्णन करता। स्वतः योगानन्द कभी भी धार्मिक उपदेश नहीं दिया करते थे—न कीर्तन में न व्यक्तिगत बातचीत में! सामान्यतः वे किसीसे ज़्यादा बोलते ही न थे। कीर्तन में भी भजन के अतिरिक्त वे अन्य कुछ भी नहीं कहते थे—प्रवचन का तो लेश भी नहीं—। 'भजन सन्तों का! संतों से ज़्यादा मैं क्या कहूं!' यह एक वाक्य बस, अवसर पड़ने पर बोलकर वे चुप हो जाते थे।

पर योगानन्दजी की इस मौनवृत्ति के कारण उनके वेदान्त की गूढ़ता के सम्बन्ध में लोगों के हृदयों पर इतना अधिक प्रभाव पड़ता था कि अनेक वेदांत-प्रवचनकार भी उनके सामने फीके पड़ जाते थे। लोग समझते, उनका ज्ञान इतना गूढ़ है, इतना गहरा है, कि उसके व्यक्तीकरण के लिए शब्द असमर्थ रहने ही चाहिए! 'गुरोस्तु मौनं व्याख्यानम्' यही परम सिद्धि की पहचान है, ऐसा भावनाशील लोग आपस की बातचीत में कहते सुन पड़ते थे।

रमाबाई की उस साधु पर भक्ति थी। और उसी कारण वे उस रास्ते पर जाते हुए थोड़ी शक्ति महसूस कर रही थीं। योगानन्द के मठ में मालती न भी

हो—कल के भीड़-भड़क्के में वह कहीं खो भी गई हो, तो भी योगानन्द स्वामी अपने जलादर्श यंत्र में देखकर यह बतला देंगे कि वह इस समय निश्चित रूप से कहां है, तथा किस अवस्था में है। यही एक विचार था जो इस भावना-प्रवण श्रद्धालु मां को आधार दे रहा था।

नायडूबाई श्रद्धालु अवश्य थीं, किन्तु विवेकशून्य नहीं थीं। लुच्चे साधु उन्होंने देखे थे। पर इतने ही पर यदि कोई कह बैठता कि सारे ही साधु लुच्चे होते हैं, तो वे उसका बुरी तरह प्रतिवाद करतीं। योगानन्दजी के बारे में उसका मत अनुकूल था। इसके दो कारण थे—एक तो वे किसीसे दमड़ी भी न मांगते हए—उतना ही बताते थे जितना उनकी समझ में आता था—दूसरे, उन्होंने भूतभविष्यत् की जो बातें लोगों को बताई थीं, वे बिलकुल झूठी हैं ऐसा कहीं भी सुनने में नहीं आया था !

मन्दिर के प्रांगण में ज्योंही ये दोनों महिलाएं प्रविष्ट हुई, त्योंही महंत का एक शिष्य उनके सामने पहुंचा और निश्चित मार्ग से महंत के निवास-स्थान की ओर ले गया। वहां पहुंचने पर थोड़ी ही देर में अब तक जैसे-तैसे दबाकर रखा हुआ उच्छ्‌वास छोड़ते हुए रमाबाई ने शिष्य से पूछा :

"पर हमारी मालती कहां है ? मालती ?"

शिष्य उसके इस उतावले प्रश्न की प्रतीक्षा में ही था। आश्वासनसूचक मुस्कराहट के साथ अपने दोनों हाथों के पंजों को वरदहस्त की अवस्था में हिलाते हुए, स्वीकृतिसूचक ग्रीवा को थोड़ा झुकाकर उसने 'सब ठीक हैं' ऐसा सूचित किया। इससे रमाबाई की जान में जान आई ! "तो बुलवाइए, जल्दी मेरे पास ले आइए !" ऐसे विकल कंठ से वे प्रार्थना करने लगी।

शिष्य ने उत्तर दिया, "माताजी, गुरु महाराज अभी बुलाते हैं आपको ! घबराइए मत ! गड़बड़ भी मत मचाना !"

जिस तरह योगानन्द महाराज कम बोलते थे, वैसा ही उनके शिष्यों को भी आचरण करना पड़ता था। वहां की यह प्रथा नायडूबाई को मालूम थी। उन्होंने इशारे से रमाबाई को रोकते हुए कहा—"थोड़ी देर चुप रहिए !"

इतने में महन्त की कोठरी के दरवाज़े खुले। दो-चार प्रश्नार्थी गृहस्थ बाहर निकले। उन दोनों को शिष्य अन्दर ले गया। पर मालती वहां भी नहीं नज़र आई ! जब रमाबाई को इशारा किया गया—'कहिए', तब उन्होंने हाथ जोड़कर पूछा :

"मेरी लड़की मालती को आपने कल की भीड़ में से बाहर निकाल अपने पास सुरक्षित रखकर मुझपर जो उपकार किया है, उसे मैं कभी भूलूंगी नहीं। मैं उसे लेने आई हूं। कहां है मेरी मालती ?"

महन्त के इशारे पर शिष्य बोला :

"माताजी, आपकी लड़की को मैं भीड़ से बाहर लाया और आपके घर की ओर पहुंचाने के लिए ला भी रहा था, पर वह अपने परिचय के एक शख्स के साथ यह कहकर चली गई कि, 'मैं अब अपने आप घर चली जाऊंगी।' उसने यह भी कहा कि, 'वह मेरा निकट का सम्बन्धी है।' "

"मतलब ? वह कौन ? यहां हमारा कोई सम्बन्धी नहीं है। कुछ न कुछ घात हो गया है ! महाराज..."

निश्चयी मुद्रा से अपने हाथ की तर्जनी उठाकर महन्त ने उस स्त्री को 'ठहरिए' का इशारा किया।

महन्त ने अपनी आंखों को अर्ध-निमीलित करके ध्यानमुद्रा का थोड़ी देर तक अभिनय किया। तत्पश्चात् अत्यन्त् दयार्द्र स्वर में बोलना शुरू किया :

"मय्या, तेरी लड़की नहीं खोई मेरी खोई है ! परमेश्वर की इच्छा होगी तो देखो, अभी मैं उसे खोज निकालता हूं ! पर एक बात है, जितना पूछूं उतना ही बोल, दीखे उतना ही देख, बोलूं उतना ही सुन, पहले अपनी सारी मनोवृत्ति मुझे सौंप दे।"

"दिया महाराज !" ऐसा कहकर रमाबाई सचमुच शून्यमनस्क हो गईं और महन्त की चेष्टाओं की ओर टक बांधकर देखती रहीं।

शिष्य ने गुरुजी के संकेतानुसार एक साफ परात लाकर सामने रख दी। उसमें लबालब पानी भर दिया, उस परात के कुछ ऊपर एक साफ आईना दीवार पर टांग दिया। महन्त योगानन्दजी एकाग्रचित्त हो मन्त्र का

जाप करते हुए उस परात में विद्यमान पानी की ओर टकटकी बांधे देखते रहे।

थोड़ी ही देर में महन्त ने नायडूबाई से पूछा :

"इनका एक बड़ा लड़का भी है न ?"

रमाबाई चमक गईं ! 'इन्हें कैसे मालूम पड़ा ? सचमुच अन्तर्ज्ञानी है यह पुरुष !'

पर नायडूबाई को विशेष अचरज नहीं हुआ, वे बोलीं :

"हां, मैंने वह पहले स्वयं ही आपको बतलाया था कि रमाबाई का एक बड़ा बेटा था, वह लड़ाई पर गया था और वहीं वह मार डाला गया था—उस बात को बीते अब पांच-छ: बरस का अरसा हो गया !"

"पर वह मारा नहीं गया है। मैं यही कह रहा था कि इनका वह बड़ा बेटा जीवित है, और अच्छा हट्टा-कट्टा है। यह देखो, मेरे सामने जैसे तुम लोग बैठे हो वैसे वह प्रत्यक्ष बैठा है—बोल रहा है !"

महन्त के प्रत्येक वाक्य के साथ-साथ रमाबाई और नायडूबाई के शरीर में भी आश्चर्य की बिजली कौंधती चली गई। रमाबाई थरथराती हुई आवाज़ में बोल गईं :

"मेरा बेटा ! जीवित ! परमेश्वर, तेरे मुंह में मिश्री पड़।"

नायडूबाई आश्चर्य के पाश में से अपने को थोड़ा-सा छुड़ाती हुई बोलीं:

"पर वह इन्हींका पुत्र है, यह किस आधार पर ? क्षमा हो, पर मिथ्याभास—"

"व्यर्थ का तर्क सारहीन है ! सुनो, बताता हूं, वह इन्हींका पुत्र कैसे है। उसके माथे पर एक घाव का गहरा चिह्न है ! क्यों, था न वैसा ?"

नायडूबाई को इस बारे में कुछ भी ज्ञान नहीं था। अत: उन्होंने रमाबाई की ओर देखा। रमाबाई हिचकिचाईं, क्योंकि उनके पुत्र के माथे पर किसी भी किस्म का घाव का चिह्न नहीं था।

"न हो तो साफ इन्कार कर दो, हिचकिचाओ नहीं।" महन्त ने टोका।

"उस किस्म का कोई भी घाव का चिह्न उसके माथे पर नहीं था," रमाबाई विमोहाविष्ट मन:स्थिति में एकाएक बोल गईं।

"अच्छी तरह याद कर, सेना में भर्ती हो जाने के बाद तेरा बेटा लड़ाई पर गया था न, हां, ठीक है, यह घाव वहीं लगा है !"

"ओहो, ठीक है, महाराज, याद आया, बिलकुल सही! अपने आखिर के खत में उसने लिखा था कि उसके माथे पर चोट आ गई है, सचमुच ! आपका अन्तर्ज्ञान त्रिकाल सत्य है !"

खुद रमाबाई को भी जिसकी याद नहीं थी तथा उन सबमें से किसीको पता तक न था, वह वृत्तान्त इस महन्त को मालूम है, यह देखकर नायडूबाई चकित हो गई।

रमाबाई के अचरज का तो ठिकाना न रहा। अपने पुत्र के जीवित रहने के समाचार से आनन्द की लहरों द्वारा उनका हृदय इतनी हिलकोरियां खाने लगा कि थोड़ी देर के लिए मालती के खो जाने की याद भी बिला गई।

"पर कहने की बात तो अभी बाकी है।" महन्त झटपट आगे कहने लगा, "उस तुम्हारे पुत्र का यह मित्र देखो, वह और, हां यह देखो, मालती आ गई ! ठीक ! नागपुर की ओर ही तुम्हारा घर है न ? हां, देखो, उस जगह मालती उसके साथ प्रेम का वार्तालाप कर रही है। यह ही है वह शख्स ! कल उसीके साथ मालती गयी! रेलगाड़ी छूटी ! क्या? अक्षर अस्पष्ट ! पर नागपुर की ओर ! मालती अपने प्रियकर के साथ नागपुर की ओर चली गई है !—होम्-हीम्-हूम् वषट् ! नेत्रत्रयाय फट् !"

एकाग्रचित्त के अवधान से परिश्रान्त हुआ-हुआ वह महन्त मन्त्रोच्चारणसमकालमेव शनकैः हरिणाजिनपर मुद्रित-नेत्र पड़ गया !

शिष्य ने अनेक प्रश्नों और जिज्ञासाओं से आक्रान्तचित्त उन दोनों स्त्रियों को इशारे से चुप रहने के लिए कहकर वह यन्त्र तोड़ डाला। हवा करते हुए कुछ देर वह गुरुजी के पास बैठा और उन स्त्रियों से कहना शुरू किया :

"अब इससे अधिक कुछ कहना सम्भव नहीं है। स्फूर्ति उतर चुकी है। केवल 'आगे क्या करना चाहिए—' यह सवाल पूछना हो तो पूछो। योग की

तन्द्रा उतरने से पहले गुरुजी ने यदि कुछ कहा तो उतना ही सुनना चाहिए, और किसी प्रकार की चर्चा न करते हए लौट जाना चाहिए। कल की कल !"

"अब हम आगे क्या करें जिससे यह संकट टल जाय? महाराज, कृपा करके—"

शिष्य ने " हैं !" कहकर फिर उंगली का इशारा किया।

महन्त ने नींद के नशे में ही शरीर को थोड़ा हिलाया-डुलाया और त्रुटित एवं विसंगत शब्दों में अस्पष्ट बोलने लगा :

"हां ?—आगे ? अच्छा ! किसको भी इधर-उधर मत बोलो! बोलोगे तो मालती बची-खुची लाज बिसराकर तुम्हारी दुश्मन बन जाएगी—यहां मालती के खोने के बारे में किसीसे कुछ न कहना ! अबी के अबी थेट नागपुर को जाव ! लड़की मैदान में मिलेगी ! पर देर करोगी यहां—एक रात बिताओगी-तो मिलने की नहीं ! नागपुर से—लड़की—बस, चल देगी दूर-दूर-दूर ! जाव जल्दी—नागपुर—मैदान में ! देख-देख, देख !! यह देखो, मालती ! आ आऽ आऽ वेटा, आः ! मां के पास जा !"

महन्त निश्चेष्ट पड़ गए ! शिष्य बोला, "माताजी, टल गया तुम्हारा संकट ! सुनी न तुमने अभी गुरुजी की बात ! वे साक्षात्कार के शब्द ! उन शब्दों के अनुसार काम करोगे तो लड़की वापस मिल जायगी—चलती हुई आ जायगी। इस प्रान्त में, इस जगह किसीसे कुछ न कहते हुए—ढिंढोरा न पीटते हुए आज के आज निकलकर नागपुर जा पहुंचो ! हरे, हरे, हरे, यह क्या, फल—दक्षिणा ! हरे, हरे, माता, फूल तक दूसरे का इस देवता को चलता नहीं ! यह महन्त एक अलौकिक साधु है ! अच्छा चलिए !—अं हं, अब एक शब्द अधिक बोलना नहीं ? बाहर —!"

शिष्य के उस आखिरी शब्द में इतनी ठसक भरी हुई थी कि अब अगर बाहर न निकलें तो धक्का ही मार बैठेगा ! वे दोनों नमस्कार करके फल और दक्षिणा वापस ले चुपचाप उन्हीं कदमों से बाहर निकल आई। रास्ते पर आते ही रमाबाई कुछ बोलना चाहने लगीं, उतने ही में नायडूबाई ने सचेत किया :

"अं हं ! रास्ते पर नहीं। जो कुछ बोलना हो वह घर में !"

नायडूबाई के ही घर में पहले वे लोग गए ! जाते ही नायडूबाई ने पूछा :

" है क्या वह शख्स तुम्हारी जान-पहचान का ? तुम्हारे लड़के का कोई मित्र तुम्हारी लड़की के साथ ऐसा निर्लज्ज व्यवहार करेगा क्या ? मालती किसीके प्रणयपाश में थोड़ी-सी फंसी हुई थी क्या ?"

सबेरे से लेकर अब तक रमाबाई का मस्तिष्क इतने चमत्कारपूर्ण धक्कों से हिलता आया था कि अब उनके मस्तिष्क की विचार-शक्ति ही एकदम मन्द पड़ गई थी। वे नायडूबाई के आखिरी सवाल से तो चौंक ही गई और बोलीं :

"अपनी मालती को मैंने कभी भी इस तरह उलटा-सुलटा बोलते नहीं सुना। अब, जब कभी अपनी सहेलियों के साथ घूमने-फिरने बाहर जाती तो वह सामान्यतः मन्दिरों में जाती, कभी नाटक देखने भी गई होगी—पर ऐसा कोई पुरुष उसके परिचय का नहीं था। ऐसी हालत में वह मेरे लड़के का मित्र कहां से ?—मैं तो क्या कह सकती हूं ! जगभर घूमा हुआ मेरा लड़का ! पर मालती ऐसी निकली ! हाय रे दैव !"

"अं हं, दैव के तो देव के समान उपकार हुए हैं तुम्हारे ऊपर ! पुराणों की कहानियां इस युग में घटित हुई ! तुम्हारे मत पुत्र का आज पुनर्जन्म हो गया ! तब लड़की के मिलने की चिन्ता काहे को ? मैं कहती हूं, तुम अब उस महन्त के द्वारा बताए हुए मार्ग पर ही जाओ !"

"वैसा कुछ नहीं, तुम आयोगी तभी मैं जाऊंगी नागपुर को," रमाबाई हठ ठानकर बैठ गईं।

मालती के उस कीर्तन के भीड़-भड़क्के में खोए जाने का समाचार उस प्रान्त में किसीके भी कान में न डालते हुए रमाबाई और नायडूबाई दोनों की दोनों आखिरकार, नागपुर की तरफ उसी दिन निकल गई !

4

रमाबाई और नायडूबाई के तत्काल नागपुर की तरफ रवाना हो जाने की वजह से तथा मालती के अपहरण के सम्बन्ध में किसीसे कुछ भी न कहने की वजह से, उनके पड़ोसियों तक को इसकी खबर नहीं थी; तब अन्य लोगों को तथा पुलिसवालों को खबर कहां से रहेगी ?

उसी दिन रात को योगानन्द स्वामी का मथुरावासियों को अन्तिम दर्शन होनेवाला था। अन्तिम कीर्तन सुनने को मिलनेवाला था। स्वभावतः ही लोगों की भीड़ और दिनों की अपेक्षा ज़्यादा थी। अपने चार शिष्यों की चौकड़ी के ठीक मध्य में वीणाहस्त योगानन्दजी खड़े होकर भजन गाने लगे। स्वामीजी के भजन का साथ देनेवाले शिष्यों ने उनकी पसन्द का मीराबाई का निम्न पद सारंगी पर रक्खा :

बतादे सखी, कौन गली गए श्याम !
कौन गली गए श्याम ॥धृ०॥
गोकुल ढूंढी। वृन्दावन ढूंढी।
ढूंढि आओ व्रज धाम ॥बतादे सखी० ॥१॥

वह रसाल पद चल रहा था; इतने में कर्णकर्कश दस-बारह मोटरों के भोंपू की आवाज़ सुनाई दी। थोड़ी देर में एक तगड़ा, उग्र और ऊंचा पूरा गृहस्थ प्रांगण के सामने के दरवाज़े में से अन्दर घुसकर ढिठाई के साथ रास्ता निकालता हुआ, वाक्पीठ (स्टेज) पर जहां महंतजी अपनी भजनी मंडली के साथ बैठे हुए थे, सीधा उधर ही को जाने लगा। आसपास के लोग चिल्लाकर उससे कहने लगे, 'नीचे बैठो' 'ओ महापुरुष' 'अरे बिठाओ नीचे, हाथ पकड़कर बिठाओ इसे', पर चिल्लाने या खिल्ली उड़ाने की तरफ किंचित् भी ध्यान न देता हुआ वह वाक्पीठ के पास पहुंचा और किसीको न पूछता हुआ ही ऊपर चढ़ गया। वाक्पीठ पर अधिष्ठित होते ही महंत की उस चौकड़ी में से एक शिष्य ने अत्यन्त नम्रतापूर्वक प्रश्न किया :

"कहिए, आप क्या चाहते हैं ? इस तरह एकदम वाक्पीठ पर चढ़ना

सभाविनय के अनुकूल नहीं है !"

पर उस गृहस्थ ने उसे सुना-अनसुना करके सीधे महंत के पास पहुंचकर महंत से कहा :

"तुम्हें बाहर एक बड़े महानुभाव मिलने के लिए बुलाते हैं, चलो !"

महंत ने उस गृहस्थ को स्वतः उत्तर न देकर शिष्य को इशारा किया। शिष्य बोला :

"उन बड़े महानुभाव को अन्दर आने के लिए कहिए, महंत एक देव को छोड़कर अन्य किसीके भी अभ्युद्गमन के लिए नहीं जाते।"

उस शिष्य की ओर दुर्लक्ष्य करके वह गृहस्थ योगानन्द से डपटकर बोला, 'तुम्हींको चलना होगा बाहर !"

उस डपट को सुनकर महंत भी चमके बिना न रहे ! "भजन की समाप्ति तक हमारा माना न होगा।" वे थोड़े-से शंकाग्रस्त हो लड़खड़ाते हुए बोले।

"तुम खुद नहीं आते तो मैं तुम्हें लेने के लिए आया हूं; बोलो चलते हो या नहीं ?"

"हां, यह उद्धतपना यहां नहीं चलेगा !" शिष्य ने गुस्से में आकर उस गृहस्थ को फटकारा, "ऐसे हैं तो कौन वे इतने बड़े महानुभाव, नाम तो बताइए !"

"पुलिस सुपरिटेंडेंट साहब !"

यह सुनते ही योगानन्द स्वामी की वह प्रशांत मुद्रा तथा वह भक्तिशील नख-शिखांत आविर्भाव एक पलक में बदल गया और वह दूसरा ही कोई तल्ख-तर्रार-गुस्सैल और झगड़ालू तबीयत का आदमी नज़र आने लगा। बुलाने के लिए आए हुए गृहस्थ ने पुलिस सुपरिंटेंडेंट का नाम भी अभी पूरी तरह नहीं लिया था उतने ही में एक वज्र बलोत्कट मुट्ठी का मुक्का उसकी नाक पर जड़कर नीचे जो छलांग मारी, वह इतनी दूर थी कि—वह लम्बा-तगड़ा आदमी नाक पर मुक्के के प्रहार से चक्कर खाकर अपने को संभालते हुए उसके पीछे कूदा तो वह कूद उसकी आधी दूरी तक भी पहुंच न पाई ! उन चारों शिष्यों ने भी अपने धारदार चिमटे हाथ में लिए और योगानन्द के

पीछे ही वाक्पीठ से नीचे कूद पड़े। ठसाठस बैठे हुए लोगों में गोस्वामियों की उन धड़ाधड़ मारी हुई छलांगों से एकदम बड़ा भारी हल्ला-गुल्ला हुआ। चीखते-चिल्लाते उधर के लोग उठ खड़े हुए, और धक्का-मुक्की शुरू हो गई !

पुलिस सुपरिंटेंडेंट का संदेशा लानेवाला वह आदमी जिस सामने के दरवाज़े से घुसा था, उस दरवाज़े की तरफ छलांग न मारते हुए दूसरे दरवाज़े की ओर छलांगें मारकर भीड़ में गायब हो जाने का जो प्रयत्न उन गोस्वामियों ने किया था वह जानबूझकर ही किया था। उस दरवाज़े की तरफ लगभग ऐसे लोग बैठाए हुए थे जो भजन के लिए नियमपूर्वक रोज़ पाया करते थे, जो देखने पर बहुत ही श्रद्धालु दीखते थे और सबसे पहले आकर बड़ी आस्था के साथ अपनी-अपनी जगह पकड़कर बैठा करते थे। ऐसा आस्थाशील, कीर्तनप्रिय समाज जिस दरवाज़े पर था, उसी दरवाज़े से बाहर निकलना आसान होगा, ऐसा महंत ने अन्दाज़ लगाया। उस संदेशा लानेवाले आदमी के हाथों से छूटकर वे लोग उस दरवाज़े पर आकर पहुंच भी गए ! अब क्या था ? एक ज़ोर की छलांग मारने भर की कसर थी कि दरवाजे से बाहर !

इस निश्चय के साथ वे पांचों गोस्वामी उस दरवाज़े पर जा भिड़े और वहां विद्यमान श्रद्धालु लोगों से जल्दी से कहा—“रास्ता छोडिए !”

पर श्रद्धालु लोगों की वह भीड़ एक-एक आदमी की कतार बनाकर एक-दूसरे से कंधा भिड़ाए उन पांचों के चारों ओर एक-एक वर्तुलाकर दायरे में घेरा डालकर खड़ी हो गई। उनमें से प्रत्येक ने देखते-देखते अपनी-अपनी पिस्तौलें निकालीं और वे उस गोस्वामी की ओर तानकर खड़े हो गए। उनके मुखिया ने योगानन्द को हुक्म दिया :

“खड़ा रह यहीं, अगर एक पैर भी आगे बढ़ाया तो ढेर कर दिया जाएगा!”

“आखिर यह मामला है क्या ?” दिङ्मूढ़ हुए लोग आपस में कानाफूसी करने लगे ! सैकड़ों भयभीत होकर प्रांगण में से बाहर निकलकर जाने लगे।

कुछ लोगों के मन में सहानुभूति उत्पन्न हुई और उन्होंने उस धर्मपरायण भक्त को छुड़ाने के लिए दंगा करने की ठानी।

पर उस महंत के ध्यान में पूरी तरह से आ गया कि, ये नाना प्रकार के वेशविन्यास करके आनेवाले तीस-चालीस सी० आई० डी० के लोग ही इन तीनों दरवाजों पर प्रत्यह आकर भजन में बैठा करते होंगे ! उनका कपट अपने पर प्रकट नहीं हो पाया, अब हम पूरी तरह उनके पंजे में आ पड़े हैं तथापि अन्तिम उपाय समझकर उसने अत्यन्त कर्कश और ऊंची आवाज़ में उस भीड़ के लोगों को संबोधन करते हुए कहा :

"यहां धर्म का सच्चा अभिमानी कोई नहीं है ? भगवान, अब तू ही अपने भक्त की रक्षा के लिए दौड़ !"

यह सुनते ही कुछ भोले-भाले गुस्से में आ गए ! उस अपरिग्रही निर्लोभी, स्वधर्म-प्रचारक भक्त पर किसे मालूम ईसाई मिशनरियों ने कोई षड्यन्त्र रचा हो—ऐसी भावना से कुछ साहसी स्वधर्माभिमानी लोगों का पारा चढ़ गया ! पुलिसवालों पर दो-तीन पत्थर भी आकर गिरे—गालियों की बौछार का तो कहना ही क्या है ?

इतने में मुख्य द्वार से लाठीबन्द पुलिस की टुकड़ी के साथ स्वतः पुलिस सुपरिंटेंडेंट अन्दर आए, वाक्पीठ पर चढ़े और रोबदार आवाज़ में सब लोगों को सम्बोधित करते हए हुक्म देने लगे :

"नगरवासियो, योगानन्द नामधारी इस शख्स ने यहां जो आडंबर रचा है, उसपर से आप जैसे नागरिकों को यह लगना स्वाभाविक है, कि यह कोई बड़ा भारी भगवद्भक्त होगा। पर हमें इसके बारे में जो पत्र मिला है उससे आप लोगों की समझ में आसानी से आ जाएगा कि इस साधु पर श्रद्धा रखना उचित नहीं था। इस साधु का भेस बनाकर विचरनेवाले योगानन्द का असली नाम सुनकर आपको आश्चर्य होगा। इसका सच्चा नाम रफीउद्दीन अहमद है। यह पंजाबी मुसलमान है। इसपर पहले अत्यन्त क्रूरतापूर्वक दो बार डाकेज़नी करने का आरोप सिद्ध होकर इसको पहले पंजाब में सात वरस की काले पानी की सज़ा हुई थी। उसके मुताबिक इसको काले पानी भेज दिया

गया। वहां से चार बरस बाद यह निकल भागा। गुजिश्ता दो बरसों में इसने इन चार चेलों की तरह अनेक दुष्ट लोगों को जमा करके फिर अनेक चोरियां, डाकेज़नी और अपहरण सदृश भयंकर उपद्रव मचाने शुरू कर दिए हैं। गतवर्ष इसकी टोली को पूलिसवालों ने जंगल में घेर लिया था। उस टोली ने पुलिसवालों पर गोलियां चलाईं और इसने पुलिस के अफसर को घायल कर दिया और उसके घोड़े पर सवार होकर यह दुष्ट साहसी भाग खड़ा हुमा। उसके बाद यह लापता हो गया। यह वही है, ऐसा हमें जब संशय आया तब हमने, इसके मथुरा आने के बाद अपने गुप्त पुलिसवालों को किस्म-किस्म के भेस पहनवाकर इसपर पहरा बिठा दिया। ताकि इसके बारे में पूरी तौर से जानकारी हासिल करके वारंट निकलते ही इसके समस्त साथियों के साथ इसको पकड़ा जा सके। इसके बारे में सब किस्म की जानकारी हमने हासिल की। इसके साथियों से इसकी जो निशानियां मालूम पड़ी थीं उसके आधार पर इसे पूरी तरह पहचान लिया। इलाहाबाद से इसके नाम जो वारंट जारी हुआ है, वह यह है, यह आज ही सांझ को हमारे पास इलाहाबाद से आया है। और यह टोली आज ही भजन के खत्म होने के बाद गुप्त होकर निकलने वाली है, यह सूचना हमें मिलते ही भजन के बीच में ही इसको गिरफ्तार करना निश्चित हुआ। ये ज़बरदस्त लोग अकेले-दुकले को कुछ नहीं गिनेंगे, यह हमें पहले ही मालूम था। अतः हमें इनपर इस तरह सशस्त्र छापा मारना पड़ा। आप लोग यह समझ बैठेंगे कि एक साधु पर अत्याचार हो रहा है, और इस विपरीत समझ के कारण किसी किस्म का दंगा-फसाद न होने पाए, इसीलिए हमें इस बारे में इतना स्पष्टीकरण करने की आवश्यकता महसूस हुई। अब आप लोग दस मिनट के अन्दर इस मैदान को खाली कर दें। उसी तरह रास्ते पर भी कल सबेरे तक किसी किस्म का जमाव नहीं होना चाहिए, नहीं तो लाठी चलाकर पुलिसवालों को उसे तितर-बितर करना पड़ेगा। वारंट के मुताबिक हमें अपना फर्ज़ पूरा करना ही चाहिए। उसका तथ्यातथ्य निर्णय करना न्यायालय का काम है। पुलिस ! दस मिनट के अन्दर इन पांचों अपराधियों को बेड़ी पहनाकर जेल की तरफ ले चलो, और यह मैदान साफ

कर दो !"

दस मिनट के अन्दर-अन्दर उन पांचों को हथकड़ियां और बेड़िया पहनाकर जेल पहुंचा दिया गया, और वह सारा मजमा खुदबखुद तितर-बितर हो गया। उस मैदान में अब एक भी आदमी नज़र नहीं आता था।

पर वह पकड़ा गया। गोस्वामी वास्तव में कौन था ? स्वामी योगानन्द या रफीउद्दीन अहमद ?

और मालती ? उसका क्या हुआ ?

5

इलाहाबाद के कैदखाने के कैदियों पर जिसे मुख्य जमादार नियुक्त किया हुआ था, उसे इस बात का सख्त हुक्म मिला था कि आज काले पानी से भागकर आया हुआ पक्का डाकू रफीउद्दीन अपने साथियों के साथ कैदखाने में लाया जानेवाला है; उसके आने से पहले यहां के कैदियों को एक शब्द भी मालूम नहीं होना चाहिए। और उसके वास्ते पक्का इन्तज़ाम किया जाना चाहिए। "अगर इस बारे में थोड़ी-सी भी गफलत हुई तो याद रखो, जमादार, तुम्हारे पैरों में बेड़ियां पड़ जावेंगी !" ऐसा कैदखाने के साहब ने जता दिया था।

जेलर साहब के सामने तनकर खड़ा हुआ वह मुसलमान जमादार अंग्रेजी पद्धति का सैनिक सैल्यूट करके बोला :

"जी हुजूर, वह बड़ा डाकू होगा ! पर मैंने ऐसे छप्पन डाकुओं को अपने आगे पानी भरने लगाया है ! वह काले पानी से भागकर आया होगा; पर उससे कहिएगा कि यह लाल पानी है ! इस डंडे की एक चोट से खुन की उलटी कराने लगाऊंगा !"

"अंहं ! मारना-वारना करने की ज़रूरत नहीं, समझे? वे लोग अपने प्राणों पर उदार हुए हुए गुंडे हैं !—पुचकारकर काम निकालना होगा—तब है तुम्हारी करामात !"

"अच्छा हुजूर, अब से अपनी लचकीली जीभ ही का इस्तेमाल

करूंगा ! तलवार से गर्दन तोड़कर जान ली जा सकती है, मगर खून बहता है; जीभ से गर्दन को सही सलामत रखकर भी जान ली जा सकती है ! और प्रमाण के लिए खून का कतरा तक गिरा हुआ नहीं मिलेगा।"

"चूप ! लगा बकने को !—जाव ! तेरे डंडे की तरह तेरी जीभ को भी संभालते-संभालते नाक में दम आ जाता है मेरी !"

"अच्छा साहब, जैसे डंडा कमर से लटका लिया है वैसे ही यह लीजिए, जीभ भी लटका ली अपनी तालू से !" फिर एक बार मुजरा ठोककर जमादार बाहर लौटा।

बन्दिपाल की आज्ञा सुनकर जमादार कैदखाने के अन्दर जाते-जाते मन में विचार कर रहा था। उसने दो लोहे के फाटक खुलवाकर अन्तर्वर्ती एक मध्यभागस्थित मैदान में पैर रखते ही हांक मारी :

"शिवराम ! शिवराम हवालदार किधर है ? बुलायो उनको !"

थोड़ी ही देर में शिवराम हवलदार हांफते हुए, टाप पर टाप मारकर, तनकर खड़े होकर, मुजरा ठोककर, जमादार के सामने खड़ा हुआ। सब लोगों का 'चले जाव' हो चुकने के बाद जमादार अकेले शिवराम से बोला :

"शिवराम ! आज काले पानी से भागकर आया हुआ कोई डाकू अपने साथियों के साथ यहां लाया जानेवाला है। जेलर साहब ने सख्त हुक्म दिया है कि यह खबर किसीके कानों पर न पड़ने पाए !"

"ऐंह, उस बात की फिक्र ही न कर !" ऐसा आश्वासन देकर शिवराम हवलदार वह फांसीवाला चौक साफ-सूफ करने के लिए चला गया। उसने पहले ही धड़क्के में अपने एक विश्वस्त कैदी को बुलाया। उस कैदी को आठ-दस बरस की सज़ा हुई थी—काम की दिलचस्पी और लियाकत को देखकर उसे हवलदार के हाथ के नीचे मुकद्दम बना दिया गया था।

"आज यह चौक इस तरह खोलकर रक्खा गया है, इस बात की खबर किसोको लगने न पाए ! आज तक कभी नहीं रहा, ऐसा बन्दोबस्त रखना है, बड़े भयंकर डाकू हैं वे लोग !"

"यह काले पानी से भागकर आया हुआ कोई डाकू है न, तब ?"

"हां, चुप, वह मैं नहीं बताऊंगा—पर क्यों रे मुकद्दम, यह आसामी भी खासा गंठा हो तो उसकी भी चिट्ठियां ले जाएगा न या काले पानी से आया जान दुम दबा लेगा ! जो 'हलदी' (सोने के मुहर) मिलेगी उससे तुझे भी नए दूल्हे की तरह हलदी से भी ज़्यादह पीला कर दूंगा !"

"वैसा 'हलदी' का सारा काम मेरी तरफ रहा साहब ! काले पानी से कोई भाग आया हो, तो वह इन्सान न रहकर भेड़िया थोड़ी हो जाता है ?"

मुकद्दम को लेकर हवलदारजी फांसीवाले दालान में गए। मुकद्दम ने अपने हाथ के नीचे के बड़े-बड़े कैदियों के ज़रिये चौक, कमरे वगैरा भराभर साफ करवा लिए और उन्हें आवश्यक प्रोत्साहन देने के लिए चुनी हुई गालियों तथा हमेशा की डंडे-मारी की यथायोग्य बौछार करनी शुरू की। यह देखकर, काम ठीक ढंग से चल रहा है, इस इतमीनान से हवलदार उन कोठरियों में से एक में अपना पट्टा-वट्टा खोल, पैर पसारकर, फेंटा निकाले आराम लेता हुआ पड़ गया। मुकद्दम ने एक कैदी लड़के को उसके शरीर की मालिश करने के लिए नियुक्त कर दिया।

उस भयानक कैदखाने के उस मुख्य लोहे के दरवाज़े की बड़ी-बड़ी सींखचों को पकड़कर बाहर की तरफ खड़ा हुआ एक गोरा सार्जेंट संगीनें और बन्दूकें ताने हुए दस-पांच सिपाहियों के साथ खड़ा हुआ जेलर को दिखाई दिया। उसके पीछे ही सुनाई पड़नेवाली बेड़ियों की खनखनाहट भी सुनाई दी। जो डाकुओं की टोली आनेवाली थी सो आ भी पहुंची, यह बात जेलर के ध्यान में आई।

कैदखाने का वह विशाल दरवाजा कर्रर, इस आवाज़ के साथ खुल गया। सार्जेंट उस पैर में बेड़ियां खनखनानेवाली डाकूओं की टोली के साथ भीतर आया। जेलर ने उसके सामने का अन्तर्वर्ती दूसरा लोहे का दरवाज़ा खुलवाकर मुख्य कैदखाने के भयानक परन्तु भव्य मैदान में उन दस-बारह कैदियों को कतार बांधकर खड़ा करवाया। उनपर शिवराम हवलदार को देखरेख करने के लिए कहा और खुद दफ्तर में जाकर सार्जेंट की तरफ से सारे कागज़ समझवा लेने लगा।

इधर उस मुकद्दम ने कैदखाने में जाकर अपने विश्वस्त कैदियों को कभी

का यह बता दिया था कि, "आज काले पानी से भागकर आए हुए कुछ पक्के गुनहगार आनेवाले हैं !—पर यह बात किसी दूसरे को पता न चलने पाए !"

उन कैदियों ने दूसरे कैदियों को तथा उन्होंने तीसरे कैदियों को किसीको न बताने की शर्त पर, कर्ण-परम्परया वह समाचार बतला दिया। इस तरह यह खबर हरएक कैदी के कान में पहुंच गई थी कि, 'आज कोई काले पानी से भागकर आया हुआ डाक आनेवाला है; पर यह किसीको मालूम होने न पाए।' अतः जिस-जिसको कोई बहाना मिल गया वह कैदी, वॉर्डर, मुकद्दम, सिपाही उस टोली को देखने की गरज से उस मैदान के नज़दीक आकर रेंगने लग गया था। सिपाहियों का मजमा भी वहां खड़ा ही था।

इतने ही में जेलर उस मैदान में, सार्जेंट के साथ, उन कैदियों की पहचान सार्जेंट की ओर से रीतिपूर्वक करवा लेने के हेतु से दाखिल हुआ। पहले ही धड़क्के में सार्जेंट ने जेलर को दिखाया वह खुर्राट, ऊंचा, सदा होंठों पर शरारत-भरी मुस्कान बनाए रखनेवाला गुनहगार!

"यही है वह योगानन्द रफ़ीउद्दीन काले पानी पर से भागकर आया हुआ कैदी ! इन डाकुओं की टोली में पहले नम्बर का आरोपी !"

किसी राजा की प्रशस्ति भाट के द्वारा गाए जाने पर जैसे वह राजा और ज़्यादह रोब के साथ फूलने लग जाता है, तद्वत् वह आरोपी योगानन्द अर्थात् रफीउद्दीन भी उस अपनी प्रशस्ति को सार्जेंट के मुंह से बहुत तनकर सुन रहा था। लज्जा और भय की तो दूर, चिंता की भी छाया उसकी आकृति पर नहीं थी। उसके गाल भरे हुए थे। होंठों को बाईं ओर मोड़कर बाईं भौंह को चढ़ाकर, दाहिनी आंख मिचकाकर अन्दर ही अन्दर छद्मपूर्ण हंसी हंसने की उसकी जो एक विशेष रीति थी—उसके अनुसार हंसते हुए वह बोलकर रुके हुए सार्जेंट से कहने लगा :

"साब ! ऐसी बेइन्साफी काहे को भला करते हैं आप ? मुझे चार मर्तबा कोड़े लगाए गए हैं, और कम-अज़-कम १४ कैदखाने तो मैंने देखे होंगे—इतनी तो मेरे बारे में इन प्रिज़नर साहब से आपको ज्यादा कहना चाहिए ! तभी मेरी असली लियाकत उन्हें मालूम पड़ेगी और उसके मुताबिक ही

प्रिज़नर साहब मेरी खातिरतवाजो और मेहमाननवाजी कर सकेंगे !"

सार्जेंट की ओर उस डाकू की गत एक महीने से—जितने दिनों वह उसके हाथों में रहा, उतने दिनों तक—खूब घुटती थी। और आरोपी के उस निरुपद्रवी बकवास में जो एक व्यंग्य रहता था वह सार्जेंट को भी पसन्द आने लगा था। जेलर को जेलर साहब कहने के बजाय रफीउद्दीन जब प्रिज़नर साहब कह उठा, तब उसके अंग्रेजी भाषा के अज्ञान की खिल्ली उड़ाने के लिए सार्जेंट ज़ोर से हंस पड़ा!

"खूब, बहुत खूब, जेल का यह अफसर अगर 'प्रिज़नर साब' हो गया तो तुझ सरीखे जेल के डाक कैदी को 'जेलर साब' कहने में कोई हर्ज नहीं—नहीं क्या ?"

"ऑफकोर्स मि० सार्जेंट साब ! यस् ! आपकी बबर्ची इंगलिश को वह ठीक नहीं मालूम पड़ता होगा, मगर करेक्ट ग्रैमेटिकल इंगलिश वही है जो मैं बोलता हूं ! प्रिज़न के मानी भी कैदखाना और जेल के मानी भी कैदखाना, तब प्रिज़नर और जेलर इन दोनों शब्दों का कोई-सा एक ही मायना होना चाहिए न ? कायदे के मुताबिक तो जो जेलर वही प्रिज़नर ; प्रिज़नर और जेलर दोनों एक ही थैले के चट्टे बट्टे ! इंगलिश किसके साथ खानी चाहिए सो मुझे भी मालूम है समझे मि० सार्जेंट साहब !"

"योगानन्द ही है तू ! हैं ! अच्छा क्यों रे रफीउद्दीन, यह नहीं बतलाया तूने कि तुझे चार मर्तबा कोड़ों की सज़ा काहे को हई ?—" सार्जेंट ने जानना चाहा।

"उसकी वजह बिलकुल सीधी-सादी है, अगर इन जेलर साहब को गुस्सा न आए तो बताऊंगा। दो जेलरों ने मुझे मेरे कहे के मुताबिक अफीम खाने नहीं दी—इसपर गुस्से में आकर मैंने उनके सिर पर तसला उठाकर दे मारा; इसलिए मुझे दो दफा कोड़े खाने पड़ गए ! और दो जेलरों को मैंने उनकी मर्जी के मुआफिक पैसों की घूंस नहीं दी, इस वास्ते मुझे कोड़े खाने पड़े।"

घूंस खाने की बात बातचीत के दौरान में निकलते ही सार्जेंट साहब के पेट में गोला उठा। किसे मालूम यह वाष्कल आरोपी उसके अपने बारे में कुछ

बोल बैठे तो ! क्योंकि गुजिश्ता दस-पन्द्रह दिनों में सार्जेंट को भी चालीस-पचास रुपए उस आरोपी ने खिलाए थे ! हाथ-घड़ी (रिस्टवाच) देखने में गढ़े हुए की तरह दिखाकर सार्जेंट ने रफीउद्दीन के उस वाक्य की ओर दुर्लक्ष्य किया। बेल हो गई ऐसा जेलर को सुझाकर उस सारी टोली को जेलर के हाथों यथा रीति सुपुर्द करके सार्जेंट कैदखाने के फाटक से बाहर निकल गया।

तत्काल उन डाकूओं की टोली को फोड़कर निराली-निराली कोठड़ियों में उन्हें बन्द कर दिया गया। उनमें से दो-तीन के चेहरे पर चिन्ता की भयानक छाया पसरी हुई थी। एक शख्स—उसका नाम किशन था—तो बुरी तरह पश्चात्तप्त दिखाई देता था। बाकी के सारे कैदघर में भी नाचघर की तरह निश्चिन्त, निडर और पके हुए खुराँटों की तरह बरताव करते थे। सबमें ज़्यादह निडर और खुर्राट था वह योगानन्द—अर्थात् रफीउद्दीन अहमद !

उसे फांसी की तनहाई में खास बन्दोबस्त के साथ रखा गया था। अर्थात् उसके कमरे के पास जमादार और शिवराम हवलदार को छोड़कर और कोई भी नहीं जा सकता था। पर उसी वजह से वह सबसे ज्यादा चैन में था। जैसीकि उम्मीद थी—शिवराम के हस्तकों द्वारा उस डाकू के जो कुछ ऐसे साथी अभी तक लुके-छिपे इलाहाबाद में रहते थे जिन्हें पकड़ा नहीं गया था, उनके पास उस कदघर के रफीउद्दीन की छुपी-छुपी चिट्ठियां जाने लगी और खूब 'हलदी' उस कैदखाने में जाने-आने लगी। थोड़ी अफीम, खूब तमाखू और बीच-बीच में मिठाई रफीउद्दीन की उस अकेली कोठड़ी में गुप्त रूप से पहुंचने लगी और अप्रत्यक्ष रूप से उसकी पीली धमक सोने की गिन्नियां जमादार, दादा और जेलर के खीसे में पड़ने लगीं।

हिंदू अफसरों के सामने वह इस किस्म के संस्कृत के श्लोक बोलता और भजन गाता कि उनको यह लगता कि वह सचमुच कोई अन्तर्ज्ञानी अवधूत है और इस तरह कैदखाने में हिन्दू सिपाही वगैरों की भी उसको सहानुभूति मिलती।

मुसलमान अफसरों के सामने ऊटपटांग बातें करते समय कुरान की दस-पांच आयतें पढ़कर सुनाता और बची-खुची दाढ़ी पर दस मर्तबा हाथ

फेरकर दिनभर निमाज़ ही पढ़ता रहता और कहता:

"देखो, मैंने जो भी डाके डाले, जो लड़कियां भगाईं, जिनके हाथ-पैर तोड़ डाले—और तुड़ा डाले, जानें लीं, लूटमार की, वे सब काफिर हिन्दू थे ! ईमानदारों (मुसलमानों) के बाल को भी धक्का नहीं लगाया ! अल्ला रहीम है ! काफिरों को सजा देने की वजह से मेरे ऊपर वह मेहरबानी ही करेगा !"

"बिलकुल !" वह मुसलमान जमादार कहता और तल का पता न लगनेवाली पुरानी अंधेरी बावड़ी में जैसे झांकते हैं उसी प्रकार वह भी उसकी आंखों में आंखें डालकर अपने मन में बोलता :

'यह कोई न कोई औलिया, कोई न कोई खुदाई खिदमतगार है; सचमुच !'

और उनके वे पापकृत्य भी पुण्यकृत्यों के सदृश प्रतीत होते एवं कितने ही धर्मांध मुसलमान सिपाहियों और जमादारों को उनके विषय में सहानुभूति प्रतीत होने लगती। ऐसे सैकड़ों उदाहरण देखने और सुनने का अवसर स्वतः हमको भी प्राप्त हुआ है। इस विषय में, अपवादस्वरूप बंगाली तथा मराठी मुसलमान उतने धर्मांध नहीं होते, इतनी बात थोड़ी-सी अच्छी है। डाकुओं में से उत्तरदेशस्थ मुसलमानों का इसीलिए दक्षिण देश के मुसलमानों पर ज़्यादा भरोसा नहीं रहता है।

इस योगानन्द अर्थात् रफीउद्दीन की टोली में भी अन्त में वही अनुभव आया। उनमें से जो आरोपी कारागार में पैर रखते ही घबरा गए और डर गए—ऐसा हमने ऊपर लिखा है—उनमें से हसनभाई नाम का महाराष्ट्रीय मुसलमान और पश्चात्तापदग्ध किसन—इन दोनों ने पूलिसवालों को उस टोली के बारे में बहुत-सी जानकारी दी और अपने अपराध स्वीकार किए। उनकी उस स्वीकारोक्ति से पुलिस द्वारा एकत्र किए गए स्वतन्त्र प्रमाणों में महत्त्वपूर्ण सहायता हुई। सरकार ने उनपर अभियोग चलाया तथा उसकी निश्चित की गई तारीख की रफीउद्दीन प्रभृति सब आरोपियों को इत्तला दी गई।

अभियोग के दिन, जिस तरह 'वर' सजधजकर तैयार होता है, उसी तरह रफीउद्दीन ने भी अपनी सजावट की और पैरों की बेड़ियों को बड़ी अदा के साथ खनखनाते हुए सिपाहियों के संगीनों के पहरे में कारागृह के दरवाजे

से बाहर हंसते और खिलखिलाते हुए निकला। उसको ऐसा लग रहा था कि सारा त्रिभुवन उसको इस भावना के साथ देख रहा है कि "यही है वह पराक्रमी पुरुष जो काले पानी पर से भागकर आया है।'

उसे यदि किसी बात का डर था तो, जैसे नीरो को मौत का था वैसे ही इसे फांसी का !—और यदि किसीसे लगाव था, माया-ममता थी, तो एक अफीम की और दूसरी स्त्री की !

न्यायालय में जाते-जाते भी उसके मन में एक-दो मर्तबा घबराहट पैदा हुई कि—किसे मालूम फांसी ही हो गई तो ! और एक-दो मर्तबा वह क्रूर भी व्याकुल होकर मन में भर पाया :

"मालती ! हाय-हाय ! अब फिर कैसे फंसेगी वह लड़की मेरी मज़बूत मुट्ठियों में !!"

6

कोर्ट में उस भयंकर डाकू का अभियोग पूरी बहार में आया हुआ था। वकील, उनके मुहर्रिर, सिपाहियों का सशस्त्र जमघट, पंखेवाले, ऐसे डाकुत्रों के अभियोग देखने की विशेष अभिरुचि रखनेवाले बहत-से सभ्य गृहस्थ, कुछ गुण्डे, वगैरह-वगैरह की खासी भीड़ जमा थी। उस क्रूर नरपशु की नृशंस कथाओं को सुनकर न्यायासन पर बैठे हुए परिपक्व जज के हृदय को भी चोट लगती थी। पक्षपातशून्यता को भी असंवार्य क्रोध आता था। गुण्डों के शरीर पर भी कांटा खड़ा हो जाता था। उस संकट में भी रफीउद्दीन को निश्चिन्त, निर्लज्ज, निःसंकोच एवं हंसते हुए देखकर न्या० मू० आकलैण्ड साहब को लगता था कि, इसे एक बार शेक्सपियर ने देखा होता तो अच्छा होता। शेक्सपियर ने एक दुष्ट घातकी और गूढ़कृत्यकारी मनुष्य का, एक पात्र के मुंह से, यह लक्षण कहलवाया है कि, 'He seldom laughs' अर्थात् उसे शायद ही कभी हंसी आती है ! वह लक्षण कभी-कभी कितना अप्रमाणित सिद्ध होता है, यह भी उसने

किसी अन्य अवसर पर, किसी दूसरे पात्र के मुंह से कहलवाया होता ! रफीउद्दीन जितना क्रूर था, उतना ही वह विनोदी था, एवं जितना वह दुर्वृत्त था उतना ही वह प्रियदर्शन भी था।

पुलिसवालों ने उस डाकुओं की टोली द्वारा किए गए नृशंस क्रौर्यपूर्ण अत्याचारों की कथा परिपूर्ण-प्रमाण-पुरस्सर उनके समक्ष उपस्थित की। उन प्रमाणों में जो एक महत्त्वपूर्ण किन्तु अप्रत्यक्ष प्रमाण रफीउद्दीन की टोली के, क्षमा का साक्षीदार बने हुए हसनभाई नाम के आरोपी ने उपस्थित किया था—उसकी उस स्वीकारोक्ति में से यदि छांटकर एक संक्षिप्त-सा आशय हम यहां लिखें, तो पाठकों को रफीउद्दीन के क्रूर कार्यों की रूपरेखा का परिचय पर्याप्त रूप में मिल जाएगा, ऐसा हमें विश्वास है। वह आशय निम्न प्रकार है :

" मेरा नाम हसनभाई। मैं हाईस्कूलपर्यंत पढ़ा हूं। क्लार्क भी था। आगे चलकर जुए के व्यसन में फंसकर चोरी करने लगा। मेरा असली गांव खानदेश में। रफीउद्दीन के साथ उसके काले पानी जाने से पहले ही से मेरी जान-पहचान। पंजाब और लखनऊ की ओर लूटमार करके लाई हुई कुछ सम्पत्ति वह मेरे घर में लाकर रखा करता था। इसीलिए वह मुझे प्रत्यक्ष डाका डालने के लिए अपने साथ कभी नहीं ले जाता था; और मेरी ओर पुलिस का ध्यान आकृष्ट न हो इस विचार से वह मेरे पास खुले तौर पर कभी नहीं आता था। आगे चलकर उसे सज़ा हुई और वह काले पानी भेज दिया गया। इस तरह उसका और मेरा सम्बन्ध बिलकुल टूट गया। कुछ बरसों के बाद जब वह अचानक मेरे दरवाज़े पर आकर खड़ा हुआ, उसने कहा कि वह मंत्र के बल से अदृश्य होकर, समुद्र पर से पैरों-पैरों चलते हुए आया है। मेरे पास उसकी जो पीछे की तीन-चार हजार की धरोहर थी वह मुझे बख्शिस के तौर पर दे दी है, ऐसा आश्वासन भी उसने मुझे दिया। उसके उस शर्करा-समुत्पादक वाक्यविन्यास का मुझपर अद्भुत परिणाम हुआ। मुझे वह एक अद्भुत मांत्रिक और अनिर्वचनीय साहसी पुरुष प्रतीत होने लगा। और वह जो कहता उसे करने के लिए मैं फिर तैयार हो गया। सिंध और पंजाब की ओर मुसलमानी धर्म के प्रचार के हेतु से मैंने एक बड़ी भारी संस्था स्थापित

की है, बह एक प्रकार का धर्मयुद्ध—जिहाद—है, उसकी सहायता करना प्रत्येक मुसलमान का कर्तव्य है, ऐसा उसका कथन भी मुझे उस समय सत्य ही प्रतीत हुआ। मुसलमान बनाने के लिए खानदेश में जो भी हिन्दू लड़के-लड़कियां मिलें, उन्हें बहकाकर उसके सुपुर्द करना—उसकी जो चीजें और द्रव्य छिपाने के हों उन्हें पूर्ववत् छिपाना, वह जब बुलाए तब उसके पास जाना—इस सबके लिए जो खर्च पड़ेगा वह खर्च तथा ऊपर से सौ रुपये मासिक वह मुझे देगा—ऐसा उसका और मेरा इकरार हुआ।

"उसका यह अब का काम मैंने न सुना तो पिछली धरोहर के लिए यह क्रूरकर्मा मेरी जान लिए बिना न छोड़ेगा, इस बात की भीति मुझे थी; पहले-पहल मैं डरते-डरते ही इस टोली की सहायता करता था। पर इसकी डाकेज़नी की बातें सुनकर आगे चलकर मैं भी आदमियों को इकट्ठा करके छोटे-मोटे डाके डालने लगा। कारखानों में से, धर्मशालाओं में से और स्टेशन से अच्छी-अच्छी हिन्दू लड़कियों के उड़ाने में तो मेरी टोली इतनी उस्ताद हो गई थी—कि, जिनके पेट के बच्चों को हम उड़ाते थे उनका रोना-धोना सुनकर हमें एक प्रकार का मनोविनोद ही प्रतीत होता था। उस वजह से रफीउद्दीन मुझपर सदा प्रसन्न रहा करता था। उन उड़कियों को दूर-सिंध बलूचिस्तान तक ले जाकर उसकी टोली या तो मुसलमानों को बेच देती थी या फिर आपस ही में वांट लेती थी। बड़े-बड़े मौलवी भी हमारे इन दुष्ट कृत्यों को परदे के पीछे से 'धर्मकृत्य' का नाम देकर बखाना करते थे। उसकी वजह से तो हमारी उस नीच विषयवासना को और धन-लोभ को एक प्रकार का धर्मोन्माद का उत्साह और शिष्टत्व प्राप्त होने लगा। डर यदि किसी बात का था तो सिर्फ सरकारी सज़ा का ! वह भी खासकर अंग्रेज या कठोर हिन्दू पुलिस अफसरों का।

"हम दक्षिणी मुसलमानों को उत्तर की तरफ के ये पठान, बलची डाकू अविश्वसनीय समझते थे। हमारा भेस, भाषा, चाल-ढाल सब हिन्दुओं जैसे; हमारे हाथ से क्रूर कृत्य उतने झपाट्टे से घटित नहीं होते। अतः वे हमको डरपोक और 'आधे काफिर' समझते थे। अपनी डाकेज़नी में हमें त्यक्ष भाग

नहीं लेने देते थे। पर बिहार में एक दफा इस टोली की एक डाके के मामले में धरपकड़ हो गई, तब रफीउद्दीन कुछ लोगों के साथ छूटकर खानदेश चला आया और मेरी टोली को उसकी टोली में मिलना लाज़मी हो गया। वह तब से हिन्द गोस्वामियों के भेस में फिरने लगा। वह पक्का बहुरूपिया है। अंग्रेजी, संस्कृत, बंगाली, मराठी, जिसकी ज़रूरत पड़ जाए, थोड़ा-थोड़ा याद कर लेता है। गाता है, नाचता है, लावनियां और भजन तो वह ऐसा रंगकर बोलता है कि कहना क्या! योगानन्द के स्वांग में तो उसने हज़ारों हिन्दुओं को धोखे में डाल दिया। उसे सिर्फ दस-पांच भजन ही आते हैं, किसी किस्म का शास्त्र वगैरह कुछ नहीं पाता। इसीलिए वह मौन का ढोंग रचता था और केवल भजन ही गाता था। पांच-पचास संस्कृत के श्लोक उसे कंठस्थ थे, पर वह उन्हें इस ढंग से थोड़ा बोलकर चुप हो जाता था, ताकि लोगों को ऐसा प्रतीत हो कि अखंड विद्वत्ता होने पर भी वह अत्यंत विनयशील है। उसके योगानन्द-वेष का हमें बहुत अधिक उपयोग हुआ। हज़ारों रुपये न मांगते हुए हिन्दू लोग हमें दे जाते थे। यह खुद किसीको भी हाथ नहीं लगाता था। परन्तु जो लोग कुछ भेंट ज़बरदस्ती रख जाते थे, उन्हें हम लोग एकत्र करते और उसे इसके साथ-साथ हम सब आपस में बांट लिया करते। भजन के समय होनेवाली भीड़ में हमने कुछ नहीं तो कम से कम सौ सवा सौ हिन्दू लड़कियां, इस बरस डेढ़ बरस के दरमियान भगाकर गुलामहुसेन नाम के बलूची के हाथों उत्तर की ओर भिजवाई होंगी! उस प्रत्येक शिकार के पीछे हमें स्वतन्त्र 'बख्शिश' मिला करती थी। मुसलमानों को न लूटने का यह जो बहाना बनाता था, वह कितना खोटा है, यह हमें तब मालूम पड़ा जबकि वह हमारी टोली में आकर मिला। किसी मुसलमान को लूटना हो तो वह उसे 'काफिरों का दोस्त' कहकर गाली देता और अपनी सौगन्ध से मुक्त हो जाता।

"इसकी क्रूरता से मुझे नफरत होने की दो घटनाएं हैं। खानदेश के जिस मुसलमान डाक्टर के घर डाले गए डाके का हमपर इस अभियोग में आरोप है, उसमें मैं भी था। हम ज्योंही दरवाज़ा तोड़कर अन्दर घुसे, त्योंही वहां से

भागकर ऊपर की मजिल पर जाने की कोशिश करते हुए डाक्टर रहमान के पैर पर इसने कुल्हाड़ी का वार किया। पैर का टुकड़ा गिर पड़ा और डाक्टर वहीं मर गया। पर तो भी कुल्हाड़ी चलाने के निर्भर आनन्द में ज़ोर-जोर से हंसते हुए—मेरे मना करने पर भी—उस डाक्टर की बोटी-बोटी उड़ा डाली। इतने में पलंग के नीचे छिपे हुए उसके दो बच्चे दिखाई दिए। वे चुप थे। मैं करुणा भाव से बोला, 'रहने दो उन्हें, डर के मारे वे चुप, अर्धमृत तथा अचेत पड़े हुए हैं!'

"वह कहने लगा, 'बेसुध हालत में सभी आंखें मूंदकर चुप रहते हैं। सुध आ जाने पर एकदम वाणी वाचाल हो उठती है और आंखें खुल जाती हैं। और तब कोर्ट में, डाकू कौन है, यह ये ही खुली हुई आंखें और वाचाल वाणी पहचान लेगी और तब हमारे गलों के चारों ओर रस्सी बांधने में मदद करेगी। ऐसा कहकर इसने उसी कुल्हाड़ी के एक प्रहार ही में उन बच्चों में से प्रत्येक को दो-दो टुकड़ों में विभक्त कर दिया।

"दूसरी घटना इस घटना की क्रूरता को भी फीका कर देती है। रफीउद्दीन हमसे हमेशा अपनी शान बघारते हुए कहा करता था कि, अब वह एक बरस के लिए एक सुरेख स्त्री को अपने नज़दीक रखता है। बरस खत्म हुआ कि उसे जान से मार डालता है, और दूसरी औरत ले आता है। जब यह खानदेश में भागकर आया था, उस समय उसके साथ बिहार से भगाकर लाई गई एक हिन्दू कायस्थ की तरुण कन्यका थी! यह उस तरुण रमणी पर लुब्ध था; किन्तु वह झुलसती चली जा रही थी। एक बार रफीउद्दीन ने देखा, वह देवता के समक्ष हिन्दू धर्म की पद्धति से हाथ जोड़कर प्रार्थना कर रही थी। रफीउद्दीन ने अत्यन्त लाड़ से उसके सिर पर हाथ फेरते हुए पूछा:

"'क्या हो, इस भावना से तू उस पत्थर के देवता से प्रार्थना कर रही है।'

"वह एकदम चिढ़कर बोली, 'तुझे फांसी हो इस भावना से!'

"'फांसी', यह शब्द सुनते ही वह सांप की तरह गुस्से में आ गया। जोश का झटका बैठते ही वह हंसा करता है, उसी तरह वह हंसा और बोला:

"'सचमुच इसका बरस पूरा होने को पा रहा है।'

" उस दिन उसने मुझसे कहा, 'मैं आज शाम को तुझे एक तमाशा दिखाऊंगा नदी के किनारे। जंगली टीले के उस बुर्ज पर जाकर बैठ।'

"सांझ के समय मैं उस जगल के अन्दर टीले के सबसे ऊंचे बुर्ज पर जाकर बैठ गया। बरसात की बौछार पर बौछार पा रही थी। नदी बाढ़ के कारण दोनों कछार भरके बह रही थी।

"थोड़ी ही देर में रफीउद्दीन अपनी उस सुस्वरूप तरुणी को लेकर वहां आया। उसका बुरका निकालकर हिन्दू तरुणी के सदृश कंधे पर पल्लव डाले, बाढ़ का मज़ा दिखलाने के लिए बिलकुल उन्मुक्त स्वरूप में आज वह उसे वहां ले आया था। बहुत दिनों के पश्चात् मुख पर का आच्छादान हटा था—श्वासोच्छ्वास के लिए शुद्ध मुक्त वायु उसे प्राप्त हो रही थी। रफीउद्दीन मीठी-मीठी लाड़-चाव की बातों से ही उसकी आराधना कर रहा था। रफीउद्दीन के फंदे से वह छूटने का प्रयत्न कर रही थी—तो भी ज़बरदस्ती उसको भुजाओं में भर उसने ऊपर उठा लिया—और छोटी बच्ची की तरह उसको दोनों हाथों में तिरछा लेकर 'मेरी—मेरी यह लाडली' ऐसा कहकर उसे थोड़ा-सा झुलाया—झट से खींचकर उसकी साड़ी भी खोल डाली और बह कामोन्मत्त मुझसे अत्यन्त निर्लज्जतापूर्वक कहने लगा :

" 'देख ले—देख ले, इस परी को पेट भरकर देख ले !!'

"किसी एक पत्थर को उठाकर जिस तरह हम भिरका (फेंक) देते हैं, उसी प्रकार के सावेश बल से उसने उस सुन्दर लड़की को उस बुर्ज पर से, उस नदी की भीषण बाढ़ में दूर फेंक दिया !! 'बरस पूरा हो गया उसका,' ऐसा कहकर वह ज़ोर से ठहाका मारकर हंसा।

" 'राक्षस के बच्चे !' मैं एकदम चिल्लाया!

" 'पहले वह तमाशा तो देख ! यही तमाशा दिखाने के लिए तो तुझे यहां बुलाकर लाया था !'

" 'राक्षस के पड़पोते, क्या कर डाला यह तूने ! मरण के आवर्त में क्यों ढकेल दिया उसको ?' मैं शोकत्वेष से चिहुंक उठा।

" 'मरण के नहीं, पगले, उसके बारे में बोलना हो तो उसीकी ज़बान में बोल ! उसकी संस्कृत भाषा में पानी को मरण नहीं कहते ! पानी को जीवन

कहते हैं !! मैंने उसे जीवन के महापूर में फेंक दिया है, वह हंसा।

" 'वह आज मर न गई होती तो कल उसने जाकर सी० आई० डियों को मेरा पता बतला दिया होता ! है किस खयाल में तू ?'

"महाराज, मैं इसके समान उलटे कलेजे का नहीं था तो भी पापकृत्यों की चाट मुझे लगी हुई थी। उसमें भी, अलौकिक सत्कृत्यों के सदृश अलौकिक दुष्कृत्यों में भी लोगों के मनों पर छाप डालने की एक दुःशक्ति रहती ही है। उस छाप के कारण इसके भयंकर दुष्कृत्यों का प्रभाव हमपर भी उत्तरोत्तर बढ़ता ही गया और इसके योगानन्द के ढोंग धतूरे की वजह से हमारा बहुत कुछ स्वार्थ सिद्ध होता जाता था; अतः हम इसका साथ देते ही रहे।

तत्पश्चात् हम मथुरा आए। इसने कर्ण पुत्तलिका के सदृश जलादर्श नामक यंत्र का एक नया ढोंग आरम्भ किया था। उस यंत्र की सहायता से यह भूतभविष्यद्वर्तमान की सारी बातें ठीक-ठीक बतला देता है, इस बारे में हमने लोगों में इसकी बहुत अधिक ख्याति व्याप्त कर दी थी। कहीं भी जाने पर, हम लोग परदेशी, व्यापारी, डॉक्टर आदि का स्वांग रचकर—अलग-अलग गांवों में घूमते और योगानन्द ने अमुक चमत्कार हमारे सामने किया है, इस बात का झूठ-मूठ का प्रचार करते। मथुरा में भी हमारा यह पाखण्ड खूब फल लाया ! वहां डा० नायडू नाम की औरत हमारी भक्त बन गई ! बातचीत के दरमियान उन्होंने अपने परिचय की एक नागपुर की तरफ की औरत तथा उसकी इकलौती बेटी का ज़िक्र किया और उन्हें वह मथुरा भी बुला लाई है, यह बतलाया।

"यह वृत्तान्त सुनकर इस योगानन्द डाकू ने एकांत में ले जाकर मुझसे कहा :

" 'मैं जब काले पानी में था, तब मेरे साथ एक सज़ायाफ्ता फौजी कैदी रहा करता था। अन्य किसी भी आदमी को मेरे साथ रहने नहीं दिया जाता था; अतः उसके साथ मेरी घनिष्ठता बहुत बढ़ गई। अपने घर की सारी कहानी उसने समय-समय पर मुझको सुनाई। डा० नायडूबाई जिसे लाने की बात कहकर गई हैं, वह ही उस कैदी की मां और उसकी नौजवान बहिन

होनी चाहिए। डॉ० नायडू ने जो नाम-ग्रामवृत्त बतलाया है, वह अक्षर-अक्षर ठीक बैठता है। वही है! वही है यह लड़की! आ गई, मेरे हाथ में आ गई! लिपटा लिया देख, मैंने उसको! बस, उसे भगाना है!'

"उसको भगाने का निश्चय होते ही हमने हमेशा की युक्ति-योजना की। भजन समाप्त होकर जनसमर्द लौटने लगा। भीड़ में जिस जगह मालती अपनी माता के साथ चली जा रही थी, वहां हममें से दो-चार आदमियों ने झूठमूठ की मारामारी शुरू की। एकदम भीड़ में हंगामा मचने लगा। उसमें मालती को अपनी मां से अलग कर लिया। योगानन्दजी के एक शिष्य ने उसे घर तक पहुंच वाने के लिए अपने साथ ले लिया और सीधा गुलामहुसेन के अड्डे पर ले जाकर छोड़ दिया। वह रात इस दुष्ट ने मालती की ही बलात्कारित सेज पर व्यतीत की।

" दूसरे दिन इस अपहरण की बात लोगों तक न फैल जाए इस बुद्धि से हमने चाल चलकर मालती की मां को मीठी-मीठी बातों में फुसलाकर दूर के उलटे ही रास्ते पर लगा दिया। इस लुच्चे को मालती के भाई का काले पानी में रहते समय से रंगरूप आदि सारा वृत्त मालूम था। उसीको अन्तर्दृष्टि का नाम देकर इसने उसकी मां को कह सुनाया। वे बिचारी इसके अन्तर्ज्ञान के फन्दे में फंस गईं। हम भी अब मथुरा से पौबारह करना ही चाहते थे कि अकस्मात् यह इलाहाबाद का वारंट छूटा और हम उसके साथ ही पकड़ लिए गए। उस गड़बड़ी में वह राक्षस गुलामहुसेन उस उपवर मालती को लेकर कहां चंपत हो गया इसका सुगावा अभी तक किसीको भी नहीं लगा है। उस अत्यन्त निष्पाप, निरपराध, असहाय, कोमल कन्यका की क्या-क्या विडम्बना हई होगी—दुर्गति हुई होगी, यह देव जाने!"

न्याय-संयत होते हुए भी उस न्यायधीश के होंठ गुस्से के मारे एक ओर फड़कने लगे तो दूसरी ओर आंखों से करुणा का उत्स भी प्रस्रवित होने लगा। श्रोताओं में भी अनेकों के नेत्रयुग आर्द्र हो उठे।

एक और भी व्यक्ति था जिसकी आंखें अश्रुषों से आच्छन्न हो रही थीं। वह न्यायाधीश नहीं था; न्यायालय का श्रोता भी नहीं था, तब?—वह

था उन आरोपी डाकुओं में से ही एक आरोपी—पश्चात्तापनिर्दग्ध किशन !!

वह दीखने में कुरूप, वाणी का संयत, वय से तरुण, मन से कोमल, चाल-चलन से रोबदार मालूम पड़ता था। सारे अभियोगप्रकरण में वह गर्दन नीची किए बैठा रहता था। वह अब अपना वक्तव्य (Statement) देने के लिए जब उठा तब गर्दन सीधी तानकर शांतता के साथ एक-एक शब्द चुन-चुनकर उपयोग में लाता हुआ और मालती की उपरिनिर्दिष्ट विडम्बना के उल्लेख के समकाल ही आंखों से आए हुए अश्रुओं का परिमार्जन करते-करते बोला :

"मैं काशी में वेदान्तविद्या का एक अनाथ विद्यार्थी था। मेरे चित्त में विरक्ति उत्पन्न हुई। मन में आया, किसी गुरु के सान्निध्य में जाकर भक्ति और योग की साधना की जाए। मैं कुछ दिनों बाद जब मथुरा पाया, उन्हीं दिनों योगानन्द स्वामी के भजन-कीर्तन का तथा अन्तर्ज्ञान का बड़ा गाजाबाजा (प्रोपेगंडा) हुआ। विवेकहीनता के वशवर्ती हो मैं इसका शिष्य बन गया। मुझे सारंगी अच्छी तरह आती है। भजन भी आता है। इसलिए भजन में इसका साथ देने लगा। उसके दो-तीन दिन के बाद ही रात को भजन के बाद लोगों के लौटते वक्त गड़बड़ हुई और हो-हल्ला मचा। उस रात को योगानन्द ने मुझे बुलाकर कहा :

" 'मालती भीड़ की गड़बड़ी में अपनी मां से बिछुड़ गई है, उसे उसके या नायडूबाई के घर सुरक्षित पहुंचवाना है। नायडूबाई के साथ वह जब भी कभी यहां आई तब मैं तुझे ही उनके साथ घर पर भेजा करता था; अतः वह तुझपर विश्वास करती है, और यदि तू साथ रहे तो वह आज रात को ही मेरे मोटर ड्राइवर के साथ मोटर में बैठकर वापस जाना चाहती है। अतः तू उसे ले जा।'

" मैंने आनन्द से यह स्वीकार कर लिया। मालती से कुछ सान्त्वना के शब्द मैं कहने में तल्लीन हो गया। उतने ही में मोटर मथुरा के किसी अपरिचित भाग में घुसकर किसी अपरिचित घर के सामने जाकर खड़ी हो गई। मेरे पूछने पर मोटर ड्राइवर ने कहा :

" 'नायडूबाई ने यहां उतरने के लिए कहा है। वे अन्दर ही हैं।'

"ऐसा कहकर मालती को वह घर में ले गया और तत्काल बाहर आकर मुझसे बोला—'चलो लौट चलें!' किसी भी विश्वासघात का किंवा गूढ़कर्म का लवलेश भी परिचय अथवा शंका न रहने के कारण मोटर से उतरते समय मालती के अन्दर आने के लिए कहने पर भी मैं उसके साथ भीतर नहीं गया और मोटरवाले की बात सुन उसी समय मैं लौट गया। पर मुझे उस समय मठ में न बुलाकर अन्यत्र ही रखा गया। दूसरे दिन रात को सभा के समय ही संगीत में साथ देने के लिए लाया गया। उस सभा के अन्त में इस टोली के अन्दर मैं भी था; अतः मुझे भी पकड़ लिया गया। मैं मालती के विश्वास के लिए अपात्र तथा उसकी सहायता के लिए अक्षम सिद्ध हुआ इसका मुझे अत्यन्त खेद है।"

आरोपियों में से सबके वक्तव्य, पुलिसवालों के सारे सबूत तथा अदालत का सारा काम लगभग समाप्त होने को आ रहा था। पर रफीउद्दीन अर्थात् योगानन्द अपने बचाव के बारे में कुछ भी नहीं बोला था। कभी मजाक उड़ाता था—या हंसता था बस ! इन सब आरोपियों की ओर से वकालत के लिए सरकार ने स्वयं एक वकील दिया था। पर रफीउद्दीन कभी-कभी उसकी भी मखौल उड़ाया करता। न्यायाधीश के साथ मात्र उसकी खूब घुट रही थी। इस पैशाचिक मनुष्य के अघटित मन का शास्त्रीय विषय के समान गम्भीर अध्ययन करने की बुद्धि से न्यायाधीश उससे खोद-खोदकर सवाल करते थे—उसे हंसने देते थे, बोलने देते थे तथा बहुत बारीकी से उसकी ओर देखा करते थे। अन्त में अभियोग का काम समाप्त करने से पूर्व एक बार फिर वे रफीउद्दीन से बोले :

"तुझे अपने ऊपर आरोपों के बारे में या बचावों के बारे में अभी कुछ कहना है क्या ?"

"कहता हूं थोड़ा-सा !" सभा के अत्यन्त आग्रह के कारण जिस तरह कोई दुढ़ाचार्य भाषण देने के लिए खड़ा होता है तद्वत रफीउद्दीन भी अदा के साथ हिन्दी-उर्दू में बोलने लगा :

"मेरे ऊपर इन चालीस-पचास साक्षीदारों ने इतने असंख्य आरोप लगाए हैं कि, अलग से मुझे आज उनकी याद भी नहीं रह गई है ! अत: उन

सबका अलग-अलग जवाब मैं क्या दूं ?

"इन पुलिसवालों ने तथा इन आरोपियों ने मुझपर इतने आदमियों के मारने और इतनी लड़कियों के बिगाड़ने का इलज़ाम लगाया है, मानो मैं कोई कहानी की किताब लिखनेवाला, नाटक करनेवाला या फैसला सुनानेवाला जज ही हूं ! मैं खुद को जितना गुनाहों से खौफ खानेवाला समझता हूं, उतना ही इन पुलिलवालों को भी समझता हूँ। मैं भी निर्दोषी और ये सब भी निर्दोषी ! तब यह सारा विक्षिप्तविपरिपाक हुआ कैसे ? गलतफहमी से, समझ के विप्रकार से ! देव ने मुझे किसी सभ्य, सदय और साबुन से धुले हुए न्यायाधीश सरीखा मुंह और शरीर-रचना न देकर एक अत्यन्त भयंकर डाकू सरीखी दी है। पर इस दोष के लिए जो सजा मुझे देनी है वह मुझे न देकर देव को ही देनी चाहिए।

"पंजाब में डाके डालकर काले पानी में गए हए, काले पानी से भागकर आए हुए बिहार खानदेश प्रभृति प्रांतों में अक्षम्य अत्याचारों का भयंकर ताण्डव मचा देनेवाले किसी रफीउद्दीन अहमद नाम के अधमाधम, हत्यारे और नृशंस डाकू के मुंह जैसा मेरा मुंह और शरीर-रचना जैसी मेरी शरीर-रचना दुर्दैव ने हूबेहूब घड़कर तैयार की होगी और उसी वजह से इन सारे सज्जनों को मैं ही वह पापी हूं ऐसा सात्त्विक क्रोध के आवेश में, ईमानदारी के साथ प्रतीत हुआ होगा। अतः जब तक असली खरा पापी डाकू रफीउद्दीन अहमद मुझे न मिले तब तक मुझे निर्दोषी समझकर छोड़ दिया जाए, अन्यथा पुलिसवाले ही उसको पकड़कर ले आवें। उसे देखते ही मेरा कहना कितना अक्षरशः सत्य है, यह आपके तत्काल ध्यान में आ जाएगा। मुझे निर्दोषी समझकर छोड़ दीजिए, मैं उस असली रफीउद्दीन को पकड़कर लाता हूं ! नहीं तो मैं उसकी साक्षी उपस्थित करता हूं ! आप कोर्ट की तरफ से—जब तक मैं उसे पकड़कर न ले आऊं तब तक के लिए ज़मानत पर छोड़ दीजिए ! बस, यही है मेरा बचाव ! (पुलिसवालों की तरफ देखकर) क्यों दस सोनार की और एक लोहार की है कि नहीं ?"

अन्दर ही अन्दर हंसते हुए रफीउद्दीन अर्थात् योगानन्द नीचे बैठ गया।

न्यायालयांतर्वर्ती मंडली की यथाशक्ति रोक रक्खी हुई हंसी जब तक समाप्त नहीं हुई तब तक न्यायाधीश भी होंठों से प्रखण्ड लेखनी की नोंक लगाए हुए छत की ओर विचारपूर्वक देखते रहे। फिर उन्होंने पूछा :

"रफी उद्दीन अर्थात् योगानन्द, तुझसे सामान्य जानकारी के आखीर के कुछ सवालात मुझे अभी पूछने हैं। ठीक-ठीक और सच्चे जवाब देगा तो उसमें तेरा ही हित है।"

हाथ जोड़ वह भारोपी नम्रतया खड़ा होते हुए बोला :

"पूछिएगा महाराज !"

"तेरा सच्चा नाम क्या है ?"

"योगानन्द गोस्वामी।"

"तेरा धन्धा क्या था ? तू क्या किया करता था ?"

"धन्धा कहने के लिए कुछ भी नहीं था। हां, देव का भजन किया करता था !"

"अच्छा तुझे मालती की जानकारी है ?"

"है न ? वाह महाराज ! मालती की जानकारी के बारे में क्या पूछते हैं आप ? वह मालूम है, इतना ही नहीं, मुझे वह बहुत पसन्द भी है !"

"मालती को पहले-पहल तूने कहां देखा था ?"

"रानी के बाग में !—बम्बई में ! वहां पहली ही बार अपने छुटपन में मैंने जब मालती को देखा, तभी वह मेरे मन को इतनी सुहाई कि मैंने उसकी एक कलम लाकर अपने बगीचे में लगा ली। महाराज, मुझे जपा और यूथिका की अपेक्षा भी मालती बहुत ही भाती है ! भजन के समय मैं इस मालती के फूलों का ही हार अपने गले में डाला करता था।"

इच्छा न होते हुए भी श्रोताओं ही के नहीं बल्कि न्यायाधीश के मुंह पर भी इस ढीठ आरोपी के इस अप्रत्याशित श्लेष के कारण अकस्मात् हंसी आए बगैर न रही। उसे तत्क्षण दबाकर उन्होंने पूछना शुरू किया :

"तू भूत-भविष्यत्-वर्तमान की बातें बतलाने की अन्तदृष्टि के नाम से लोगों को धोखा दिया करता था—यह सच है क्या ?"

"महाराज ! भजन में तल्लीन होते हुए ही, मेर अन्तश्चक्षुत्रों के समक्ष इच्छामात्र से भूत-भविष्य का चित्रपट खड़ा हो जाता है, यह सर्वथा सत्य है !"

"वह तेरी अन्तर्दृष्टि आज भी खुली है क्या ? हो तो अभी का अभी मेरे बारे में भी एक-दो भविष्य-कथन बताकर दिखाएगा ?"

"हां सरकार ! मैं आपके लिए शुभ भविष्य यह कहता हूं कि, अपनी मत्यु अपनी ही प्रांखों से देखने का दुःखद प्रसंग आपपर कभी नहीं आएगा ! दूसरा मेरे लिए उतना ही अशुभ किन्तु बिनचूक भविष्य यह है कि, इस मुकद्दमे के निर्णय में मुझे निर्दोषी कहकर आप कभी नहीं छोड़ेंगे ! छाती हो तो मेरा यह भविष्य कथन आप झूठा साबित करके दिखाएं !"

इस समय के इस ढीठ आरोपी के झूठ-मूठ के वीररस को और उस छद्मी के अन्दर ही अन्दर हंसने को देखकर गाम्भीर्य को एक ओर रखके खिलखिलाकर हंसे बगैर न्यायालय के भीतर किसीसे भी न रहा गया। चिन्ता और भय से थरथरानेवाले आरोपी भी हंसे। हसा नहीं तो अकेला वह किशन !

न्यायाधीश न्याय-निर्णय का उस दिन का काम समाप्त करके उठे और मुकद्दमे (खटले) की बची-खुची विधि को निपटाकर 'चौथे दिन निर्णय सुनाया जाएगा' ऐसा उद्घोष किया गया।

7

समस्त पृथ्वीतल पर जो खाल्डियन, ग्रीक, पारसी, यहूदी, क्रिश्चियन, मुसलमानी इत्यादि धर्म-क्षेत्र हैं, उनमें सबसे ज्यादा प्राचीन होने पर भी अत्यन्त आधुनिक काल तक अपने महत्त्व और आकर्षण को अबाधित रखनेवाले और जैसे द्वापर में वैसे ही आज भी कोटि-कोटि हिन्दूओं के ज्ञानतीर्थ बने हुए श्री काशी क्षेत्र के समन्तवर्ती एक उप वन में से एकान्त रूप

से बहती जानेवाली गंगा के किनारे एक पुराना घाट था। सन्निध लोगों की बस्ती नहीं थी। एक छोटा-सा महादेव का जनशून्य देवालय और उससे लगकर खड़े हुए कुछ बिल के तथा सादे चम्पक के पुराने दरख्त बस, यही उस स्थल का अलंकरण था। उस एकान्त स्थल में, उस पुराने घाट पर, एक ब्राह्मण तरुण महादेव के देवालय में हाथ जोड़कर प्रार्थना करता था :

"देव, मेरी मूर्खता के कारण मेरे ऊपर आया हुआ समस्त लांछन दूर करके उस राक्षस योगानन्द के पंजे से मुझे छुड़ा दिया। उन पापियों के संसर्ग-दोष से मेरे ऊपर डाकेज़नी और मनुष्य-वध के भयंकर आरोपों में से न्यायाधीश ने सर्वथा निर्दोष समझकर मुझे जो छोड़ दिया, वह सब तेरी ही दया का फल है ! उन दुष्टों द्वारा आनीत गंडांतर में से मुझ निरपराध का यह पुनर्जन्म हुआ है ! तेरी न्यायप्रियता की कीर्ति-रक्षा करनेवाली यह तेरी ही दया है !

"पर देव, न्याययुक्त दया पक्षपात विरहित ही होनी चाहिए, नहीं क्या ?" वह अन्दर ही अन्दर घुटने लगा "तब...तब मुझसे भी अधिक निरपराध और अनागस उस कुमारी पर दया आपको अभी कैसे आई नहीं ? न्यायाधीश ने मुझे इस भयानक खटले में से निर्दोष समझ मुक्त कर दिया तथापि मेरा मन मुझे एक दोष के विषय में सर्वदा प्रशान्त बनाए रखता है ! अपने हाथ से अनजाने क्यों न हो, पर मैंने मालती को उसके अपने घर न पहुंचाकर किसी दूसरे ही पते पर—वह पता उसके घर का नहीं है यह जानकर भी—ले जाकर छोड़ दिया। वह 'अन्दर मेरे साथ चल' ऐसा कह भी रही थी तो भी भ्रांत धारणा के वशवर्ती हो उसके साथ उस दूसरे के घर में गया नहीं और किन्हीं अंशों में तो उस नरपशु के—उस गुलामहुसेन के—हाथ में उस असहाय कुमारी को सौंप देने के दोष का मैं हिस्सेदार बना ! जान-बूझकर नहीं हुआ, पर जो मुझे मालूम पड़ना चाहिए था, जिसका मालूम करना उस समय मुझ द्वारा अंगीकृत कार्यभाग में मेरा कर्तव्य था, वह करने में मैं चूक गया, यह मेरी बेखबरदारी भी एक दण्डनीय अपराध है। नैर्बंधिक अपराध (कानूनन गुनाह) न भी हो तो भी नैतिक अपराध तो हुआ है !

"मेरे अस्तित्वहीन अपराधों के आरोपों में से मेरी पहली मनौती को मानकर मेरा छुटकारा करनेवाले देव ! उस बेचारी मालती का उस हिंस्र नरपशु के हाथ से छुटकारा कराने का अवसर तथा सामर्थ्य आप मुझे दें!"

"पाखंड ! पाखंड !!" अपने आपमें ही ज़ोर-ज़ोर से बोलते हुए वह जल्दी-जल्दी इधर से उधर और उधर से इधर चक्कर मारने लगा। "एक, दो, तीन, चार ! हां; चार दिन पहले ही इस समय मैं कारागृहांतर्गत भयानक तनहाई के अन्धकार में तथा आगे की दुश्चिन्ता में पड़ा हुआ था। मेरे पैरों की वे बेड़ियां टूट गईं—निर्दोष छूट आया—आज मैं यहां उन्मुक्त वृत्ति से इस ताज़ी और मुक्त वायु को श्वासोच्छ्वास रहा हूं ?—पर मालती ? हाय ! हाय ! यह गुलाबी पच्छिम जिस तरह उस अंधेरे की पकड़ में आते ही काली पड़ गई, उसी तरह वह सुन्दर किशोरी उस हिंस्र राक्षस के पंजे में फंसकर आज प्रभाहीन हो गई होगी।"

दूर पर कहीं देखते हुए, मालती कहां होगी, इस बारे में बेलगाम तर्क-वितर्क करते हुए, उसके बारे में अनेक काल्पनिक प्रकरणों की योजना करते हुए, कुछ घूमते हुए—और कुछ ठहरते हुए वह वहां रहा।

वह किशन था ! योगानन्द अर्थात् रफीउद्दीन अहमद के डाकेजनी के खटले में पड़ने से पहले न्याय-वेदान्त शास्त्रों का अध्ययन करने के लिए जब वह काशी ही में रहा करता था तब इसा महादेव के देवालय में वह एकांत स्थान की इच्छा से आकर बैठा करता था। उस देवता को ही वह आराध्य देवता मानता था। आगे चलकर उस योगानन्द के ढोंग धतूरे के फंदे में पड़कर जब वह उसके साथ पकड़ा गया तब कैदखाने में उसने इस ही देवता के नाम पर निर्दोष छूटने के लिए मनौती न्यौती थी। उस खटले का निकाल (निर्णय) इलाहाबाद के न्यायालय में चार-पांच दिन पहले ही लगा (प्रकट हुआ) था। रफीउद्दीन अहमद को आजन्म काले पानी की सज़ा तथा उसके साथियों में से बहुत-सों को सात से दस बरस तक की काले पानी की सख्त सज़ा सुनाई गई थी। दो को छोड़ दिया गया—एक हसन भाई को—वह क्षमा

का सरकारी साक्षीदार हुआ इस कारण से; और इस किशन को, पूर्ण निर्दोष होने के कारण।

वहां से छूटते ही वह सीधा काशी चला आया और अपने प्रिय एकांत देवालय में उतरा। उसका घर-बार तथा कुटुम्ब कुछ भी अवशिष्ट नहीं था। वह बिलकुल निर्धन था—अतः उसे कोई अधिक पूछता-ताछता भी नहीं था। वह कुछ कुरूप था; अतः उसपर कोई आसक्त भी नहीं हुया था। मथुरा में रहते समय, मालती को लाने और भिजवाने के लिए, वह पक्का जेबकतरा रफीउद्दीन जब योगानन्द के वेष में व्यवहार करता था, उन दिनों उसने इस किशन को ही मालती के साथ भेजने के लिए जो चार-पांच मर्तबा चुना था, वह किशन के किसी सदगुण के कारण नहीं बल्कि उसकी इस थोड़ी-सी कुरूपता के अवगुण के ही कारण ! उतने अर्थ में, उसकी कुरूपता उसके लिए उपकार-कारक ही साबित हुई ! क्योंकि उस कुरूपता के कारण ही उसका मालती के साथ परिचय हुआ। मालती ने तथा मालती की मां ने किशन के सुशील स्वभाव की कितनी ही दफा प्रशंसा की थी। उसके उस समय तक के जीवन में किसीने भी उसके हाल-हवाल नहीं पूछे थे ! अतएव मालती और उसकी मां के वे दो-चार मीठे शब्द भी उसको विशेष ममता द्योतक प्रतीत हुए होंगे ! अत्यन्त सहज भाव से मालती उसको जितनी मीठी आवाज़ में पुकारती थी, उतनी मीठी पुकार उसको जन्म-भर में सुनाई नहीं दी थी।

"मालती ! फिर एक बार वैसी मीठी आवाज़ में पुकार ना मुझे ! —किशऽऽन !" उसने मालती जैसी पुकार अपने ही आप मारकर देखी ! फिर थोड़े-से विसंगत विचारों के प्रवाह में देवालय में आया, वहां भी चक्कर मारने लगा और अन्त में अपने ही आपसे ऊंची आवाज़ में बोला :

"हेह्ह ! बड़े-बड़े पुलिसवालों को उस नीच गुलामहुसेन का पता नहीं चल पाया—मुझे भला कैसे चल जाएगा ? यदि चल भी जाए, तो मेरे जैसा असहाय पामर उस चांडाल-चौकड़ी में से उसे छुड़ाकर कैसे ला सकता है ? अशक्य, अशक्य ! वह यदि शक्य है, तो देव तुझ अकेले ही के लिए ! छुड़ा

न, मालती की मुलाकात करा न मुझसे!

इतने में समीपस्थ उस घाट की पौड़ियों की ओर सीटी की आवाज़ सुनाई दी और थोड़ी ही देर में पानी में घड़ा डुबाने की आवाज़ भी आई !

" कौन भला, घड़ा भरकर पानी ले जाने के लिए इतने विजन संध्या समय में, गंगा पर आया हुआ है ? होगा बेचारा पांथस्थ कोई भी !"

ऐसा मन में बोलता हुआ किशन उस घड़ा भरकर उठानेवाले मनुष्य की धुंधली-सी मुखाकृति की ओर सहजभाव से ही देखता रहा; पर घड़ा कंधे पर रखकर मुंह से सीटी मारता हुआ वह मनुष्य परली तरफ के आए हुए रास्ते से न जाकर देवालय के साथ लगे हुए रास्ते से, जैसे-जैसे नज़दीक-नज़दीक आने लगा, वैसे-वैसे किशन भी मन ही मन अधिकाधिक चौंकता चला गया ! किशन संताप के, भय के और कुछ आनन्द के आवेश में होंठ फड़काते हुए मन ही मन बोलने लगा :

"यह ही ! बिलकुल निश्चित ! यही है वह गुलाम हुसेन ! खटले में हसन भाई ने जो कहानी सुनाई थी, वह यदि सच है तो मालती को भगाने का काम इसीने किया है। एक बार तो मालती दीखेगी क्या पुनः ?—अरे, पर यह चला अंधेरे में ! जाना ही चाहिए इसके पीछे ! किसे मालूम इसने मालती को यहीं कहीं छिपाकर रखा हो ! क्या योग है ! जान लूंगा—अपनी दूंगा—पर उसे छुड़ाऊंगा !"

इस आखिरी वाक्य से उसमें हाथी का बल और बाघ का साहस आ गया ! "किशन ! छुड़ा न मुझे !" ऐसी मालती की आर्त पुकार उसे सुनाई-सी दी !

किशन पहले तो झप-झप चला। पर जब उस आदमी के इतना समीप आया कि, उसके पीठ पीछे से उसका रास्ता नज़र आ सके तब जरा दुबककर चलने लगा ! आगे चलनेवाला यह मनुष्य गुलाम हुसेन ही है, इसमें किशन को अब सन्देह ही नहीं रह गया था। एक गुलाम हुसेन कुछ दूर जाने के पश्चात् वटवृक्ष मूल की आड़ में बने हुए एक खपरैल का छोटा-सा घर था उसके दरवाजे पर पाया। उसके पीछे-पीछे सुरक्षित अन्तरों पर से रास्ता निकालते हुए

पानेवाला किशन उस घर में से कोई व्यक्ति दरवाज़ा खोलकर गुलाम हुसेन के सामने आता है या नहीं, यह आंखें फैला-फैलाकर देखने लगा। घर के अन्दर का प्रकाश हिलता-सा नज़र आया, उसे देखते ही उसके दिमाग में आया कि अन्दर कोई आदमी है—वह मालती ही तो नहीं न है ? उत्सुकता से उसकी छाती धड़-धड़ करने लगी। पर गुलाम हुसेन घड़ा नीचे रखकर, कमर के नज़दीक कुछ खोलकर उस बन्द दरवाजे के ऊपर की चौखट के समीप ज्योंही अपना हाथ ले गया त्योंही किशन के ध्यान में आया कि, दरवाजे को तो बाहर से ताला लगा रक्खा है ! उसपर से अन्दर कोई भी नहीं है, यह जान लेते ही एकदम उसकी आशा भंग हो गई। जिस तरह मालती हाथ में आई उसी तरह वह विलुप्त भी हो गई ! उसका जी तिलमिलाने लगा। इतने में गुलाम हुसेन ने ताला खोलकर दरवाज़ा खोला और थोड़ा-सा डांटते हुए वह कहने लगा:

"रोशन ! रोऽऽशन ! बत्ती बाहर लाव। क्या ? नहीं आती? घसीट के ले आवूं ?"

वे शब्द सुनते ही किशन का शरीर कांप उठा। अन्दर कोई औरत है ! उसे कड़ी निगरानी में रखा गया होगा ! बाहर जाना हो तो यह राक्षस उसको ताले में बन्द करके ही बाहर जाता है ! वह इसका कहना मन से नहीं मानती! यह मौका पड़ने पर उसे घसीटने से भी नहीं चूकता ! इतनी लम्बी-चौड़ी बातें उसको उस एक चार शब्द वाले वाक्य में ही मालूम पड़ गईं। उसकी उम्मीद के लिए वह इतनी अनुरूप साबित हुईं कि, वह ओठों ही में बोलने लग गया :

"हो न हो मालती ही अन्दर है ! रोशन का मतलब ही मालती ! आएगा क्या वह बत्ती लेकर बाहर !"

सचिन्त उत्सुकता से उसकी छाती धड़कने लगी ! गुस्से से उसके ओंठ फड़कने लगे ! बत्ती दरवाज़े के पास आई। वह पत्थर के बांध के पीछे छिपकर देखने लगा धुआं उगलनेवाली आग को कुरेदने से जिस तरह वह थोड़ी-सी जल उठती है, और थोड़ी-सी लपट ऊपर को उठने लगती है, तद्वत गुलाम हसेन के 'आती कि नहीं ! इधर ! और आगे !' ऐसे धमकी-भरे शब्दों के साथ-साथ अपने हठीले पैर आगे रखती हुई, फिर हठीले स्वभाव से

ठहरती हुई, बत्ती हाथ में लेकर मुसलमानी वेश में एक तरुण स्त्री अन्त में बाहर आई ! वह बत्ती गुलाम हसेन द्वारा निर्दिष्ट कांटे पर टांग दी। और पुनः वह घर में जाने लगी, त्यों ही गुलाम हुसेन ने उसे पकड़ लिया ! पास ही एक बड़ा वृक्ष का लट्ठा पड़ा हुआ था। उसपर वह कुर्सी की तरह पैर लटकाकर बैठ गया और उसे अपनी जांघों पर बलपूर्वक घसीटते हुए बोला :

"आब, तू हंस या रो पड़, पर मैं अभी तेरे साथ प्रेम का मज़ा लूटूंगा ही ! देखने दे तो तेरा वह सुन्दर मूंह ! नहि उठाती मूंह ऊपर ! तो ऐसा मैं जबरन उसे ऊपर उठावूंगी और मेरे आंखे भर-भर करके तेरी खूबसूरती की शराब पी लूंगा !"

इस प्रकार लाड़ में आकर बोलते हुए उसने उस रमणी का वदनमण्डल बलपूर्वक ऊपर उठाकर दोनों हाथों से उस दीप के प्रकाश में पकड़ लिया। आंखें भर-भरकर उसकी सुन्दरता का मद्य वह पीने लगा। झूलने लगा और उस मुंह के मटामट चुम्बन लेने लगा। कहने लगा :

"वाह वाह ! इस अंधेरे रात में नया चांद ! ऐ रोशन, क्या बोलती थी तुझे तेरी मां ?—मालती ? ऐ मालती ! मेरी जान !"

"मालती ! तुझे मेरी बोली समझती नहीं ? अच्छा ! मैं तेरे टूटे-फूटे मरेठी में बोलतों, सुन ! तूं ऐसी दुख में कां ? तुझी मा तुला आठवते ? तुझी आई भी तुझ्या पास आणून ठेवूं ? बोल ! तुझ्या आईला भी पलवून आणतो।"

"मेरी मां का नाम तो फिर मत निकाल इस अपने नीच मुख से ! आग लगे तेरे मुंह को !" उसके हाथों द्वारा ऊपर उठाए गए और अब गुस्से की वजह से रोदिष्यमाण अपने मुंह को एक झटका मारकर हटाते हुए मालती जो अपना सिर फिराने गई—उसके सिर का एक ज़ोर का तड़ाखा गुलाम हुसेन की ठुड्डी पर बैठते ही उसकी दांतों की पंक्तियां एक-दूसरे से ऐसी कचका गईं कि, उसके माथे में झनझनाकर दर्द ही पैदा हो गई ! उसने गुस्से में आकर मालती के गाल पर ताड़् करके एक चपत जमा दी और जो ढकेल दिया, वह धड़ाम से ज़मीन पर जा पड़ी।

"राक्षस ! अभी तेरे नरडे की घूंट लेता हूं !" ऐसा फुसफुसाते हुए दया की और तैश की लहर में किशन एकदम बांध पर चढ़ने लगा।

"तेरी जान लूंगा या अपनी दूंगा" इस खुमारी के साथ उसने ज्यों ही बांध के ऊपर अपना पैर रखा त्यों ही नीचे का पत्थर खिसककर उसका पैर एक गहरे छेद में जाकर अटक गया। उसके साथ ही उसके जोश की खुमारी उतर गई ! वह पैर छुड़ाने लगा—तब तक एक दूसरा ही विचार उसके दिमाग में आया—'यह अधम हुसेन सशस्त्र तो होगा ही ! मैं नि:शस्त्र ! इस घर में इसका एक और भी साथी होगा। ऐसे निर्लज्ज आदमियों का श्रृंगार अनेक बार संयुक्त रूप में भी होता है, यह इन्हीं के साथी हसन भाई ने मुकद्दमे (खटले) के समय शपथपूर्वक कहा था !'

मालती धड़ाम से जो ज़मीन पर गिरी, वह वैसे ही वहां पर सिरहाने अपना हाथ रखके सिसकियां भरती हुई पड़ी रही ! गुलाम हुसेन तनकर खड़ा हुआ, कुछ क्षणों तक उसको आंखें भरकर देखने के बाद और भी अधिक आतुर होकर हंस पड़ा !

"आह रे खूबसूरती ! छोकरी, यह चित्र के सदृश ठीक-ठीक रेखांकित तेरी शरीर यष्टि कैसी प्यारी लगती है ! खड़ी होने के भी अपेक्षा यह हरिणी जैसे तेरे गौर सुन्दर पैर करवट पर जोड़कर सीधा लम्बे तानकर जब तू पड़ी रहती है न, तब तेरी तनुलता एक नवीन ही शोभा से मन को मोह लेती है ! प्यारी उठ, तेरे जवानी की खबसूरत मैं दोहूंगाहि दोहूंगा !"

गुलाम हुसेन ने स्वतः नीचे बैठकर फिर ज़बरदस्ती से उसे उठाया, उसे पास लिया तथा उसपर अपने हाथ फेरने लगा।

"प्यारी मालती ! ताले में दिन-भर बन्द करके रखता हूं इसलिए तू गुस्सा करती; पर पुलिसवालों को तेरा पत्ता न लगे, तुझे पकड़कर ले गए तो तुमकोहि वे पोलिस हाण मार करेंगे ! (—मेमने !)पर अब दो-चार दिनों ही में मैं तुझे एकदम इतनी दूर और ऐसे एक रम्य वन में ले जाऊंगा कि वहां इधर के पुलिस के बाप को भी अपना पता नहीं लग सकेगा ! वह हरामी रफीउद्दीन तो पड़ ही गया उस काले-पानी के नरक में जन्म-भर के लिए ! अब

पुलिसवाले हमको यों भी भूल जाएंगे। ये डाके में कमाए गए रत्नों के दो हार, यह सोना और यह तू मेरी सोनी ! बस्स् भोगच भोग ! विलासच विलास ! आज तक कमाई और अब रमाई ! प्राप्ति का भोग ! प्यारी हंस ना, हंस, हंस, !" वह उसे गुदगुदी करने लगा !

वह गुदगुदी मालती को रीछ की प्राणहारक गुदगुदी की तरह लगी। मन मसोसकर वह हंसी !—पर उस गुदगुदी से किशन को सच्ची गुदगुदी हुई और वह हंसा अत्यन्त सन्तोष से ! गुलाम हुसेन के मुंह से पुलिस का नाम निकलते ही उसे एकदम मानों गुरुमन्त्र ही मिल गया !

अभी का अभी यह समाचार पुलिस की चौकी पर जाकर गुप्त रूप से कह देना चाहिए। अठारह बरस से कम उम्र की लड़कियों को उड़ाना यह गुलाम हुसेन का एक नैर्बंधिक (कानूनी) घोर अपराध है ! मालती का नहीं ! खटले का वह एक फरारी है ! अब वह फांसी के रस्से पर झूले लेगा—और मालती पुनः उस मथुरा के आनंद के पालने पर ! उसकी वह प्यारी 'किशऽऽन !' ऐसी लाड़-भरी पुकार उसे पुनः सुनाई दी।

आनन्द के आवेश में यह समाचार पुलिसवालों को देने के लिए किशन लुकते-छिपते अपनी आहट न लगने देते हुए बांध की आड़-आड़ में चलते हुए रास्ते की तरफ जाने के लिए मुड़ा। उसी बीच किशन ने अकस्मात् एक भयंकर चीख मारी ! "अय्यायाया !" कहकर बिलख उठा !

"भों ! भों ! गुर्र गुर्रर ! करते हुए किशन की पिंडली का मांसगोल दांतों से पकड़कर एक विकराल कुत्ता पिंडली को बुरी तरह खींच-खींचकर तोड़ने लगा।

वह उस घर के समीप पाला हुआ गुलाम हुसेन का कुत्ता था !

बांध के नज़दीक किसीकी इतनी ज़ोर की चिल्लाहट सुनकर वह कामातुर गुलाम हुसेन भी चौंका। उसकी इस चोरबस्ती के पास लोगों का शोर-शराबा होकर उनका ध्यान कहीं उस ओर आकर्षित न हो ! उसे यह संकट अनभीष्ट था; अतः सामोपचार से उस प्रकरण को वहीं मिटा देने के विचार से हाथ में लालटेन लेकर और मालती से "घर के अन्दर जा" कहकर

गुलाम हुसेन दौड़ते-दौड़ते बांध के पास आया। तब तक किशन ने बांध में से एक पत्थर निकालकर उस विकराल कुत्ते के सिरपर दे मारा था; अतः वह पिंडली छोड़कर दूर हट तो गया था, पर फिर थोड़ा झपट्टा मारकर भौंकते हुए तथा गुर्राते हुए किशन की दूसरी चबाई लेने के लिए जूझ रहा था।

किशन की फाड़ी हुई पिंडली में से लोहू की धार बह रही थी और असह्य वेदना हो रही थी। हिलने की सुविधा ही नहीं थी। गुलाम हुसेन के नज़दीक आते ही किशन ने बहाना किया :

"मैं अंधेरे में वह दीया देख एक रात-भर को आसरा मांगने के लिए आया था सो तुम्हारे इस कटखने ने मेरी जान ले ली ! अम्मा री ! हाय अम्मा !"

"विह्वल न हो, चिल्लाता काहे को है इस तरह !" गुलाम हुसेन प्रकरण को समाप्त करने की बुद्धि से उसे समझाते हुए बोला।

बड़े प्रयास से गुलाम हुसेन ने किशन को उठाकर उस बांध को लांघा और उस लालटेन के हल्के-से प्रकाश से युक्त आंगन में लाकर रख दिया। पानी से उसका घाव धो-पोंछकर अपनी हमेशा की रामबाण दवा किशन के घाव में भरकर रक्तस्राव को थाम दिया। पट्टी बांधी। किशन को उस लक्कड़ पर टिकवाकर लिटा दिया और लालटेन ऊपर कांटे पर टांग दी।

लालटेन ऊपर टांगने के बाद, किशन के मुंह पर स्वच्छ प्रकाश पड़ा।

उस लालटेन के प्रकाश में किशन के मुख को ठीक ढंग से देखने के बाद मालती के ओंठों ही ओंठों में 'किशन' ऐसी एक पुकार भी थर-थराकर चली गई !

लालटेन का प्रकाश थकावट से आंखें मूंदकर लकड़ी पर टेक लिए हुए उस किशन के निश्चल मुख पर पड़ते ही मालती को जो शंका आई थी वही गुलाम हुसेन को भी आई ! तिसपर खिड़की में से अत्यन्त लोभपूर्ण दृष्टि से किशन की ओर टकमक देखनेवाली मालती को उसने ज्यों ही देखा त्यों ही उसकी शंका सौगुनी बढ़ गई ! पक्का निश्चय करने की युक्ति भी उसे साथ ही साथ सूझ पड़ी। असावधान, नींद में पड़े हुए उस घायल को गुलाम हुसेन ने

हेतुतः उस संशयित नाम से पुकारा :

"किशन ! किशन !!"

किशन दचककर (घबराकर) जाग गया और अपने नाम का परिचय देना ठीक नहीं, यह बात ध्यान में आने से पहले ही उत्तर दे बैठा—

"ओ ! ओ!"

"अरे हरामखोर, पकड़ा कि नहीं तुझे ? छद्मी वेष से नाम छिपाकर यहां पता चलाने के लिए आया था क्या ? किशन ! बोल !" मुट्ठी तानकर क्रोध से कंपित घर्घराती हुई आवाज़ में गुलाम हुसेन फनफनाया, "बोल, तू मालती का पीछा करते हुए यहां आया है या नहीं ? तू और पाजी हसन भाई तुम्हीं विश्वासघातकी सरकारी साक्षीदार हो न कोर्ट में के ? मेरे गले में तांत देना चाहते हो क्या ? काफर ! बेईमान !"

"तेरा बाप बेईमान ! तुझसे ईमान ?" किशन तैश में आ तत्काल उठकर खड़ा हो गया !

"छुरा भोंककर तेरा पेट फाड़ ही दिया मैंने समझ। मेरा छुरा !—छुरा !" लकड़े पर गुलाम हुसेन ने देखा ! छुरा नहीं था वहां।

अन्दर दरवाज़े पर खड़ी हुई मालती को भी वही तत्काल याद आया। उसने झटपट खाट पर का छुरा निकालकर अपने कपड़ों के अन्दर कमर में छिपा लिया और वह एक कोने में जाकर खड़ी हो गई !

उतने ही में छुरा लेने के लिए गुलाम हुसेन दरवाज़े को तड़ से खोलकर अन्दर घुसा। उसीके पीछे-पीछे किशन तैश के साथ अन्दर प्रविष्ट हो गुलाम हुसेन को कमर से पकड़ उलझता-सुलझता उसके साथ ही खटिया पर जा पड़ा।

"ला ला ! !" गुलाम हुसेन चिल्लाया ! "मालती, वह छुरा ला !"

"ले यह ले छुरा !" इस तरह दांत पीसती और ओंठ चबाकर चीखती हुई वह बवराई हुई मालती छुरा खींचकर दौड़ी और उसने किशन को दबाकर पकड़े हुए, पर किशन की पकड़ में खटिया के एक कोने पर उत्तान होकर पड़े हुए गुलाम हुसेन के ढीले-ढाले पेट में वह लम्बा तेज़ छुरा पूरी ताकत के साथ

घुसेड़ दिया !

कितनी आसानी से वह अन्दर घुस गया ! उस बेभान त्वेश में भी मालती को हंसी आ गई !

"व्यर्थ ही मैंने इतना ज़ोर लगाकर घुसेड़ा वह छुरा बावले की तरह ! वह तो आधी ताकत में से आरपार चला जाता !"

"आं !—आं !" ऐसी दो-तीन भयंकर-भयंकर डुरकियां (सुअर की तरह) फोड़ते हुए गुलाम हुसेन का धिप्पाड़ (विशाल) शरीर धप्प से नीचे गिर पड़ा!—वह फिर कुछ उठा नहीं ! अपने ही ऊर्ध्वपाती उत्स्फूर्त रक्त के निपान में उसका प्राण डूब गया !

"मर गया ! निर्जीव मर गया !" किशन ने ताली बजाई !

"किशन !! ...पर अब आगे क्या होगा ?" किशन की आंखों की ओर टक बांधती हुई मालती थर-थर कांपते स्वर में बोली !

"आगे ? मालती, आगे..."

8

"आगे क्या होगा ?" मालती के इस प्रश्न का कुछ भी उत्तर क्षणभर न सूझने के कारण किंवा वैसे देखने पर पांच-पचास उत्तर एकदम सूझकर उनके उलटे-सुलटे और एक-दूसरे को विहस्त करनेवाले झमेले में अन्तिम एवं निश्चित मत एक भी चित्त में आकर टिक नहीं रहा था; अतः किशन भी सिर्फ "आगे ऽऽ-आगे ऽऽ" ऐसा होंठों ही होंठों में पुड़पुड़ाता हुआ मालती की मुद्रा की ओर शून्य दृष्टि से देखता हुआ खड़ा था। वह विकराल प्रेत उनके पैरों में पड़ा हुआ था ! उसके घावों में से रक्त का उत्स्राव ठहर-ठहरकर एकदम फूट पड़ता था। ऐसे दस-पांच क्षण बीते भी न पाए थे कि वह कुत्ता ज़ोर से पुकार मचाते हुए रो रहा है, तथा पीछे-पीछे ज़ोर-ज़ोर से भोंक-भोंककर विप्लव मचा रहा है, ऐसा किशन को सुनाई पड़ा।

वास्तव में उनकी वह प्रणा लेने-देने की जूझ जब चल रही थी तभी से

वह कुत्ता पास जाने से डरता हुआ भी भाग खड़ा नहीं हुआ और वहीं बांध पर इधर से उधर दौड़ते ठहरते हुए निरन्तर चीत्कार करता रहा !

किशन ने एक भारी पत्थर उठाकर प्रथम उस कुत्ते पर दे मारा। उतने ही में उसको उस तरफ के एक टीले पर से पड़ोस के खेतों में दो-तीन लोग लालटेन लेकर अपनी ही तरफ देखते हुए, बातचीत करते दिखाई दिए।

उनको देखते ही 'हमारी हत्यारेपन की बात षटकर्णपतित हो गई' ऐसी घबराहट किशन की छाती में बैठ गई ! उसके कहने से पूर्व ही उससे बगैर पूछताछे उसके हाथ ने लालटेन को एकदम बुझा दिया ! अंधेरे में मालती का हाथ पकड़ लिया, और बोला :

"पहले हम यहा से निकल भागे चल ! हमें पकड़ने के लिए लोग जमा हो रहे हैं ! वे देख ! चारों ओर से घेरा डाला जा रहा है ! चल !"

मालती ने अंधेरे में ही ताला टटोलकर खोज निकाला; उसने वह छरा अपने पेट के नीचे छिपाकर रख लिया। उसी हालत में वह आगे जाकर उस टूटे-फटे दरवाज़े को ताला लगाने लगी, हाथ कांपने लगा। पर एकबारगी ताला लग गया। और मनुष्य की जैसी स्वाभाविक आदत होती है, उसके अनुसार ताला लगाने के बाद उसने ताले की चाबी अपनी कमर में खोंस ली।—"हं, चल किशन !"

अंधेरे में उस पत्थरों के बांध को लांघकर उस चबूतरे का फेरा मार वे दोनों जैसे-तैसे उस राह पर आ लगे।

"अब किधर मुड़नेवाली है ? शहर की तरफ ?"

"हेह पगले, इस बवत हम सब रक्ताक्त हैं ; पहले गंगा पर जाकर धो-नहाकर स्वच्छ और सभ्य बनें; चल पहले !"

"सच ? वहां के देवालय में पहले चल, रात आज वहीं बिताएं, मेरा सामान वगैरा सब वहीं है। वहीं से तो मैं यहां आया हूं !"

देवालय में आते ही अकेले किशन ने ही नहीं, बल्कि इतनी देर की उत्तेजना से मन और तन दोनों की दृष्टि से अत्यन्त दुर्बलाई हुई मालती ने भी, जमीन हो पर पूरी तरह से अपना शरीर डाल दिया। उसे दूर से ही किशन ने

पड़े-पड़े आश्वासन दिया, "तू आराम से सो, वह छुरा इधर दे, मैं पहरा देता हूं। अब दुःख सारा भुला दे हं, कुछ देर !"

"दुःख ? ऐह मुझे, बताऊं क्या, इस वक्त क्या प्रतीत हो रहा है ? आनन्द ! उत्साह ? कैसे कहूं ? मेरा यह सारा साहस है उसी बदले के आनन्द का !—इस बदले के छुरे का ? वह जब तक मेरे पास है तब तक मेरी जान में जान है ! इस वक्त तो सिरहाने ही रहने दे उसे मेरे ? मुझे नींद—किशन ? अरे, पर मेरी मां !—मुझे पहले यह बता मेरी मां किधर है ?"

किशन ने मालती को गुलाम हुसेन के यहां कैद हो जाने के बाद नायडूबाई को और उसकी मां को उस छद्मी योगानन्द ने किस तरह उल्लू बनाया और उसपर विश्वास करके वे दोनों किस तरह मालती को खोजने के लिए नागपुर की ओर चली गईं और उसके बाद किस तरह उनका पता उसे भी नहीं था यह सब संक्षेप में कह सुनाया। पर उसके समाप्त होते न होते मालती के संज्ञायुक्त मन के सारे व्यापार बन्द पड़ने के करीब आए ! वह सुनते न सुनते कब नीचे लढ़क गई और सो गई इसका मालती को भी पता नहीं था। किशन भी ज़मीन पर ही पड़ गया।

मालती का संज्ञायुक्त मन यद्यपि साफ बन्द पड़ा हुआ था, तथापि उसके असंज्ञ मन के स्तरों में नाना स्मृतियों और नाना क्लृप्तियों का एकमेव कोलाहल मचा हुआ था। वह बीच ही में दचकती हुई हंसती हुई खुर्राटे भर रही थी। स्वप्न पड़ते-पड़ते नींद में 'मर गई ! मर गई ! दौड़ ? मां, गले में फंदा पड़ गया मेरे !' ऐसा स्पष्ट रूप से चीख मारकर मालती एकदम उठ खड़ी हुई ? थर-थर कांपने लगी ? ज़ोर-ज़ोर से हांफती हुई नींद में बदला हुआ श्वास ज़ोर-ज़ोर से लेने और छोड़ने लगी।

किशन भी तत्काल उठा। अंधेरे में जहां मालती घबराकर खड़ी हुई थी वहां हाथ टटोलते हुए उसके कंधे पर एक हाथ रखकर दूसरे हाथ से उसकी पीठ थपथपाता हुआ मालती को धीरज देने लगा। उतने ही में मालती ने थरथराते हुए हाथों से उसके गले में गलबांह डाल दी, "किशन मुझसे खड़ा नहीं रहा जाता, मेरी छाती में न जाने कैसी धड़की घुस गई है—मुझे अपने पेट

के साथ मज़बूती से चिपटाकर मेरे साथ ही सो। लजा मत। मैं अपनी इच्छा से जिसे अपने साथ सोने के लिए ले रही हूं, ऐसा पहला पुरुष तू ही है।"

बिलकुल नज़दीक लेकर किशन के सोते ही उसे एकदम ऐसी गाढ़ी नींद लग गई मानो वह बीच में उठी ही न हो।

बिल्ववृक्षस्थ कोकिल की पहली कूक जब प्रभात वेला में सुनाई पड़ी तब बड़े कष्ट से किशन ने मालती को हिलाकर पूरी तरह जगा दिया।

"मालती, मैंने आगे के निश्चय की सारी योजना पक्की कर ली है ? धीरज मात्र धारण करना होगा। धीरज नहीं न खो बैठगी तू ?"

"पगले, मैंने अब सपने मैं थोड़ई हूं ? स्वप्न के फांसी के रस्से से जो लोग डरते हैं, उनमें से कितने ही, वास्तविक फांसी के रस्से से बिलकुल भी खौफ नहीं खाते !"

"पर फांसी का नाम मुंह से निकालती ही काहे को है ? संक्षेप में सुन ! तू अब गंगा में जाकर अपना यह मुस्लिम वेष और खून के दांगोंवाले कपड़े गंगा में डुबा दे, नहा और मेरी इस गठड़ी में से यह धोती लेकर एक भिखारिणी की तरह पहनकर यह कटोरा हाथ में ले इस टेढ़े रास्ते से निकल जा और गांवों में से होती हुई घर पर मां से जाकर मिल ? और..."

"छट् ! ठहर। मेरी मां का नाम अब पूरी तरह भुला दे ! अरे, वह मुझे देखते ही मेरे मुंह पर हाथ फेरने के लिए यदि फिर दौड़ेगी तो उसके भी हाथ मेरे मुंह पर के खूनी दागों से ख़ून भरे हो जाएंगे! कहीं भी धूल में मैं पड़ी रहूंगी, पर फिर मां के आंगन में पड़कर उसके पैर में गड़ूंगी नहीं ! अब अपना नाम भा मैं बदल डालूंगी ! फूल—नहीं कांटा ! मालती नहीं—कंटकी ! अब फिर, स्मरण रख अं, मालती नहीं कहना—कंटकी कहना मुझे !"

"ठीक है ! पर अब तू मुझे अकेला छोड़ जा ! मुझसे चलना नहीं बनेगा ! मैं भी पीछे से जैसे-तैसे निकलूंगा ही। यदि पकड़ा ही गया तो अकेला ही इस हत्या का सारा मामला अपने ऊपर ले लूंगा। बच निकला तो तुझसे मिलूंगा ! मुझे भी अपना नाम बदलना लाजमी है। ध्यान में रख, मेरा नाम कंटक ! जिस अधम का सिर कुचलकर सज़ा दी है उसका नाम भी

नहीं कहना 'मालूम नहीं' कह देना ! अब एकत्र फिरने से दोनों के दोनों फंस जाएंगे, अतः तू तो अब चली जा ! मालती !"

"कौन है अन्दर ? चलो बाहर आव !" कुछ अन्तर से ही पुलिसवालों की डांट-भरी आज्ञा छूटी !

किशन खट् से बाहर आया, आगे हो गया। उसके साथ ही "पकड़ो पकड़ो !" ऐसा पुकारते हुए दो-तीन सिपाही दौड़कर आए और उन्होंने वहीं किशन के हाथ में कड़ियां ठोक दी !

"बताओ उस परली ओर की झोंपड़ी में रहनेवाले मनुष्य की तादृश भयंकर हत्या तुमने क्यों की ? तुम्हारा नाम ? हां यही वह औरत ! पकड़ो उस ओरत को भी !"

"ठहरो, उस आदमी की हत्या मैंने की है—उस स्त्री ने नहीं ! और वह इसलिए कि, वह आदमी ही नहीं था, वह था एक नृशंस राक्षस ! मेरा नाम कंटक, यह मेरी बहिन कंटकी ! कुछ दिन पहले मेरी यह बहिन भीख मांगती फिर रही थी—उसे अकेले में पाकर उस मुसलमान गुण्डे ने ज़बरदस्ती खींचकर अपने घर में डाल लिया–बन्द करके रखा। पता चलाते-चलाते उसके घर के आगे जाकर पहुंचते ही और उसे 'मेरी बहिन को छोड़ दे' ऐसी डांट बताते ही वह छुरा लेकर मुझपर टूट पड़ा। हाथापाई में वही छुरा छीनकर मैंने उसका मुरदा गिरा दिया—और अपनी बहिन को छुड़ा लिया ! अत्यन्त थकावट के कारण यहीं रात बिताकर अभी उठे हैं और पुलिस को हम स्वयं यह सारा समाचार देनेवाले थे कि उतने में तुम्हीं चले आए !"

मालती से पूछने पर उसने भी वही बयान दिया। छानबीन करने पर मालती के रक्ताक्त कपड़े, हाथ, मुंह, कमर में खोंसी हुई उस टूटे घर की चाबी और वह रक्त-स्नात छुरा मालती के शरीर पर मिला। उसे नोट करके उन दोनों को पकड़कर ले चले ! साथ ही वे खेतिहर भी लौटे। अपने पर कोई जुर्म न आ पड़े ऐसा सोचकर उस टूटे-फूटे घर के अन्दर चलनेवाले किसी भयंकर प्रकार की सूचना उन्होंने ही रातों-रात पुलिस तक पहुंचा दी थी।

किशन और मालती-दोनों ही पर खटला भरा गया। अपराधी भी एकदम हाथ लग गए। उस हत्या के लिए सबूत पूरे थे। उस निर्जीव मारित व्यक्ति की छुरे के घावों से छिन्न-विछिन्न हुई मुद्रा के कारण उसकी पहचान भी मुश्किल थी। इस सारी परिस्थिति के कारण किसी भी गहराई में न जाते हुए उस हत्या-भर के लिए आरोप लगाकर खटला चलाकर पुलिसवाले मुक्त हो गए। उनके बयानों के आरोपियों की ओर से बचाव भी नहीं था।

न्यायाधीश ने निर्णय दिया :

"किस आरोपी ने प्राणघातक हमला किया है, यह अच्छी तरह सिद्ध न हो सका; किन्तु इतना अवश्य सिद्ध हो गया है कि इन दोनों ने जान-बूझकर इस हत्या में भाग लिया है। अतः हम कंटक और कंटकी दोनों भाई-बहनों को सज़ा देते हैं—आजन्म कैद काला पानी!"

ये शब्द सुनते ही किशन की आंखों से टप्-टप् बूंदें टपकीं तथापि फांसी की सज़ा टल गई, अत: उसे थोड़ा-सा हल्कापन भी मालूम पड़ा। पर उस शब्द में कुछ न कुछ भयंकर अर्थ भरा हुआ है ऐसा धुंधले तौर से प्रतीत होने पर भी, उसकी भीषणता का बिलकुल स्पष्ट चित्र मन में अवतीर्ण न होने के कारण ही मालती 'आजन्म कैद काला पानी' ये भयंकर शब्द सुनते समय भी सुन्न होकर उसी तरह देखती रही ! पर न्यायाधीश के उठने लगते वक्त मात्र वह एकदम भावावेश में आकर विनती करने लगी :

"कृपालु महाराज, काले पानी जाने पर मेरा यह भाई—अहं—कंटक मेरे साथ ही रहेगा न ?"

"अनजान लड़की ! वह क्या न्यायाधीश के हाथ में रहता है ? काले पानी में पुरुषों के और स्त्रियों के बन्दीखाने बिलकुल निराले-निराले रहते हैं !"

न्यायाधीश के मन को पहले ही से उसके अपराध की निरपराध बाजू रिझा रही थी, पर कानून कानून ही है ! वह अनुल्लंघ्य ! अतएव वह खटला जब तक चलता रहा वे ममता के वाक्य कुछ भी नहीं बोल पाए थे। पर समस्त खटले में धैर्यपूर्वक निश्चल रही हुई तथा आजन्म काले पानी की कैद की भयंकर सज़ा सुनते वक्त भी जो भावावेश में आई नहीं वह लड़की अपने

भाई से बिछुड़ने की बात सुनकर चिहुंक-चिहुंककर रो रही है, यह देखकर न्यायाधीश का अंत:करण द्रवित हो उठा और थोड़ा-बहुत आश्वासन देकर वे उसे समाधानने के लिए बोल गए :

"रोमो मत बच्ची, काले पानी में यदि तुम्हारा चाल-चलन ठीक रही तो दस-पांच वर्ष बाद तुम्हें शादी की अनुज्ञा मिलने की सुविधा है ! तब उस टापू ही में क्यों न हो, तुम सुख से एकत्र रह सकोगी !"

वे शब्द सुनते ही जैसे काले पानी की सज़ा रद्द होकर वह छूट ही गई हो, ऐसा उस संकट के तूफान में विमूढ़ हुई-हुई मालती को मन ही मन आनन्द हुआ। "महाराज, आपके मुंह में मिश्री, जिससे मर्ज़ी उसके साथ शादी मैं कर सकूंगी न ? बन्दीखाने का नियन्त्रण मैं पूर्ण रूपेण पालन करूंगी !"

9

कलकत्ते के बन्दरगाह पर स्थित प्लेटफार्म का एक पटांगण पूर्णतया खाली करने के लिए पुलिसवालों की दौड़-धूप शुरू हुई।

इतने में जिधर-तिधर लोगों में शोर होने लगा—"आया ! चलान आया ! चलान आया !"

'चलान' का अर्थ उस झुण्ड से है, जिसे अन्दमान भेजे जाने का दण्ड दिया गया है, और जो भिन्न-भिन्न जेलों से लाया जाकर एकत्र करके बन्दरगाह के प्लेटफार्म पर एक ही झुण्ड के रूप में अवस्थित हुआ है।

'चलान' अनुशासन में चल रहा था; वे संगीनें और वे डण्डे उसे घेरकर खड़े थे इसलिए ! अपवाद को एक ओर रख छोड़ें तो, उस चलान में के बहुतेरों की वह सभ्यता, वह विनय, वह दीनता, वे बूंदें, नीति की नहीं थीं; थीं तो केवल निरुपाय भीति की! ऐसे उच्छृंखल खलों को भी समाज-स्वास्थ्यपोषक अनुशासन में लाया जा सकता है; पर गीता के पारायण से नहीं; संगीनों की फौलादी नोकों से !

उसी चालान में देखो आपके परिचय का वह किशन ! उसको और मालती को जब से काले पानी की सज़ा हुई और वे एक-दूसरे से जो बिछुड़ गए सो बिछुड़ ही गए ! मालती को किस कैदखाने में भेज दिया गया, यह उसे अनेक प्रयत्नों के पश्चात् भी मालूम न पड़ा। इसको भिन्न-भिन्न कैदखानों में भींचते-भींचते प्रत्येक चार-पांच महीने के पश्चात् काले पानी के दण्डितों को एकत्र करके काले पानी भेजने के कायदे के मुताबिक, जब इस टोली को काले पानी भेजने के लिए कलकत्ता लाया गया, तब उस प्राणसंकट में भी एक स्निग्ध भीषण जिज्ञासा उसको बेचैन किए रखती थी। किसे मालूम, मालती को भी इसी 'चलान' में आजन्म काले पानी की सज़ा के लिए न ले आएं ? उसको तादृश दुर्दशा में देखना-धकेलना-कितना असहय कितना कटु ! पर उस निमित्त से भी क्यों न हो, कम-अज-कम मालती को देखना—संकट ही भोगने हों तो एकत्र भोगते हुए एक-दूसरे को बांटकर भोगना यह कल्पना कितनी मधुर ! चुपचाप उसने खोजने की बहुत कोशिश की पर दण्डित स्त्रियां उस चलान में भेजी जाने वाली नहीं थीं और होतीं भी तो उनको यथाशक्ति पुरुष चलान की नज़र तक से दूर रखकर भेजने की स्वतंत्र व्यवस्था रहती है—वही योग्य है। एतादृश उच्छृंखल कलि पुरुषों के एवं क्रूर पशुओं के झुण्ड में उन क्रूर तथा दण्डित स्त्रियों की भी देखते ही देखते मट्टी पलीत हुए बिना थोड़े ही रह सकती है !

मालती उस चलान में नहीं है, यह मालूम पड़ने की वजह से किशन को एक दृष्टि से अच्छा महसूस होने पर भी जैसे बुरा महसूस हुआ। मालती को सिर्फ देखने का भी अवसर प्राप्त नहीं होता, अतः जैसे उसके प्राणों को तिलमिलाहट होने लगी थी; ठीक उससे उल्टा और एक व्यक्ति उस चलान में दृष्टिगत न होने के कारण उसके सिर पर से एक बला टलने जैसा संतोष हुआ। वह व्यक्ति था रफीउद्दीन ! उसे भी आजन्म काले पानी की सज़ा हुई थी—किशन को सज़ा होने से कुछ ही दिनों पूर्व ! वह भी इसी चलान में उसके साथ तो नहीं आता ! उसका नाम अब बदल गया है, किशन की जगह कंटक रखा हुआ है। पर शकल तो वही है ! रफीउद्दीन ने कहीं उसको

पहचान लिया तो ! वह क्रूर नराधम अपना बदला लेने के लिए पुनः अत्याचार का मार्ग पकड़े बिना नहीं रहेगा। उसके ऊपर भी प्रत्याघात किए बिना नहीं रहेगा।

वह सारा का सारा चलान, बेड़ियां खनखनाता हुआ, कांख में बिस्तर, हाथ में तसला लिए, चार की जगह एक की कतार बनाकर, संकरी-सी सीढ़ी पर से, समुद्र की तरंगों की वजह से हिलने-डुलनेवाले उस 'महाराजा' जलयान पर जैसे-तैसे अनिच्छा के कारण सकुचाते-हिचकुचाते एकबारगी चढ़ ही गया।

किशन भी उस भीड़ में जैसे-तैसे अपना बिछौना डाल एकदम नीचे बैठ गया। उसका जी पहले से ही मिचला रहा था। डोंगियों में से बोट पर आते समय जैसे अनेक कैदियों को भड़ाभड़ उलटियां हो रही थीं वैसे ही उसे भी होने लगीं ! उल्टी करने के लिए अलग-से जगह कहां वहां ? जो जहां बैठा, वहीं ओकने (उल्टी करने) लगा। उनमें भी निर्लज्ज डर वे ऊपने में जो जितना अधिक आतताई, उसको उतनी ही अधिक सुविधा ! ज़बरदस्ती धक्के मारकर जितने पैर वे पसार सकें, उतने वे पसारते थे ! किशन को भी उसकी एक बाज़ू में विद्यमान एक उग्राकृति दंडित एक सरीखा ढकेलता और खिसकाता जा रहा था। किशन को वहीं उल्टी हो गई। उसके छींटे अपने बिछोने पर उड़े देखकर वह किशन को अभद्र-अभद्र गालियां दे रहा था। और दूसरी ओर एक दमा-पीड़ित निरंतर खांसता जा रहा था—खखार थूक रहा था; परवशता के कारण और भीड़ में उपायांतर न होने के कारण उसकी थूक किशन के बिछौने पर तथा पैर पर भी पड़ती थी।

ऐसी अवस्था में किशन सोचता था—इस दुर्दशा का अन्त क्या होगा ? काला पानी आजन्म कैद ! पर छुटकारा करनेवाले न रहें तो भी अपने-आप छुटकारा पा लेना सम्भव नहीं—यह किस आधार पर ? वह रफीउद्दीन नहीं क्या काले पानी पर से ही भागकर आया था ? मेरे लिए वैसा करना सम्भव नहीं, यह किस बिना पर ? काले पानी पर से भाग निकलना है ! बस, भागना ही है !

"खल्-खल् सल्-सल् करते हुए अग्निनौका के चक्र पक्षयन्त्र, समुद्र के

अन्दर में गतिमान होने लगे। "निकलेगी ! छूटेगी ! वोट काले पानी की ओर छूटेगी !" पुलिस, कैदी, मल्लाह, अधिकारी नौकर सभी के मुंह से यह आवाज़ उठने लगी !

उतने ही में खड़-खड़ बूट उड़ाते हुए दो गोरे सार्जेंट बेड़ी-हथकड़ी ठोके हुए एक कैदी को सख्त पहरे में नीचे उतरवाते हुए दरवाज़े के पास आकर पहुंच गए। धड़ से दरवाज़ा खुला, उस विशेष बन्दोबस्त के साथ लाए हुए दुर्दड दण्डित के साथ वे सार्जेंट अन्दर प्रविष्ट हुए।

उस खड़खड़ाहट के होते ही चमककर इतने सार्जेंट किसको लेकर आ रहे हैं, यह देखने के लिए किशन पड़े-पड़े ही आंखें खोलते हुए उस तरफ देखने लगा। त्योंही ! ... "कौन ? यह तो...?

अरे ! यह तो रफीउद्दीन अहमद है ! सिर्फ चार हाथ की दूरी पर अकड़ के साथ खड़ा हुआ !

त्योंही रफीउद्दीन की दृष्टि भी उसकी दृष्टि से भिड़ गई !

10

रफीउद्दीन ने अपना बिस्तर पींजरे के एक ऐसे कोने में डाला, जहां से, लोहे की छड़ों के पास पहरा देनेवाले सिपाहियों के साथ आसानी के साथ बातचीत की जा सके ! गोरे सार्जेंट उसे इतने विशेष बन्दोबस्त के साथ पींजरे में छोड़कर, पींजरा बन्द करके चले गए हैं, यह देखते ही, उन सारे कैदियों पर उसका आतंक पहले ही बैठ गया था। हर कोई उसके बारे में जिज्ञासा व्यक्त कर रहा था। कुछ को मालूम था कि वह काले पानी से भागा हुआ एक प्रसिद्ध कैदी है। थोड़ी ही देर में यह बात सबको मालूम पड़ गई ! रफीउद्दीन यह समझता था कि सारे कैदी उसे आतंकयुक्त आदरभाव से देख रहे हैं। वह मानो एक सम्राट ही हो ऐसी अदा से, खांसता था, खखारता था, तथा पुलिसवालों की आंख बचाकर, जितना बोलना सम्भव था उतना बोलता था। उसके सम्राट पद के जो विशेष राजचिह्न—पैरों में पड़ी सबसे भारी बेड़ियां, उन्हें वह पुनः-

पुनः खनखनाता हुआ, अपना श्रेष्ठत्व प्रकट करता था।

रात के नौ बजते ही पींजरे पर का पहरा बदला। उस 'चलान' को काले पानी तक ले जाने के लिए काले पानी के भी कुछ सिपाही कलकत्ते तक भेजे जाते हैं। उनमें से दो का यह दूसरा पहरा था। वे काले पानी के पुलिस रफीउद्दीन के अच्छे परिचय के निकले। वह उन्हींके पहरे की बाट जोह रहा था। उनके आते ही सलाखों से हाथ थोड़ा बाहर निकालकर उसने उन पहरेवालों के साथ परिचय का हस्तांदोलन किया। पर पहरेवालों के हाथों में कुछ न कुछ हलदी कहिए या मिश्री कहिए—अर्थात् सोने की मुद्रा किंवा चांदी की मुद्रा पड़ी अवश्य ! पहरेवाला तत्काल दूसरी छोर तक फेरी मारता हुआ गया। फिर थोड़ा-सा निःशब्द वातावरण होते ही रफीउद्दीन के कोने की सलाखों में से बीड़ियों का पुड़ा और दियासलाई टप से गिरी। उस पींजरे की रियासत में उसका प्रभाव एक सर्वाधिकारी की तरह उस समय से अच्छा पड़ गया। उस सर्वाधिकार का उपयोग भी किन्हीं प्रकरणों में वह अच्छी तरह करने लगा।

रफीउद्दीन एक क्रूर मनुष्य था। उसकी क्रूरता को जागरित करने के लिए उसके मनोयन्त्र के बटन को जब तक कोई दबाता नहीं था, तब तक वह भी पूर्ण मनुष्यता के साथ ही व्यवहार करता था। वह कालेपानी के नाम से घबराए हुओं में से कितनों ही को ढाढस बंधाता—"घबरा मत ! दस हज़ार लोग वहां अच्छी तरह पच्चीस-तीस-चालीस बरस तक जीवित रहते हैं; कितने ही बीवी-बच्चोंवाले होकर अपना प्रपंच निर्माण करते हैं। खेती है, गाय-बैल हैं, घरवार है, सब कुछ है वहां ! अरे ! मैं तेरी ही तरह पहले घबराया—पर वहां जाने पर खासे हज़ार रुपए गांठ में बांधकर बैठा था ! घबरा मत, पट्ठे !" कितने ही लोग दस्तों और टट्टियों से पीड़ित हो रहे थे। तब वह सिपाहियों से और समय पर डाक्टर के साथ भी झगड़कर, उन्हींको कैदियों के साथ व्यवहार करने के नियमों का उल्लंघन करने के अपराध में बुरी तरह फटकार सुनाकर, कप्तान साहब को इत्तला करने की धमकी देकर, उन बीमारों को दवाई देने लगाता था। उसके लिए अभिलषित चने-चुरमरों

की मुट्ठी जो लोग अपने हिस्से में से दिया करते थे, उन्हें वह अपने लिए अनावश्यक बीड़ियों के टुकड़े चुरा-चुराकर पीने के लिए भी दिया करता था। किशन के मन में भी उससे वह जानकारी पता चलाने की और विशेषतः वह काले पानी पर से कैसे भागा यह रोमहर्षक कथा सुनने की तीव्र उत्कण्ठा पैदा होती थी। पर भेद खुल जाने के डर से 'भीख न सही पर कुत्ते को रोक' की नीति का अवलम्बन करके उसने पहले एक-दो दिन तक तो रफीउद्दीन की तरफ खुल्लमखुल्ला देखने के मौकों तक को टालने की कोशिश की।

पर रफीउद्दीन थोड़े ही चुप बैठनेवाला था? उसका पहला कार्यक्रम दृष्टिगत प्रत्येक विशेष कैदी के खटले की और चरित्र की मालूमात हासिल करने का था। आजन्म काले पानी की सज़ा भुगतने के लिए जानेवाले प्रत्येक कैदी की कथा का अभिप्राय एक अद्भुत उपन्यास का कथानक ! असाधारण दुष्टता, सुष्टुता, विक्षिप्तता, संकट, मुक्ति, रक्तपात, हत्या, उपद्रव, बदला, सुख-दुःख, दुर्दशा—इन सबका एक कोला हल ! वह पींजरा क्या है—दुनिया के किसी भी ग्रंथालय में न मिलनेवाले, भावनाओं को उभाड़ और उखाड़ डालनेवाले उपन्यासों की एक अलमारी ! किशन चुपचाप था। तथापि रफीउद्दीन का दो-तीन मर्तबा ध्यान उसकी ओर गए बगैर न रहा। अपने खटले के उस उल्लू 'किशन' से इसका चेहरा बहुत अधिक मिलता है—इस बात का अचंभा भी रफीउद्दीन को एक-दो दफा हुआ। पर किशन सरीखा एक 'मुर्दार उल्लू' एक दफा उस जैसे भयंकर खटले में से निर्दोष छूट जाने के अनन्तर पुनः ऐसी झंझट में पड़ेगा इसकी कल्पना तक असम्भव प्रतीत होने कारण, वह विचार मन में स्पर्श कर जाने पर भी वहीं चिपककर नहीं रह सका। तो भी, उन सजीव रहस्यकथाओं को पढ़ते-पढ़ते इस पुस्तक के बारे में भी उत्सुकता पैदा होने के कारण रफीउद्दीन ने दो-तीन आदमियों से आखिरकार पूछ ही लिया—"यह प्राणी कौन है बाबा, न हिलता है, न हंसता है, न बोलता है न चालता है। बिलकुल सुस्त ! भुट्टा चोर दीखता है कोई !"

उसपर उससे एक-दो ने कहा, "अं हं, हमारे चलान में वह आज दस बारह रोज़ से है। 'बाबू' है वह ! अंग्रेजी, संसकीरत—न जाने क्या-क्या

सीखा है, सुनते हैं ! सज़ा मिलने पर जेल में लिखा-पढ़ी का ही काम दिया गया था उसे ! इन्सान भी क्या इन्सान है जी, वह बाबू !"

रफीउद्दीन की उत्सुकता बढ़ी, "नाम क्या है उसका ?"

"कंटकबाबू उन्हें कहा करते थे सब लोग भी !"

"उसका अपराध क्या था ?"

"हत्या ! खून !"

यह मालूमात दो-तीन मर्तबा सुनते ही रफीउद्दीन को मानों वही मिल गया जिसकी उसे मुराद थी। उसे बड़ा आनन्द हुआ। कंटक बाबू को साहब लोग भी मर्यादा की दृष्टि से देखते थे, जेल में उसे कैदी क्लर्क का काम पहले ही से मिला हुआ था और उसे सिर्फ हत्या के ही जुर्म में काले पानी की सज़ा हुई है, यह सुनते ही काले पानी के नियमों के पहले ही से जानकार रफीउद्दीन के तत्काल ध्यान में आया कि, इस कैदी को काले पानी पहुंचते ही आज नहीं तो कल अवश्य ही 'बाबू' का महत्वपूर्ण काम मिलने वाला है।

रफीउद्दीन, काले पानी पर से भागकर जाने के घोर अपराध के लिए पुनः काले पानी की सज़ा होने के कारण वहां, उसे पहले-पहल तो कठोर स्थिति में मसक्कत करनी पड़ेगी यह भली प्रकार जानता था। ऐसी स्थिति में उसी चलान में एक शख्स यदि इसी तरह बाबू होने वाला हो तो उससे धनिष्ठ परिचय अपने लिए बहुत ही उपयोगी साबित होगा यह उसके तभी लक्ष्य में आया और अतएव उस 'कंटक बाबू' को प्रसादित करने की उसे इतनी अधिक लालसा अनुभूत हुई। उसने तत्काल 'कंटकबाबू' के पास जाकर परिचिति प्राप्त कर ली। उसका नाम कंटक, अपराध सादी हत्या का; तस्मात् उसकी मुद्रा किशन से मिलती-जुलती प्रतीत होने पर भी इतर बातों में किसीसे भी मेल न होने के कारण रफीउद्दीन बहुत कुछ संदेहशून्य वृत्ति से कंटकबाबू के साथ घनिष्ठता स्थापित करने लगा। उसकी परिचिति एवं ऋणानुबंध के सिपाहियों का पहरा आया कि कंटक के पास आकर उसने आखीर की दो रातों में अपनी गप्पबाजी का अड्डा जमाया।

वातावरण शांत हुआ देखकर, एकांत साधकर, कंटकबाबू के बिलकुल

कानों में बोलने लगा :

" कंटकबाबू, आज की यह इस पींजरे में इतने अधिक मुक्त रूप से बोलने की आखीर की रात है ! कल यह आगबोट काले पानी पर लग जाएगी। हम सब लोग उस भयंकर जेल की कोठरियों में से तनहाइयों के भीतर बन्द कर दिए जाएंगे ! मुझे पहले-पहल अत्यंत कठिन दुःसाध्य मसक्कत करने को दी जाएगी ! जुल्म किया जाएगा। पर तुम शीघ्र ही 'बाबू' हो जाओगे। तुम्हारे सम्बन्ध आफिस के क्लार्क वगैरह से आएंगे तब हम जैसे सख्त पहरे के कैदियों पर उपकार करने के हज़ारों मौके आएंगे। यदि तुम मुझे इस पहले बरस में, जब भी तुम्हें मौका हाथ आएगा तब, ज़रा सहूलियतें दिला सको तो बाबूजी, मैं भी तुम्हारी कल्पना से बाहर तुम्हारे लिए उपयोगी सिद्ध होऊंगा ! भाईचारे का नाता मन:पूर्वक कायम करना चाहो तो—तो जब फिर एक दफा काले पानी के अधिकारियों की आंखों में धूल झोंककर उस पींजरे में से एक पक्षी बाहर निकलेगा तब बाबूजी, तुम्हें भी तुम्हारी आजन्म कैद की असह्य बेड़ी तुम्हारे पैरों में से अचानक टूटकर गिर गई है, ऐसा दिखाई देगा—अर्थात वह टूट जाए ऐसी तुम्हारी मनीषा हो तो !"

"मनीषा? मिय्याजी, मेरा तो संकल्प है—केवल इच्छा ही नहीं ! पर मार्ग क्या है ? तुम कालेपानी से पहले कैसे भागकर आए थे इस की सही-सही माहियत यदि तुम मुझे सुनाओ तो मैं तुमपर विश्वास कर सकता हूं !"

"अच्छा कंटकबाबू, तुमको वह सब बात मैं संधि मिलते ही सच-सच कहूंगा। देखो, भाई-भाई का नाता जितना अपने घर में प्यारा लगता है उतना ही एक ही चलान में जो आते हैं, वे सारे दंडित एक दूसरे के 'चलानी' इस नाते से बन्धु-बन्धु हो जाते हैं। तुम मेरे चलानी हो—भेरे भाई हो ! कंटकबाबू, तुम मुझपर यकीन करो या न करो, पर मैंने तुम्हें अपना वचन दे दिया। मैं तुम्हारे प्राणों के लिए प्राण दे दूंगा !"

सवेरे ही जिधर-तिधर गड़बड़ उड़ी,"आया ! काला पानी आया !"

उसके साथ ही कठोर, क्रूर, उलटे कलेजे के आजन्म दंडितों के हृदय में भी धस्स हो गया ! धड़की घुस गई ! “आया ! काला पानी आया !!”

11

जग में आज भी कुछ भूभाग ऐसे हैं कि, जिनका भूगोल तो उपलब्ध है, पर इतिहास नहीं। काला पानी जिसे आज कहते हैं, उस अन्दमान के द्वीपपुंज का भी उन्हीं भूभागों में अन्तर्भाव करना चाहिए।

जिस काल में हिन्दूराष्ट्र ने अपने स्वतः के पैरों में सिन्धु-बंध की बेड़ी स्वयमेव नहीं ठोक ली थी, विधर्मियों के साथ ही नहीं, स्वधर्मीय हिन्दुओं के अन्दर भी विजातीय के साथ खाने या पीने से जात ही जाती है, धर्म ही डूबता है, ऐसे बाष्कल धर्म-भोलेपन की वजह से हिन्दुस्तान के बाहर जाने से विधर्मी, विदेशी, विजातीयों के साथ अन्नोदक व्यवहार होकर अपनी जात नष्ट होगी ही, यह भ्रामक भीति हिन्दूराष्ट्र के पेट में उत्पन्न हुई नहीं थी, और उसके योग से तीनों बाजुओं के समुद्र पर ही नहीं बल्कि चौथी बाजू की भौमिक सीमा पर भी ‘अटक’ की धार्मिक चौकियां बैठ गईं और कोई भी हिन्दू देश से बाहर जिस काल से जाने ही न लगा, उस साधारणतः ईसवी सन की नौवीं-दसवीं सदी के काल से पूर्व हिंन्दूराष्ट्र के त्रिविक्रमशील चरण, इस सिन्धु-बन्ध की बेड़ी से जकड़े हुए न होने के कारण पूर्व पश्चिम दक्षिण समुद्रों और महासागरों को लांघकर, राजकीय, धार्मिक, सामाजिक, दिग्विजय करते हुए उस काल के ज्ञात जग में अपने हिन्दुओं के महासाम्राज्य निनादित करते चल रहे थे , परदेशगमन उस काल में बिलकुल भी निषिद्ध नहीं होने की वजह से, परदेशगमन-निषेध की अवदशा उस काल में किसी को भी स्मृत न हो आने की वजह से, हिन्दू रणतरियों (War ships) के प्रचण्ड नौ-साधन दिग्‌दिगंत में अप्रतिहत रूप से संचार किया करते थे। जिसको परकीयों द्वारा लिखे और पढ़ाए गए आज के हमारे भारत के भ्रष्ट भूगोल में अरब सागर ऐसे मानहानिकारक नाम से पुकारा जाता है, उस हमारे पुरातन

'पश्चिम समुद्र' में से होकर एक बाजू को और जिसे हमारे आज के कूपमंडूकों ने 'काला पानी' ऐसा समुद्र-गमन भीरुता द्योतक नाम दिया है, उस, इन अन्दमान द्वीपोंवाले पूर्व समुद्र में से होकर कनिष्ठ पक्ष में, चन्द्रगुप्त मौर्य के अर्थात इसवी सन से तीन-चार सौ बरस पहले के बिलकुल ऐतिहासिक काल से लेकर हिन्दू राष्ट्र की शतावधि वणिग्नौका और रणनौका दूर-दूर के विदेशों को अव्याहत रूप से जाया-आया करती थीं। हिन्दू राष्ट्र के लिए महासागर एक सड़क बनी हुई थी।

इस पूर्व समुद्र में से मगध, आंध्र, पांडय, चेर, चौल प्रभृति हिन्दू राज्यों ने बड़े-बड़े दिग्जयिष्णु नौ साधन (बेड़े) भेजकर स्याम, जावा, बोर्नियो से फिलिपाइन्सपर्यंत हिन्दू उपनिवेश, राज्य, धर्म और संस्कृति स्थापी। हिन्द चीन (इन्डोचाइना) और फिलिपाइन्स में हिन्दू राज्य स्थापित थे, एतद्विषयक निर्विवाद ताम्रपट शिलालेखादि प्रमाण परकीय अनुसन्धाताओं ने आज प्रकाश में लाए हैं। बौद्ध हिन्दुओं के ही नहीं बल्कि वैदिक हिन्दुओं के ये क्षत्रीयवंशीय राज्य, भारतीय प्रांत नगरों के वहां स्थापे हुए उपनिवेशों एवं नगरों को दिए हुए नाम, शिव, विष्णु, बुद्ध प्रभृति देवताओं के देवालय वेद, मनुस्मृति प्रभृति शतावधि संस्कृत ग्रन्थों के ग्रन्थालय, हिन्दू वाणिज्य, कला, संस्कृति इत्यादिक, स्याम, जावा, ब्रह्मदेश, हिन्द चीन, बाली से फिलिपाइन्स तक तो सदियों तक पूर्ण विकसित अवस्था में थे—यह निर्मल इतिहास है!

पर, उस इतिहास में अन्दमान द्वीपपुंज सदृश छोटे-मोटे द्वीपों के नाम-निर्देश भी आज तक हाथ न लगे, इस बात पर उस काल के प्राचीनत्व के कारण एवं इतिहास विरलता के कारण बहुत ज़्यादा अचरज करने की ज़रूरत नहीं है।

तो भी, अन्दमान से अपने भारतीयों के विद्यमान सम्बन्ध का निर्देश करनेवाला प्रथम चिन्ह है उसका नाम। जावा यह नाम जैसे उस देश के आकार पर से यवद्वीप ऐसा रखा गया, तद्वत् 'अंडमान' यह नाम भी उसकी अण्डाकृति पर ही से भारतीयों ने रखा होगा, ऐसा जब तक इसका खण्डन करनेवाला प्रमाण आगे चलकर मिल न जाए तब तक समझने में

कोई आपत्ति नहीं हैं। उससे आगे के द्वीपों पर भारतीयों के प्रत्यक्ष जाने और उन टापुओं को जीतने का निर्विवाद ऐतिहासिक प्रमाण अर्थात पांडय राजाओं की शिलालेखीय प्रशस्ति उपलब्ध है ! इस एक प्रशस्ति पर से यह सिद्ध होता है कि, पांडयों का एक प्रबल सेनापति ईसवी सन की दसवीं सदी के आस-पास इस समुद्र पर दिग्विजय करने के लिए बड़ी-बड़ी रणतरियों का एक प्रबल नौसाधन (बेड़ा) लेकर निकला था। परतीरवर्ती आज के पेगू पर उसके जलसैन्य ने चढ़ाई करके उस देश को जीत लिया। वापस आते समय उस भारतीय हिन्दू सैन्य ने अन्दमानादिक टापुओं पर स्वामित्व स्थापकर उन्हें पांडय साम्राज्य में मिला लिया। इस स्पष्ट उल्लेख पर से इन द्वीपपुंजों के इतिहास को सिर्फ पहली पंक्ति ही लिखी जा सकती है !

पर वह पंक्ति भी लिखते-लिखते अपूर्ण ही रह जाती है। भारतीय सैन्य वहां गया था, यह भले ही निश्चित हो जाए, तथापि वह हिंदू सैन्य अथवा उस हिन्दू राजा का कोई अधिकारी अथवा नागरिक वहां रहा या नहीं, इसका पता अभी तक लगा नहीं है। हम जब अन्दमान में थे तब एक दफा एक विश्वसनीय अंग्रेज़ अधिकारी ने हमें बताया था कि अन्दमान में खुदाई करते समय किसी एक जगह राजप्रासाद के अवशेष मिलते हैं। पर आगे चलकर उसका क्या हुआ, यह आज तक भी हमें कुछ समझ नहीं पड़ा। तादृश एक आध उत्खनीय खोज का पता लगे या न लगे तथापि यह बात निश्चित है कि अन्दमान में बाहर के लोगों का उपनिवेश गत तीन हज़ार वर्षों के ऐतिहासिक काल में तो टिककर नहीं रहा।

पांडय राजा की उपरिनिर्दिष्ट प्राचीन प्रशस्ति को एक ओर रख दें तो अन्दमान का प्रस्फुट-सा उल्लेख अर्वाचीन काल के मार्कोपोलो, निकोलो, यूरोपियन तथा कुछ अरबी प्रवासियों के प्रवासवृत्तों में मिलता है। पर वह इस टापू पर आकर वास्तव्य करने का नहीं बल्कि इसके बारे में सुनी गई बातों का है, उसके अस्तित्व का, केवल भौगोलिक !

बाहर के लोगों के सम्बन्ध से उन बाहर के लोगों के इतिहास में

अन्दमान का इतिहास जैसे मिलता नहीं, उसी तरह उनके खुद के लोगों में भी इतिहास एक अक्षर से भी नहीं मिलता यह कहना अनावश्यक है। क्योंकि अन्दमान में उनके अपने लोग हैं तथापि अक्षरज्ञान उन्हें बिलकुल भी नहीं है।

और परम्परागत दन्तकथात्मक इतिहास के विषय में पूछेंगे तो, उस अन्दमान के मूलनिवासियों के दांत यद्यपि अत्यन्त बलोत्कट और तीक्ष्ण है, तथापि उन्हें कथा किस चिड़िया का नाम है, पता नहीं। कथा की कल्पना तक उन लोगों में नहीं है ! क्योंकि जहां स्मृति रहती है, वहां कथा की सम्भावना होती है। पर अन्दमान के मूल-निवासियों की स्मृति-शक्ति यद्यपि इतनी अपक्वावस्था में है कि उनको दो-चार वर्ष पहले की भी याद नहीं रहतो। अन्दमान का इतिहास न भी हो तो भी मनुष्य समाजमात्र है ! इतना ही नहीं, उसका जो मूल का मनुष्य समाज आज अन्दमान में है, वह ऐतिहासिक गणना की भाषा में तो सर्वथा अक्षरशः अनादि है। क्योंकि वहां आज जो मूल की जंगली, आदिम मनुष्यों की जातियां निवास करती हैं, उनके अस्तित्व का आरम्भ ही नहीं मिलता।

मर्कट से मनुष्य का निर्माण होने लगा तब प्रथम पूंछें झड़ने लगकर सिर्फ मर्कटास्थि ही बची रहने लगी। मर्कटास्थि यह नाम यद्यपि हम लोग भी अपनी उस जगह की मेरुदण्ड की एक अस्थि को देते हैं, तथापि वह अस्थि अब मूल की अपेक्षा सर्वथा सपाट हो गई है। पर उधर बिलकुल अंडमान में नहीं तो भी उस द्वीप-पुंज के आजू-बाजू के भू-भागों में आज भी ऐसे मनुष्य कभी-कभी दीख पड़ते हैं, जिनकी मर्कटास्थि डेढ़-दो इंच ऊंची और आगे आई हुई रहती है ! हम लोग जब अन्दमान में थे, तब ऐसा एक जंगली आदमी वहां के डाक्टर ने हमें औषधालय में आया हुआ दिखाया था। उसकी मर्कटास्थि—पूंछ की वह हड्डी इसी तरह आगे आई हुई, जिसकी वजह से कुर्सी के पृष्ठ भाग को टेककर सीधा बैठा न जा सके, इस तरह लम्बाई हुई थी। उसकी चालीस-पचास शब्दों की क्यों न हो, एक भाषा थी। यह भाषा जातिवन्त मर्कट मनुष्यों की 'ओरांग ओटांग' 'गुरिल्ला' की रहती है।

यह अपवादात्मक प्राणी हमने बतलाया है; पर अन्दमान में बिलकुल तज्जन्य अनादि काल से निवास करती हुई आनेवाली एक 'जावरा' नाम की जात है, जो लांगूलास्थिविहीन है। उस जाति के आदमी साधारणतः चार साढ़े-चार फुट ऊंचाई के; वर्ण कालाकलूटा; बाल खड़े और कड़े, छोटे और गुच्छों में उलझे हुए वलयाकृति होते हैं। दाढी-मूंछें तो पुरुषों की भी नदारद। वे सारे सर्वथा उलिंग ! मनुष्यप्राणी 'सुधारते-सुधारते' अपने यहां, आज के यान्त्रिक युग में जिस अवस्था तक पहुंच गया है, वह अपनी सुधारणा और वह अपना यन्त्र युग ही अपने लोगों के जिस एक संप्रदाय को मनुष्य जाति के लिए एक दुर्धर शाप मालूम पड़ता है, सादे रहन-सहन के यन्त्रयुग-विद्वेषी पंथ के मुंह से भी लार बहने लग जाए, इतना सादा रहन-सहन इस 'जावरा' जाति में अनादि काल से लेकर आज तक चलता चला आया है। नंगापन यदि साधुत्व की निशानी है तो, जावरा लोग अपने यहां के साधुओं की अपेक्षा भी बढ़े-चढ़े साधु हैं। अपने यहां के साधुओं को कमर में एक पंचा लपेटने का कम से कम लंगोटी तो पहनने का मोह होता ही है। इसपर जावरा जाति में पुरुष तो क्या, स्त्रियां तक कमर में एक अंगुश्त-भर कपड़े का चीथड़ा नहीं बांधतीं। और हम उल्लिंग रहकर कोई शतकृत्य कर रहे हैं, ऐसी भावना भी उन लोगों में नहीं है। क्योंकि वस्त्रों की कल्पना का स्पर्श तक उनको नहीं हुआ है। उनकी 'सादगी' इतनी है कि, बड़ी-बड़ी मिलों का 'शाप' तो क्या 'चर्खा' और 'तकली' तक का शाप भी उन्हें नहीं लगा है। यन्त्रयुग को अधोगति माननेवालों की भाषा में ही बोलें तो ये जावरा लोग बहुत ही प्रगतिशील हैं। यन्त्रयुग के प्रलोभन से वे सर्वथा अलिप्त हैं।

जावरा प्रभृति जातियां अत्यन्त क्रूर होती हैं। पहले, तूफानों की वजह से कितने ही परकीय जलयान इस टापू से टकराकर टूट-फूट जाते या फंस जाते थे। उनपर के निःसहाय लोगों पर टूट पड़कर उनको ये जावरा प्रभृति अन्दमानी लोग अत्यन्त क्रूरता से कत्ल किया करते थे। आज भी उनके परिचय के तत्रस्थ जाति से बाहर की किसी भी परकीय किंवा अन्दमानीय जाति के आदमी नज़र आते ही ये जंगली लोग उनके ऊपर तीक्ष्ण बाणों का

प्रहार करना शुरू कर देते हैं। किंवा अकेले-दुकेले को पकड़कर जान से मार डालते हैं। कभी-कभी किसीको जीवदान मिला तो उसका भाग्य अद्भुत है, ऐसा ही समझना चाहिए।

इन लोगों में धार्मिक दृष्टि का कर्मकांड बिलकुल नहीं है, कहें तो कोई बुरा न होगा। शादी, मौत, वगैरह के मौकों पर निर्धारित रीतियां, व्यावहारिक प्रथाएं होती हैं। पर धार्मिक स्वरूप में, किसी देव-देवता की प्रार्थना अथवा पूजा, अथवा मन्त्र-तन्त्र—किंबहुना, धार्मिक पुरोहित तक इन लोगों में नहीं होता। पुलगा नामक दैवत ने इस जगत का निर्माण किया, मरने के बाद जिस जग में भूत निवासार्थ जाते हैं, उस अद्भुत जग को एक जगद्व्याल नारियल के वृक्ष ने संभालकर रखा हुआ है, जैसे शेष के मस्तक पर पृथ्वी! पुलगा आजकल उसी अद्भुत और ऊंचे जगत में रहता है। पर पहले वह अन्दमान के सबसे ऊंचे पर्वत 'सैडलपीक' के शिखर पर रहा करता था ! यह अन्दमानी महादेव पुलगा मुसलमानी महादेव की तरह बिलकुल अकेला नहीं है। उसकी हमारे हिन्दू महादेव की तरह एक पत्नी है और क्रिश्चयन महादेव का जैसे जीजस पुत्र है तथैव एक पुत्र भी है। इतना ही नहीं,अपने इधर के किसी भी महादेव के भाग्य में जो सुख नहीं है वह खुद की अनेक कन्याओं के भी कुटुंब में रहने का भाग्य उसके हिस्से में आया हुआ है।

ऐसी भी परिस्थितियों से टक्कर देकर, इन जावराओं के प्रतिकार का मुकाबला करके, मलेरिया प्रभूति रोगों ने दो मर्तबा उपनिवेशों के उपनिवेश खत्म कर डाले तो भी प्रयत्न करके आज अंग्रेजों ने उस अन्दमान बेट में अन्ततः एक चिरस्थायी और बढ़ता जानेवाला उपनिवेश स्थापित करने में यशस्विता प्राप्त की है। उसीको 'काला पानी' कहते हैं।

१२

काला पानी आते ही अग्निनौका में से कैदियों को पैरों में ठोंकी हई बेड़ियों के साथ जो उतारते हैं, वह सीधा उस बेट (टापू) पर समुद्र के उतार के नजदीक ही बांधे गए टोलेबाज़ (बड़े), विस्तीर्ण और मुख्य कारागृह की तरफ सशस्त्र पुलिसवालों के पहरे में ले जाते हैं।

इसी कारागृह का कक्ष—कारागार (Cellular Jail) ऐसा नाम है। उस 'सेल्यूलरजेल' नाम का, कैदियों की बोली में 'सिल्वर जेल!' (रुपहरा कैदखाना) ऐसा मोहक रूपान्तर हुआ है ! अर्धशिक्षित कैदी, जो इन जन्मकैदियों में रहते हैं, उन्हें "सिल्वर जेल में ले जाओ" ये पुलिसवालों के मुंह से निकले हुए शब्द सुनते ही बड़ा अचरज होता है ! रुपहरे कैदखाने में जाना है ? कुछ देवालयों के खम्भों और कलशों पर रुपहरे-पत्रे जैसे मढ़े हुए होते हैं, उसी तरह चांदी से जिसका कम से कम दर्शनी भाग तो मढ़ा हुआ है, ऐसे एकाध विलक्षण एवं भव्य कारागृह का दृश्य उनकी आंखों के सामने वह 'सिल्वर जेल' नाम सुनते ही अकस्मात् खड़ा हो जाता है ! काले पानी में सभी कुछ विचित्र ! कौन कहे कि जिस तरह पानी काला नहीं उसी तरह तत्रस्थ कारागृह भी रुपहरा नहीं !!

कम अज कम 'सिल्वर जेल !' यह नाम कैदियों और पुलिसवालों के मुंह से बार-बार सुनकर कंटक को तो आकर्षक प्रतीत हुआ। असल में, भयंकर और अटल पापियों को उनके भीषण पापों का कठोर दण्ड देने के लिए जिस बेट में ले जाकर छोड़ते हैं, उसका नाम जिस तरह शरीर पर कांटा खड़ा करने योग्य 'काला पानी' ऐसा रखा हुआ है, उसी तरह कारागार का नाम भी 'नरक भूगृह' किंवा 'जुल्म घर' जिसे सुनकर दिल दहल जाए, होना चाहिए था, पर वह नाम तो कम से कम कितना मोहक ! 'सिल्वर जेल !' रुपहरा कैदखाना!

सिर्फ नाम ही मोहक नहीं—वह देखो, यहीं से वह भव्य बन्दी गृह दीख रहा है, वह देखो वही वह सिल्वर जेल ! आं ! वह ? बिलकुल सिल्वर (रुपहरा) नहीं तो भी कितना आकर्षक है वह भवन ! रेखाओं द्वारा ठीक-ठीक

अंकित, साफ-सुथरा, कोरा, नया ताजा, लम्बा, प्रशस्त, समानान्तर, सुरेख खिड़कियां ही खिड़कियां, एक मंजिल पर प्रमाणबद्ध तीन मंज़िलें, ठीक मध्य में ऊंचा, बांधा हुआ एक टॉवर ! कंटक को क्षण-भर को लगा, मेरा मज़ाक तो ये पुलिसवाले नहीं कर रहे ? मुझे काले पानी पर का मुख्य बन्दी भवन कहकर कोई आरोग्य भवन तो दिखा नहीं रहे हैं न श्रीमान लोगों के लिए बांधा हुआ ? यह सिल्वर जेल है या सैनिटोरियम ?

उसमें प्रत्येक कैदी के लिए स्वतन्त्र तनहाई, लोहे के सींखचों के दरवाजे बन्द हैं जिसमें, ऐसी रखी रहती है। इस किस्म की वे सात सौ साढ़े सात सौ तनहाइयां ही हैं। कोठरियां उसमें हैं, इसीलिए उसका (Cellular Jail) कक्ष कारागार यह यथार्थ नाम रखा हुआ था।

उन हरएक कोठरियों में बाहर से देखनेवाले की आंखों को भरपूर प्रकाश दिखाई देता था। पर उस प्रकाश की खासियत यह थी कि, उस कोठरी में पैर डालने के बाद सींखचों के दरवाज़ों को एकबार बाहर से ताला ठोंककर बन्द कर दिया कि बस, आंखों को कितना भी चंधियानेवाला प्रकाश क्यों न नज़र आए, पर हृदय में एकदम अंधेरा फैल जाता है ! दम घुटने लगता है ! उस प्रशस्त कोठरी की काल कोठरी बन जाती है !

वैसी एक-एक कोठरी में, काले पानी के कैदियों के उस चलान को भी एक-एक कैदी को अलग करके, बन्द कर दिया गया। तीन-चार दिन उन अलग-अलग कोठरियों में अकेले कैदी को बन्द रखके, उनकी सज़ा के विवरण-पत्रों पर से सारी जानकारी का निरीक्षण किया जाकर अपराध एवं पूर्ववृत्त के अनुरोध से उनकी अलग-अलग श्रेणियां बनाईं गईं ! जो लोग तात्कालिक उत्क्षोभ में पाकर अपराध कर बैठे और पहली ही मर्तबा दण्डित हुए हैं, उन लोगों की सुधारणीय नाम की एक श्रेणी बनाई गई। जो सधे हुए अपराधी थे, उनकी—दुस्सुधारणीयों की 'भयंकर' नाम की दूसरी श्रेणी। इस तरह अपराध शास्त्र (Criminology) के अनुसार दो श्रेणियां बनाई गई ! कंटक पहली श्रेणी में गया। अंग्रेजी-हिन्दी शिक्षित होने की वजह से महीने-दो महीने में ही लेखालय में बन्दी लेखकों की जो श्रेणी होती है, उसमें थोड़ा-

बहुत लिखने का काम मिलकर कैदियों में वह 'बाबू' के नाम से प्रसिद्ध होगा यह स्पष्ट हो गया। परन्तु रफीउद्दीन की सज़ा का वृत्तान्त 'भयंकर' श्रेणी के अन्तर्भूत था। उसपर पांच वर्षों तक उस कारागार में रखने का और सख्त पहरे में, जब तक व्यवहार ठीक नज़र न आए तब तक, कड़ी मसक्कत करने का प्रतिबन्ध डाला गया।

अन्दमान में आजकल भयंकर एवं सधे हुए (Habitual) कैदी भेजे नहीं जाते हैं। तस्मात् तत्रस्थ कैदियों को बहुत-सी सहूलियतें आजकल मिलने लग गई हैं ! पर, तीस-पैतीस वर्ष पहले, भयंकर और सधे हुए, अटल दण्डितों को ही वहां भेजा जाता था, इस कारण उनसे मसक्कत करवाने के लिए वैसे ही कड़े नियम, और उनकी दुष्टता को जीर्ण करने के लिए वैसी ही कड़ी मसक्कत व्यवहार में लाई जाती थी। उसके बगैर किसी भी ढीली-ढाली व्यवस्था से तादृश राक्षसी दण्डितों को सीधी राह पर लाना और समाज के अर्थ हितकारक काम उनसे कराना, कम से कम समाज को उनके स्वैर अस्तित्व से पहुंचनेवाली बाधा का निवारण करना, लगभग असाध्य ही ठहरता !

वह नया जेलर, भयंकर और अधम-अधम जितने भी नये कैदी आते, उनके पूर्व वृत्तांतों के सरकारी विवरणों पर से उनके साथ किस प्रकार की नीति बरती जाए, यह सब मन में स्थिर कर लिया करता था। और तब उनकी प्रस्तुत कालिक मनोवृत्ति को जांचने के लिए उन लोगों से एक-दो मर्तबा समक्ष मुलाकात लेता रहता था। जहां जरूरी हो, वहां पहले अत्यन्त मुक्त भाव से बोलेने का अभिनय करता था, सौम्यपना दिखलाता था, और पश्चात स्क्रू को जितना चाहिए उतना मज़बूत कसता चला जाता था। उस प्रकार उस नये चलान के कैदियों को भी उसने जांचकर देखना धीरे-धीरे शुरू किया। पांच-छः दिन तक उन्हें अकेली कोठरी में सड़ाते हुए रखने के बाद एक बन्दीगृह के मुख्य जमादार को साथ में लेकर वह जेलर रफीउद्दीन की कोठरी में भी अचानक आ पहुंचा।

"क्यों रफीउद्दीन ! ठीक है न, तेरा! कोई शिकायत-विकायत?"

"सरकार ! आप ही मां-बाप हैं अब हमारे !" रफीउद्दीन बिलकुल नम्रता का बुर्का डालकर गिड़गिड़ाने लगा, "मुझे आपकी मर्जी हो तो फांसी

पर चढ़ा दीजिए, पर इस तनहाई में इस तरह अकेले को बन्द करके मत रखिए। एक शब्द तक बोलने की चोरी ! मैं इसी तरह अकेला इस भयंकर एकांत में और कुछ दिन रहा तो पागल हो जाऊंगा, पागल !"

"अकेला रहने से तू ऊब गया है ?" जेलर हंसा, "इतना ही न, तेरे इस तिलमिलाने का कारण ? अच्छा, जमादार, इसे एक बीबी ला दो साथ रहने के लिए ! हमारे उस स्त्रियों के कैदखाने में जितनी चाहिए उतनी बीबीयां हैं !"

जेलर मज़ाकिया है, यह देखते ही रफीउद्दीन एकदम पिघल उठा; उसमें भी बीबी की बात ! उसका चेहरा तत्काल रंगीन हो उठा और वह बोला :

"साब, उसे स्त्रियों का बन्दीखाना क्यों कहते हैं आप ? बहतेरे कैदी तो उसे बीबीघर कहते हैं; और हमारे में जो सच्चे रसिक हैं, वे तो उसे कहते हैं 'चिड़ियाखाना' ! पर साब, उस चिड़ियाखाने की चिड़िया को आप हम जैसों के हिस्से में भला कहां से आने देने लगे ? वह सामने बैठा है न, रस्सी कूटता हुआ, वह काला कुरूप कोयला ! वैसे पहाड़ी कौनों को ही आप देंगे वे चिड़ियां ! साब, सचमुच यह कैसा है भला, पक्षपात सरकार का ? वह पहाड़ी कौआ वह कंटक—मेरा ही चलानी है, वह भीग लेकाटू, दंडित, आजन्म काले पानी का अपराधी ! मैं भी वैसा ही हूं। पर मुझे पांच बरस तक इस कैदखाने में—इस अकेली कोठरी में सड़ते हुए पड़े रहने की सजा और उसे तत्काल कोठरी से बाहर निकालकर रस्सी कूटने का हलका काम दे दिया और कह दिया कि तुझे शीघ्र ही बन्दिलेखक के काम पर नियुक्त करेंगे। उसे लिखना-पढ़ना आता है तो मुझे भी तो कुछ आता है न साब ! इस बाबू को लिखना आता है तो हमें भी लड़ना आता है !

"ऐसे भुक्खड़ आदमी को आप बाबू बनाते और हमारे सरीखे सरकार के विश्वासू पलटनवाले मर्द सिपाहियों को कुत्ते की मौत से मरवाते हैं इन कोठरियों में !"

" परन्तु तुम काले पानी से पीछे भागा हुआ बन्दीवान है ! यह भूलो

मत !"

"सरकार ! मेरा अक्षम्य अपराध है वह ! पर पश्चात्ताप से मेरा मन राख हो गया है पहले ही ! उस दुष्कृत्य से मैंने क्या कमाया ? पहले से भी सौ गुनी अधिक यातनाओं में मात्र आ गिरा पुन: इसी कोठरी में बेड़ियों से जकड़े हुए हाथों-पैरोंवाले बन्दियों में आकर ! अब अगर आपने मुझे धकेल भी दिया तो भी काले पानी पर से वापस जाऊंगा नहीं मैं ! जो काम देंगे सो करूंगा। जब आप कहेंगे तब यहीं अपना घर-दार बनाऊंगा ! पर शादी मात्र आप मेरी करवा दें अं। यहीं अब मेरी मिट्टी पड़ेगी! तथापि इस अकेली कोठरी से मुझे आप बाहर निकालें यही मेरी आपसे विनती है।"

"अच्छा, जमादार कल से इसको तेल के कोल्ह का काम दो ! अगर तू ठीक ढंग से पूरा-पूरा काम करता रहा, तो छः महीनों के बाद तुझे हलका काम दूंगा। पर देख, अपनी यह वाहियात बकवास करने की बदतमीज़ी अब तुझे छोड़ देनी होगी ! और ध्यान में रख, अगर फिर कैदखाने का नियम तूने तोड़ा, मस्ती की, तो एक-एक हड्डी तोड़ कर निकालूंगा !"

उस कक्ष-कारागृह में प्रत्येक चाल (बैरक) के प्रांगन में एक छपरी बांधी हुई थी। उसीमें वह परकोल्हू का काम चला करता था। एक बड़े लकड़ी के कोल्हू से एक जूए जैसा बड़ा लकड़ी का डंडा जोड़कर प्रत्येक जुए में दो आदमियों को जोता करते थे। कोल्हू में सरसों डालकर उसमें से हरएक को शाम तक ३० पौंड तेल निकालना पड़ता था। बैलों की जगह जोते गए वे आदमी उस कोल्हू के अतराफ गरगर फिरते थे। उनमें से अगर किसीने कमी-बेशी की तो उन्हें बैलों की तरह हांकने के लिए वार्डर नियुक्त किए रहते थे। उस छपरी में ऐसे कोल्हूओं की कतार की कतार मौजूद थी और उन सबपर निगरानी रखने के लिए एक तांडेल—दंडितों में से ही चढ़ाया हुआ एक दुय्यम जमादार—नियुक्त किया हुआ था। इस काम के कष्ट इतने अधिक रहते थे, कि पक्के दंडित भी उस छपरी में पैर रखते ही रुआंसे को आ जाते थे। उनमें से कुछ अकड़बाज बदमाश बहत ही टालमटोल करने लगे तो शाम को तेल पूरा निकालने तक उन्हें उसी तरह जोतकर रखा जाता था और वह भी कभी-कभी तो रात के सात-आठ बजे तक ! सांझ का खाना भी

रात को तेल पूरा करने तक दिया नहीं जाता था ! ऐसी सख्ती थी, इसीलिए वे पक्के डाकू, हत्यारे, गुंडे वगैरे सधे हुए दंडित थोड़े-बहुत नियंत्रण में रहते थे; उनके हाथों से कुछ काम करवा लेना संभव हो पाता था। जो लोग दुर्बल अथवा बंदीगृह में तो जो सदवर्तनपूर्वक रहने लगते थे उन्हें उस कष्ट के काम में सहसा जोतते नहीं थे। कम-से-कम जोता न जाय ऐसा प्रघात (प्रथा) तो था ही।

इस कोल्हू के काम का रफीउद्दीन को पहले ही से परिचय था और इसलिए, वह काम न करके भी किस तरह पूरा किया जा सकता है, ये अन्तस्थ खूबियां उसे मालूम थीं। तिस पर वह कोल्हू ही नहीं, बल्कि इस वक्त उसपर देखरेख करने के लिए नियुक्त वह दंडितों में से ही एक दुय्यम अधिकारी (Convict petty officer), वह तांडेल, वह भी रफीउद्दीन के पहले के काले पानी के वास्तव्य काल का परिचित निकल आया। तस्मात् जेलर ने जो कड़ी से कड़ी मशक्कत समझकर उसको दी थी, वही वह कोल्हू उसको सुगम से सुगम काम लगा। पहले ही दिन तांडेल के हाथ में एक 'हरिद्राखंड' रफीउद्दीन ने हाथ हिलाते समय चुपचाप पकड़ा दिया। तत्काल उनकी पुरानी दोस्ती ताजी हो गई और रफीउद्दीन दिन-भर पालथी मारकर गपशप लड़ाते हुए पड़ा रहने लगा। उसकी जगह तांडेल ने एक थप्पड़खाऊ दंडित को चोरी से काम पर लगाया। शाम होने के अन्दर-अन्दर रफीउद्दीन के हिस्से का तेल पूरी तरह से मापकर दिया जाने लगा। इस तरह चार-पांच दिन बीत गए।

इस दंडित तांडेल के हाथ के नीचे जो दंडित वॉर्डर थे, उनमें से जोसेफ उसके बहुत अधिक भरोसे का हो गया था। क्योंकि तांडेल को वह बड़े-बड़े लोटे दही के भर-भरकर चुराकर ला दिया करता था।

रफीउद्दीन ने जोसेफ को भी जरूरत के मुताबिक तमाख और मौका पड़ने पर राई के बराबर अफीम की गोली भी देकर आत्मीय-सा बना लिया था। परन्तु तांडेल को कितना भी प्रसन्न करें, वह अपने को वॉर्डर से ऊपर की पदवृद्धि प्रदान करके अपना तांडेल पद नहीं दे सकता—वह सिद्ध करने के लिए जेलर की ही कृपा प्राप्त करनी होगी यह जोसेफ भूला नहीं था। इसलिए जेलर की कृपा प्राप्त करने का यत्न जोसेफ निरन्तर कर रहा था।

और उसका साधन कैदखानों में बढ़ती का जो बहुधा एक ही 'तुरन्त दान महा कल्याण' देनेवाला साधन हुआ करता है, वह—युगली !

आठ दिन के बाद दोपहर को बारह बजे, लेख्यालय के सारे लेखक, गणक, घर गए हुए थे, उस समय जेलर असमय में अकेला ही लेख्यालय में आया। 'सिपाही' कहकर पुकारते ही एक पहरे पर का सिपाही अन्दर आया ! "जोसेफ वार्डर को बुलाओ!" ऐसी जेलर की आज्ञा होतेही सिपाही बन्दी-गृह में गया और जोसेफ को बुलाकर जेलर के पास भिजवा दिया तथा स्वयं पहरे पर बाहर आकर खड़ा हो गया।

"क्यों जोसेफ ?" जेलर पूछने लगा, "कोल्हू का तेरी चाल की छपरी के अन्दर कैसा क्या चल रहा है काम ? वह नया दंडित रफीउद्दीन कोल्हू का अपने हिस्से का तेल पूरा-पूरा पीसकर दे देता है क्या ? उसका किसीके साथ कुछ सूत-ऊत जमता है क्या ?"

"साब ! आपकी सवेरे के वक्त की जेल में फेरी लगाने के वक्त तक वह जैसे-तैसे कोल्हू खींचता है, पर उसके बाद वह बैठा रहता है, और उसका काम कोई दूसरा दिन-भर कोल्हू चलाकर पूरा कर देता है। तांडेल ही उसके बदले आदमी लगाता है।"

"क्या ?" जेलर संतप्त हो उठा, "तूने यह बात मुझे अब तक न बताते हए दबाकर क्यों रक्खी थी?".

"माफ कीजिए साब ! पर इससे पहले, अन्य कुछ दंडितों को इसी तरह बिठाए रखकर और बदले में आदमी लगाकर तांडेल काम करवा लेता है, इस बात की सूचना गुपचुप तौर पर मैंने आपको दी थी, उस समय आपने उसे नजरअन्दाज़ कर दिया था; इसीलिए इस मर्तबा वही बात बताने के लिए मैं डर गया।"

"किस बात को नजरअन्दाज़ करना है, और किस बात को नहीं वह सवाल मेरा है। बता तांडेल उसे क्यों बिठाकर रखता है ? वह क्या रफीउद्दीन से दबता है ?"

"सरकार, वह बात मुझे अभी पक्की तरह से मालूम नहीं है, पर हो न हो रफीउद्दीन ने तांडेल को पैसा चटाया होगा !"

“पैसा ? रफीउद्दीन के पास ? उसकी तलाशी सांझ-सवेरे कसकर स्वतः जमादार लेता है न ?”

“तलाशी कसकर लेता है जमादार ! पर रफीउद्दीन के पास पैसे हैं अवश्य, कहीं-न-कहीं छिपाए हुए। अन्यथा स्वतः के पैरों से तांडेल उसके लिए तमाखू और अफीम चोरी-छिपे काहे को मंगाता !”

“हां, उसीमें से कुछ तमाखू और अफीम तुझे भी वे लोग चटाते होंगे, तभी तूने उसकी चुगली मेरे से नहीं की !”

“देव की शपथ साहब ! मैंने तमाखू की चुटकी को भी छुआ नहीं। पर तांडेल को वह पैसा देता है, मैं आपको सूचना देता तो आप ही मुझे खोटा ठहराते—इसलिए मैंने उसपर सिर्फ अपनी आंख गड़ा रक्खी थी। तांडेल के पेट में घुसकर मैं उस बात का शीघ्र पूरा पता चलाऊंगा साब ! बहुधा कल ही उनका कुछ लेन-देन, और साब मुझे तांडेल का डर लगता है। यदि मुझे आप, तांडेल कर देंगे--”

“तो तू उस तांडेल से भी बढ़कर पैसेखाऊ और दुर्जन निकलेगा ! अच्छी बात है, तू प्रमाणसहित रफीउद्दीन से पैसे लेते हुए उस तांडेल को पकड़वा दे, किंवा रफीउद्दीन पैसे कहां रखता है, इस बात ही का पता चला दे, तब देखूंगा तेरी बढ़ती की बात क्या है सो ! जा, लग अपने काम में। पर ठहर, तुझे मैंने अकेले को बुला भेजा है, यह जानकर इन कैदियों को तेरे बारे में शुबहा पैदा हो जायगा, गुप्तचर है इस बात का ! इतनी बात के लिए मैं तुझे यह खुल्लम खुल्ला काम देता हूं सो ले जा। तांडेल से कह कि, तीन चढ़ाकर रवाना करने के अभी-के-अभी भरकर रखदे, मद्रास की नाव पर चढ़ाकर रवाना करने के हैं एकदम ! यह ले चिट्ठी ! हं, जा ! इतने ही के वास्ते बुलाया था ऐसा जाकर बोल !”

प्रायः कैदखानों में, दुपहरिया में बारह से दो बजे तक का समय सबसे बढ़कर ढिलाई का रहता है। ऊपर के सारे उत्तरदायी अधिकारी अपने-अपने घर गए होते हैं। उस वजह से सिपाही क्या, और जेल के अधिकारी (Convict officer) क्या, अनुशासन की गांठ खोलकर पैर खुले छोड़ पसार कर बैठे रहते हैं। सर्वथा अपरिहार्य स्वरूप की व्यवस्था और काम ही चलते

रहते हैं।

इस समय हमेशा की तरह जेलर अपने उस कक्ष—कारागार के महाद्वार पर विद्यमान बंगले की खिड़की में खड़ा था। उतने ही में जोसेफ वार्डर नीचे से उसकी तरफ आता हुआ उसे नजर आया। उसे जेलर ने ऊपर ही से बंगले पर चले आने की अनुज्ञा दी। जोसेफ को पहरे पर के सिपाही ने बंगले में जाने दिया।

जाते ही जोसेफ ने बन्दगी करके कहा--"साब ! अभी-के-अभी अगर आप चलें तो प्रमाण सहित तांडेल को पकड़ना संभव हो सकेगा। रफीउद्दीन ने सोने की एक गिनी तांडेल को दी है। रफीउद्दीन के पास और दो गिनियां तो उसके शरीर पर ही हैं। तमाखू और अफीम तांडेल ने उसे लाकर दी है, वह भी सरसों के थैले में इस वक्त के लिए ठूंसकर रखकर वे दोनों छपरी के पीछे के हिस्से में आड़ लेकर निश्चित रूप से ऊंघते हुए पड़े हैं।"

"ठीक, जा तू। वे सारे पकड़े गए तो तुझे बढ़ती मिलेगी! तू अपने काम पर उस छपरी में जाकर बैठ जा चुपचाप !"

जोसेफ के जाने के बाद जेलर ने जमादार को अपने साथ ले लिया और हमेशा का नीचे का रास्ता छोड़कर ऊपर के टॉवर की तीसरे मंजिल के घेरे में आकर किसीके देखने न देखने से पहले ही वह उसके पीछे की आड़ में चला आया; जोसेफ के कथनानुसार रफीउद्दीन और तांडेल दोनों ऊंघते पड़े हुए हैं, और रफीउद्दीन के कोल्हू में एक दूसरा ही बेचारा कैदी पसीना-पसीना होकर फिरा रहा है, ऐसा दिखाई दिया !

"तांडेल !" जेलर गरजा।

तड़ से दचककर तांडेल उठा, पैर लटपटा गए, मह रोना-सा हो गया, हाथ जोड़कर खड़ा हुआ।

"तेरे पास कोई नियम-विरुद्ध वस्तु है ? जमादार, लो इसकी तलाशी। उस कुड़ते की वह नीचे की पट्टी फाड़ो !"

जेलर उस जमादार के साथ यह बोल ही रहा था कि उतने में रफीउद्दीन उलटे पैरों निकलकर अपने कोल्हू की तरफ जाने लगा।

"ठहरो ! ऐ बन्दीवान ! रफीउद्दीन ! ठहरो ! पकड़ो उसको !"

दो-तीन वार्डरों ने, जेलर की आवाज़ सुनी-अन-सुनी-सी करके उसी तरह निकलकर छपरी में जाने की कोशिश करनेवाले रफीउद्दीन को रोका। वह खड़ा रहा; पर डरके मारे भीगी बिल्ली की तरह नहीं, बल्कि एक आध सरकस में के बिगड़े हुए बाघ की तरह—उसकी सारी हिंस्रवृत्ति शरीर में उफन आई थी—आंखें दिखाते हुए, अकड़ के साथ उन रोकनेवाले वॉर्डरों के हाथों को बीच-बीच में झटका देता हुआ !

जमादार ने तांडेल का कुड़ता निकालकर पट्टी फाड़ी; एकदम खल्-से एक सोने की गिन्नी नीचे गिर पड़ी !

“इस रफीउद्दीन की भी तलाशी लो!” जेलर ने हुक्म दिया। जमादार सामने आया। जेलर की आड़ में थोड़ा-सा जमादार आते ही, रफीउद्दीन ने अपनी पेट गोली में (कमर के पास के कसे हुए कपड़े की लपेट में) खोंसी हुई कोई चीज़ कमर के पीछे हाथ ले जाकर चालाकी से निकाल ली। यह देखते ही जमादार चिल्लाया,

“साब ! साब ! इसने पेटगोली के पैसे हाथ में लिए हैं, गिन्नियां हैं साब, इसके हाथ में ! इस, इस हाथ में ! पकड़िए, यह हाथ यह !”

जमादार और वॉर्डर हाथ के साथ झगड़ ही रहे थे कि, उसी बीच, रफीउद्दीन ने एक गिरकी (चकफेरी) मारकर जेलर की तरफ पीठ होते ही हाथ में की वह चीज मुंह में डाल ली।

“ मुंह में डाल लीं गिन्नियां इसने ! हां, हां, मालिक बिलकुल गिन्नियां ही। मैंने देखीं ! अब इसके मुंह में हैं !” जमादार और वॉर्डर प्रतिज्ञापूर्वक चिल्लाए।

जेलर चिल्लाया, “मुंह खोल ! रफीउद्दीन, खोल, मुंह खोल !”

एक-दो दफा जमादार के हाथ को झटका मारकर गर्दन नीचे-ऊपर करने के बाद रफीउद्दीन स्पष्ट शब्दों में ठसककर बोला,

“ क्या निष्कारण जुल्म यह साहब, हम बेचारों पर ढाये जा रहे हैं आप इन झूठे नीच आदमियों की चुगलियां सुनकर ! यह देखिए, मुंह खोलता हूं ! है क्या कुछ अन्दर ?”

मुंह खोलकर रफीउद्दीन जमादार को पागल बनाने लगा, जेलर के सामने मुंह खोलकर दिखाने लगा। “जीभ ऊपर उठा, पीछे मोड़, यह जबड़ा

ठीक से खोल, वह खोल !" जेलर ने जैसा कहा, वैसा रफीउद्दीन ने किया। पर मुंह में कुछ न निकला।

"क्यों, जमादार किधर हैं इसके मुंह में गिन्नियां ?" जेलर ने पूछा।

शरमाया हुआ-सा जमादार थोड़ा हिचकिचाता हुआ, पर फिर वही कहने लगा,

"कुछ भी कहिए, साब ! इसके मुंह में कुछ न कुछ था जरूर !"

"कुछ न कुछ तो मेरे मुंह में था ही, है भी—पर वह 'कुछ' था मेरे सोने की तीलियां जड़े हुए दांत ! वे चमकते वक्त तुझ सरीखे भुक्खड़ को सोने की तरह मालूम पड़े होंगे, और आज नहीं तो कल रे दुष्ट, तेरी नरड़ी (गले की नली) को वे ही फोड़े बगैर नहीं रहेंगे !"

रफीउद्दीन निष्प्रतिरुद्ध अवस्था में जमादार को गालियां देने लगा ! यह दुर्जन बिगड़ उठा है, ऐसा देखते ही जेलर गरजा,

"बेड़ियां ठोको अभी की अभी इसके हाथों में ! और पकड़कर रक्खो उसे यहां ! गर्दन की हिसड़-फिसड़ कर रहा था; सम्भव है, निगल लिया हो उसने लोगों को समझने न देते हुए कुछ !"

रफीउद्दीन के हाथ में बेड़ियां पहनाकर सिपाही उसे पकड़कर रख ही रहे थे, उतने में जेलर छपरी में गया और उस कोने के सरसों के थैले को खोलकर देखा, तो अन्दर एक बड़ी पुलिया और उसीमें अफीम की डिबिया भी मिल गई !

जोसेफ का दिया हुआ गुप्त समाचार पूरी तौर पर सही था। दूर से जोसेफ यह सब अपरिचित की तरह देख रहा था। पर इतनी गड़बड़ी में, मुख्य अपराधी रफीउद्दीन को कैंची में पकड़ने लायक कुछ भी मिल नहीं पाया था। तो भी हज़ारों में एकाध कैदी इतना बेडर और कुकृत्यशील होता है कि पकड़े जाने की अपेक्षा चीज़ को निगलकर अविद्यमान्वत् करने से बाज नहीं आता, इसके दो-तीन अनुभव जेलर को प्राप्त हो चुके थे। उनका विचार करके उसने रफीउद्दीन का पीछा करने की सोची। तांडेल को तत्कालार्थ पदच्युत करके उसपर उसने अभियोग लगाया और डॉक्टर को बुलाकर रफीउद्दीन को बलपूर्वक नीचे गिराकर मुंह खोलकर रेच (दस्त) की

दवा पेट में रहने तक पिला दी। और उसकी कोठड़ी में हमेशा प्रत्येक कैदी की तनहाई में जितनी रखी जाती है, उससे बड़ी एक कुण्डी रखकर पहरा बिठाकर, कोठरी को ताला ठोक दिया गया।

वह रात रफीउद्दीन ने अत्यन्त असह्य और अस्वस्थ अवस्था में गुज़ारी। रेच होते समय पेट के दुखने की वजह से शरीर को जो अस्वस्थता प्रतीत होती है, वह तो थी ही; पर उसके ऊपर उस दिन जो ज़ुल्म और अन्याय की भरमार की गई थी उसकी याद आते ही उसके शरीर की संताप से खीलें-खीलें हो रही थीं। उसने जग पर पहले या अब कोई ज़ुल्म किया था क्या ? अथवा किसी दूसरे को कोई उपद्रव दिया था क्या ? ऐसा प्रश्न आज तक उसके सामने कभी उपस्थित तक नहीं हुआ था। ज़ुल्म का मतलब सिर्फ उसे कष्ट पहुंचने लायक लोग जो काम करें वही। ज़ुल्म की सिर्फ इतनी ही कल्पना उसके मस्तिष्क में थी। उसकी इच्छा के खिलाफ दूसरे लोग जो करें वह अन्याय ! इससे अधिक इन शब्दों का उसके कोश में कोई अर्थ ही नहीं था। 'मुझ अकेले को गिरा दिया नीचे, पैरों से कुचला और दवा पिला डाली'—बार-बार यही विचार उसके तप्त और बवराये हुए मस्तिष्क में निरन्तर चक्कर मारने लगे। वह पूरी तरह सन्तप्त हो उठा ! उस जमादार और उस जेलर का गला घोंटे या खून पीए। पर क्या उपाय ? तो भी बदला तो कुछ न कुछ लेना ही चाहिए। कोठड़ी में बन्द करके जाते समय जमादार ने उसके हाथ की हथकड़ियां निकाल डाली थीं। पर केवल हाथ से क्या होगा ? पर हां रे हां, लाहौर के कैदखाने में उस नूरमहम्मद ने पागल का स्वांग भरा था, तब उसने ठीक ऐसा ही किया था नहीं? बस, बस, उसने पागल का स्वांग रचने के लिए जो कुछ किया था, वही मैं बदला लेने के लिए करूंगा।

ऐसा बदला लेने का उसने जो निश्चय किया था और योजना बनाई थी, वह क्रिया में परिणत होते ही उसके अपमान की पूरी भरपाई हो जाएगी और उन छलवादी जमादारादिकों की जो दुर्गति होगी, उसका, जैसे वह अभी हो गई हो, ऐसा चित्र उसे दीखने लगा! वह पेट पकड़कर खुशी के मारे अपने ही आप में हंसने लग गया।

कैदखाने में हज़ारों में से कोई एक दण्डित जब कभी ऐसा कोई उलटा-सुलटा पदार्थ निगल बैठता है और उसे रेच की दवा ज़बर्दस्ती देने में आती है, तब सबेरे उसका कमरा अधिकारी लोग खुद आके खोलते हैं, और भंगी की ओर से उसकी कूंडी की तलाशी लेने में प्राती है। वह पदार्थ बाहर पड़ा या नहीं यह निरीक्षने में आता है। उसके अनुसार भंगी को लेकर जमादार और दो वॉर्डर सबेरे ही रफीउद्दीन के कमरे के सामने आए। सीखचों के दरवाज़े का ताला खोलकर ज़मादार ज्योंही अन्दर पैर रखता है, त्योंही—

रफीउद्दीन ने अपना पानी पीने का टमरेल उठाकर फड़ से जमादार के मुंह पर दे मारा ! उस टमरेल ही में उसने रेच किया हुआ था। वह सारा मैला जमादार के मुंह पर, आंखों में, मूछों में ; कपड़ों पर फव्वारे की तरह पड़कर, निथरकर, जमादार के शरीर पर मैला ही मैला हो गया, दम घुट गया, उलटी आई ! ज़मादार एकदम "शीः शीः शीः !" करके चिल्लाया।

वह अघोरी रफीउद्दीन "हाः, हाः, हाः" करके ज़ोर से खिलखिलाने लगा।

"मेरे पेट का सोना चाहिए था न तुझे ? रे पाजी, रे भंगी, ले वह सोना ! खा, पी ! मढ़ डाला देख, उस सोने से मैंने तुझे ! हरामी..."

गालियों के कीचड़ की बौछार करते हुए रफीउद्दीन एक कोने का आश्रय लेकर, वह टमरेल हाथ में लेकर, आसन जमाकर बैठ गया !

लज्जा से, गुस्से से, मैला-मैला हुआ-हुआ, गड़बड़ाया हुआ जमादार चिल्लाया :

"देखते क्या हो ! वॉर्डर, घसीटो उस सूअर को आगे !"

वॉर्डर आगे दौड़े; पर उसके शरीर पर जाने ही वाले थे कि, ठिठक गए! इतने आदमी होकर भी उसके शरीर पर कोई हाथ नहीं लगाता था।

क्योंकि, उस निर्लज्ज पशु को कोई छूने का साहस न करे इस हेतु से उसने अपना ही शरीर अपने मैले से लुबड़ाकर रखा था। वे वॉर्डर उस मैले

से जूगुप्सायूक्त होकर मैले को न छूने की भावना से रफीउद्दीन के शरीर के साथ लिपटने से कतराने लगे ! सन्ताप के आवेश में अपना ही डण्डा रफीउद्दीन के सिर पर दे मारने की इच्छा से ज़मादार दौड़ा; पर जेलर की आज्ञा के बगैर कैदी का सिरविर फूट गया तो वह ही संकट में पड़ जाएगा, इस ख्याल से उसने अपने गुस्से को फिर रोक लिया।

जेलर आ ही रहा था; इतने में इस चीखने-पुकारने को सुनकर वह सिपाहियों के साथ दौड़ता हुआ ही वहां आया। इस प्रकार देखते ही क्रोध से लाल हो गया और सीसे की भरी मंठ वाली अपनी काठी उसने रफीउद्दीन के सिर में बिठा दी। रफीउद्दीन ने भी टमरेल के भीतर का मैला जेलर के ऊपर छिड़क दिया। उसके साथ ही, ज़मादार, सिपाही वगैरे सभी टूट पड़े। दन-दन डण्डे पर डण्डे पड़ने लगे और रफीउद्दीन नीचे गिर पड़ा; बैल की तरह ज़ोर-ज़ोर से डुरकियाँ मारने लगा—

"मारो मत ! साब, तुमको बन्दीवान को मारने का हुक्म नहीं! बन्दीगृह का नियम तोड़ते हो तुम ! अन्याय, अन्याय ! गले-काटू ! कसाई ! डरपोक हो तुम सारे !"

"रे डुक्कर (सूअर) ! " जेलर गरजा, "बन्दीगृह के नियम तुझे अब याद आते हैं क्या ? लोगों की गर्दनें कचाकच कुचलकर कतरनेवाले राक्षस, तेरी गर्दन मरोड़ी जाते ही सूझने लगा अब न्याय और अन्याय तुझे एं ? 'गले-काटू' यह गाली है, मालूम पड़ गया न तुझे ? ठोको और ! मर भी जाए तो चिंता नहीं ! पशु ! मैले के अन्दर का कीड़ा !"

रफीउद्दीन अब असलियत में नरम पड़ गया ! वह हांफने लगा।

भंगी ने रफीउद्दीनकी कूंड़ी में पड़ा हुआ रेच जेलर के सामने उंडेलकर देखा। उस मैले में रफी उद्दीत के पेट से कोई अन्दर निगला हुआ पदार्थ बाहर आया है क्या ? उसमें उन्हें कुछ गिलेगा, रफीउद्दीन को इसका डर ही नहीं था। क्योंकि, उसने गिन्नी-बिन्नी कुछ निगली ही नहीं थी असल में ! जेलर की फजीहत हुई देखकर उलटा वह आनन्दित हुआ। वैसी घायल हालत में भी वह लापरवाह सूअर गंदले विनोद से उपहंसा—

"क्या ? सोना ही सोना पड़ा है न पेट में से मेरे ? लो, लो भंगी के बेटे, वह बांटकर लो।"

यह अपशब्द सुनते ही फिर सबने उसे लातों और घूंसों के नीचे ले कुचला और जेलर ने स्वत: उसके गले की पसली के पास इतने बल से दबाकर चूंटा कि रफीउद्दीन ने एकदम एक ज़ोर की चीख फोड़ी! डॉक्टर घबरा गया, आगे आकर जेलर का हाथ पकड़ उसे एक ओर ले गया और समझाने लगा—

" यह क्या ? गुस्से के आवेश में मार ही डाल रहे थे आप गला दबाकर उसे जान से ! उलटा-सुलटा मामला हो जाएगा समझें !"

"उलटा तो नहीं, मगर सुलटा मामला तो ज़रूर हो गया है !" जेलर हंसा। "डॉक्टर, इस आदमी के गले में 'खोबड़ी' (खोखली जगह) है, और वह भरी हुई है, इसमें शंका नहीं। मैंने इसीलिए गला दबाकर देखने का मौका पाने की कोशिश की थी समझे ? मैंने ज्योंही उस खोबड़ी को दबाया, उसके अन्दर की वस्तु एकदन उसे चुभी, इसीलिए वह चिल्लाकर पुनः-पुनः उस वस्त को निगलते हुए दबाकर धरता था मुंह के स्नायुओं से ! उलटी की दवा दो एक जोरदार—बस खोबड़ी खुली ही समझो इसकी !"

"पर 'खोबड़ी' का मतलब क्या है ?" डॉक्टर ने जिज्ञासा की।

"उसका विवरण थोड़े में इस प्रकार है—पशु रोमंथ करने के लिए गले की जिस खोखल में चर्वण संगृहीत करके रखते हैं, वह खोखल मनुष्य भी अपनी उस जगह निर्माण कर सकता है। अत्यन्त सधे हुए अपराधी गुरु-परम्परा से इस विद्या में प्रवीण होते हैं। मुंह में एक सीसे की गोली, उसमें मांसदाहक एक रासायनिक पदार्थ लगाकर वे लोग रख लेते हैं। वह गले के कान के बाजू में बैठकर काफी दिनों तक निरन्तर बनी रही कि, भारी होने से मांस में उतरते—उतरते उस खोखल में छेद बनाती हुई अन्दर जाती है। जादूगर एक खेल में मुंह में से नाना प्रकार की वस्तुएं निकालकर दिखलाते हैं। वे वस्तुएं इसी खोखल में संगृहीत रहती हैं। केवल उलटी से उन वस्तुओं

को बाहर न आने देकर प्रवीण दण्डित उन्हें रोक सकते हैं। पर स्नायुओं के थक जाने पर थोड़े-से दबाव से वे वस्तुएं बाहर आ सकती हैं। मुझे दो-तीन इस किस्म के अनुभव हुए हैं ! इसका भी पीछा मैं अपनी शंका का पूर्ण निराश होने तक करूंगा। मेरी आज्ञा समझकर दवा पिलाओ !"

डॉक्टर ने उलटी की दवा हां-हां, ना-ना, करते-करते देना कबूल किया।

उलटी की दवा के फिर लाए जाते ही सब लोगों ने मिलकर वह रफीउद्दीन को बलपूर्वक पिला डाली। कुछ ही वक्त में उस दुर्जन को पुनः बड़ी-बड़ी सूखी उलटियां आने लगीं—अंतड़ियां बुरी तरह तन उठीं—और उसके औसान फाख्ता हो गए। इतने में उचकियों पर उचकियां आ रही हैं ऐसी उलटी देखकर जेलर ने हाथ में कड़ियां पहनाकर नीचे गिराए हए रफीउद्दीन के गले की पसली की कान के नज़दीक की दोनों खोखलों को बुरी तरह भींचकर पकड़े रक्खा और उंगलियों को ऊपर सरकाते हुए ले आया त्योंही एक उचकी के साथ ही तीन, चार, पांच गिन्नियां खल्-खल्-खल् करती हुई रफीउद्दीन के मुंह से ज़मीन पर गिर पड़ी ! और एक छोटी-सी डिविया—उसमें अफीम !

"गिन्नियां, गिन्नियां, पड़ गईं उन्मूलित होकर ! गिन्नियां !" वॉर्डर, सिपाही, डॉक्टर, भंगी सारे लोग एकदम हल्ला-गुल्ला करके उठे!

सबमें आनन्द से बेसुध हुआ वह जमादार ! पुत्र-जन्म का आनन्द हुआ उसे उन गिन्नियों की मुख-प्रसूति होते ही! उसपर झूठ बोलने का जो दुष्ट आरोप आनेवाला था, वह टल गया। उलटे अपराध को पकड़ने वाला प्रवीण जमादार वही साबित होनेवाला था अब !

आज तक रफीउद्दीन 'खोबड़ी' में भरकर जो गिन्नियां ले जाता था, उनके बल पर ही वह जिन-जिन कैदखानों में गया वहां ज़िन्दा बचा रहा—चैन करता रहा। एक रुपया देकर बाहर की दुनिया में जो काम होता है वह यहां तमाखू की एक चुटकी से हो जाता है। और सौ रुपये देकर बाहर जो काम कराया जा सकता है, वह यहां अफीम की एक राई-भर की गोली से

कराया जा सकता है ! इस तरह 'एक चुटकी एक रुपया' के भाव से पांच गिन्नियां उसके पांच लाख रुपये थे। उनके बल पर खुद कुछ भी काम न करते हुए, पचास कैदियों को अपनी सेवा में रखकर पांच बरस तक उस कक्षकारागृह में अपना सारा श्रीमंती संसार बसानेवाला था !—पर अब वह निष्कांचन, भुक्खड़ हो गया ! अब उसे कौन पूछता है कैदियों में ! आज वह पूरी तरह हताश हो चुका था !

और उसीमें, उसपर चलाए गए उस दिन के सारे आततायी दुर्वर्तन के बारे के अभियोग का निर्णय देते हए पर्यवेक्षक ने रफीउद्दीन को बन्दीगृहीय नियमानुसार सज़ा दी—तीस कोड़े !

कोड़ों का नाम सुनते ही रफीउद्दीन सिर से पैर तक कांप उठा! हिंस्र श्वापदों की भांति हिंस्र स्वभाव मनुष्य भी यदि किसी दण्ड से वास्तव में डरते हैं तो वह शारीरिक दण्ड ही से—मानसिक से नहीं! मन नाम की वस्तु लगभग इनके पास रहती ही नहीं ! हिंस्र श्वापदों को यदि पालतू बनाना हो तो चाबुक ही से बनाया जा सकता है ! हिंस्र स्वभाव मनुष्यों को कोड़ों से !

कोड़े मारे जाने से एक दिन पहले की रात को रफीउद्दीन को नींद ही नहीं आई। कोड़ों की सप्-सप् आवाज़ उसे सुनाई देती थी। तथापि, एक प्रकार का वैद्यक शास्त्र, जो उस जैसे अघोरियों के संप्रदाय में प्रचलित है, वह भूला नहीं था। कोड़ों से एक रात पहले यदि मनुष्य अपना ही पेशाब पी जाए, तो उसका शरीर और मन बधिर हो जाता है, और कोड़ों का दर्द बहुत ज्यादा महसूस नहीं होता ! रफीउद्दीन तड़के ही उठ बैठा और पानी पीने के टमरेल में अपना मूत मिलाकर उसका यथाविधि प्राशन किया ! उसने कुछ कुरान की आयतें—मंत्र भी पढ़े और नमाज पढ़कर देव से प्रार्थना की, "कोड़ों की मार को ऊपर ही ऊपर झेल ! आग मत होने दे खाल की !"

"अल्लाह, तू रहीम है ! देव, तू दयालु है !" ऐसा नाम-घोष करते हुए उस एकांत कक्ष में फेरियां लगाने वाले रफीउद्दीन को उस मंत्र-तंत्र से थोड़ी तसल्ली महसूस हुई। इसी वक्त सिपाही वहां आए और खडाखड् दरवाजा

खोलने में आया ! बन्दीगृह के बीच के चौक में सारी बैरकों के बन्दीवानों को दीख सके ऐसी जगह उसे खड़ा किया। तीन मज़बूत लक्कड़ों का एक तिकोना रहता है, उसे 'टिकटी' कहते हैं, वह 'टिकटी वहां लाई गई। उस टिकटी की सीढ़ियों पर चढ़ाकर टिकटी की तरफ मुंह करके उसे उसके साथ बांध दिया गया। उसके दोनों पैरों को दोनों बाज़ुओं में मौजूद लोहे की कड़ियों में पक्की तौर पर अटका दिया गया; उसके दोनों हाथों को ऊपर उठवाकर दोनों लक्कड़ों के सिरे पर मौजूद दो लोहे की कड़ियों में जकड़ दिया गया। गर्दन एक पट्टे में अटका दी गई।

घन-घन-घन घंटा बजा। तत्काल टाप-टाप बूट उड़ाता हुआ टॉवर में बैठा हा जेलर बाहर आया। और ठीक पीछे-पीछे चड्डी (एक किस्म की निकर किंवा घुटन्ना) और जाकेट शरीर पर डाले हुए, बाल बिखरे हुए, भुजाओं की बलोत्कट स्नायुएं फुलाए हुए कोड़ेवाला आया। उसके हाथ में लम्बी और तीन उंगलियों के बराबर मोटी-सीधी बेंत थी।

"मारो !" जेलर गरजा। यह सुनकर मानों बेंत ही उसके चूतड़ पर आकर बैठी हो, रफीउद्दीन ने करुणा-भरी एक हांक फोड़ी—"साव ! साब ! आहिस्ता, अलगत (असंस्पृष्टरूप से) तो मारिए !"

हाथ की बेंत को आगे करके सिर के चारों ओर फिराकर कोड़ेवाले ने निशाना जमाया।

"एक !" जेलर चिल्लाया ! फाड़् करके रफीउद्दान की चूतड़ पर बेंत जा बैठी।

" मैया-मैया ! या !" रफीउद्दीन ने चिंघाड़ मारी !

"दो" फिर सिर पर से फिरा, ताकत के साथ कोड़ेवाले ने दूसरी बेंत जमाई ! रफीउद्दीन जानवर की तरह रंभाने लगा। आजू-बाजू के कैदियों के शरीर भी लट्-लट् कांपने लगे। कितनों ही को दया आई ! उन्हीं में कंटक भी था ! पर उसे दया आती ही थी कि याद आ गया—यही है वह रफीउद्दीन ! कुल्हाड़ी से आदमियों को फाड़नेवाला ! जैसे लकड़ियां फाड़ते हैं उस तरह ! एक बरस में कम से कम एक-एक तरुणी की तो विलास समझकर जान

लेनेवाला—नृशंस नर-राक्षस !

"तीन ! चार ! पाच ! छै !"

एक-एक बेंत के फटके के साथ रफीउद्दीन की दोनों चूतड़ों में से खून के फव्वारे उड़ने लगे और मांस का भूसा ! और वह बीच ही में रंभाने लगा। बीच ही में, "छोड़ो, बस, पैर पड़ता हूं" ऐसी प्रार्थना करने लगा। कभी बीच ही में, जमादार और जेलर की मां-बहन का नाम लेकर बीभत्स गालियां गिनने लगा।

"सात ! पाठ! नौ ! दस!" बेंतों पर बेंतें सटकती चलीं, मांस में घुसती चलीं ! रफीउद्दीन आधा बेसुध होकर निश्चेष्ट पड़ गया ! केवल कुचला हुआ सांप जिस तरह काठी लगाते ही उतने-भर के लिए वल्वल् करता है, उसी तरह बेंत के फटके के साथ एक-एक चीख सिर्फ शारीरिक प्रतिक्रिया-भर के लिए उसके मुंह से बाहर पड़ने लगी!

" अट्ठाईस ! उनतीस ! तीस !!"

वह तीसवां फटका मारते हो बेंत फेंककर पसीना-पसीना हुआ-हुआ हांफते हुए मट् से नीचे बैठ गया वह कोड़े मारनेवाला ! वह भी इतना थक गया था !

डाक्टर झट से आगे आया। टिकटी पर से छुड़ाकर नीचे औंधा सुलाए गए रक्तबंबाल (खून ही खून हुए) रफीउद्दीन की उसने नाड़ी परख कर देखी, जिन्दा है या नहीं वह इतना ही देखने-भर के लिए! घावों पर तात्कालिक मलहमपट्टी करके रफीउद्दीन को कैदखाने के हस्पताल में एक तनहाई में ले गए। कोठड़ी में ताला ठोंककर बन्द कर दिया !

उस रात को घावों में दर्द पर दर्द उठकर आग-आग हो गई और रफीउद्दीन को जोर का बुखार चढ़ आया। जैसे-जैसे बुखार की बेसुधी और डिग्री चढ़ती चली गई वैसे-वैसे यह विचार उसके चित्त में तांडव मचाने लगाः

"अरे रे, उस बिहारी को—उस बिहार की खूबसूरत छोकरी को ही यथा रीति निकाह लगाकर औरत बनाकर मैंने सुख से जिन्दगी बसर क्यों नहीं की ? अरे रे, मैंने उसे भरपूर महाप्रवाह में खप्पर की तरह फेंक दिया न, रे ! नीच !-अरे

रे !-पानी में दम घुटकर क्या रे उसके जीव की—सिर ठस करके खड़क पर !—टकराया ! —फूट गया ! अबबब ! मैया री ! कैसी ये वेदनाएं !!"

बार-बार कनहाते (कराहते), बड़बड़ाते बेहोशी में कुछ का कुछ देखते, समझते उसके दिमाग में गुलाम हुसेन की स्मृति का केन्द्र कहीं से हिल्लोलित हुआ !

"हरामी...ऐ दुष्ट ! दे वह मेरी मालती वापिस ! धरोहर के रूप में रक्खा था मैंने उसे तेरे नजदीक !...मेरी, मेरी है वह...रक्खी है तेरे बाप ने ! गुलाम ! देता है कि नहीं—मारो—पीटो !—पैर खींचा ! मैय्या या ! मरा! मरा !"

" मालती को गुलाम हुसेन भगाकर ले गया नहीं ? कहां होगी वह ? अरेरे ! चोर पर मोर हो गया न वह ! अपने पिंजरे में ही रक्खी होगी उसने मेरी छबीली को !"

वह फिर अकस्मात् बुखार की उत्क्षुब्ध बेहोशी में उसी विचार की उतरनी पर से नीचे उतरते हुए कुएं में गिर पड़ा हो, ऐसे ढंग से वह नीचे-नीचे गहरा गड़ता चला गया !

लाहौर के बाज़ार में खड़ी हुई मालती को अचानक देखते ही उसने मानों उसे गलबहियां में चिपटा ही लिया, "प्यारी !—मालते ! 'ओ ! आव प्यारे रफीउद्दीन, मेरे को छोड़ के किधर गए थे पीतम आज तक' !"

...गले में गला डालकर मालती जैसे उसे अपने बंगले में ले गई, दरवाज़ा अन्दर से लगा दिया, उसके सारे कपड़े उतार डाले, और इतने ही में वहां पर मौजूद एक बड़ी सन्दूकची में से खाड़् से किशन छुरा निकालकर बाहर आया !—बाप रे ! घात-घात ! इस दुष्ट औरत ने घात किया ! इस जल्लाद के, इस किशन के हाथ में मुझे सौंप दिया क्या ? चांडालनी, मालते ! राक्षसी !....'चुप राक्षस के बच्चे ! किशन, बांध उसे उस टिकटी पर ! बांध ! मेरे त्वेष की यह देख मैंने एक बलोत्कट घुमावदार बेंत तैयार की है। तू किशन ! जिसपर यह अब मेरे साथ बैठना चाहता था उसी इस पलंग की टिकटी तैयार कर !..."

पलंग की अकस्मात् टिकटी बन गई; मालती के त्वेष की भयंकर बेंत

बनी; बोलते-बोलते स्वतः मालती की एक, बाल बिखराई हुई माथे भर में सिन्दूर मली हुई, लाल-लाल जीभ सांप की-सी निकालनेवाली, कोई विकराल कृत्या बन गई !! किशन ने उद्दीन को टिकटी पर पक्की तौर से जकड़ डाला—और मालती के त्वेष की उस बेंत को उसने (मालती ने) उठाया और खून का फव्वारा उड़ानेवाला एक ही भयंकर फटका मारा !

"अबबब, मैय्याय्या!—पैर पड़ता हूं, मालती, छोड़! मैय्याय्या-हलके से ! मालती ! क्षमा—क्षमा—क्षमा—!"

...पर मालती गिनती ही और मारती ही चली वे रक्ताक्त-कंटकित फटके !

" तीन ! चार ! पांच ! पचास ! सौ !!!"

बात के झटके में रफीउद्दीन खुद ही चिल्लाकर उठ बैठा,

"सौ !"

13

उषे ! ऐ उषे ! अरी, आज बोलती क्यों नहीं ? घर में क्या कर रही है उधर, आ-आ !"

साठ बरस से ज़्यादा उम्र का पर अभी तक संपन्नसत्त्व स्वर एवं सुदृढ़ शरीरयष्टिवाला एक पुरुष अपने एक सादे, बैठे और खपरैल के घर के अग्रवर्ती, बुहारे-छिड़के आंगन में खाट पर आकर बैठते-बैठते अपनी एक सात-आठ बरस की छोटी-सी पोती को विनयपूर्वक बुला रहा था। दोपहर को उस आगन में दो-तीन बजे, छांह आई कि वह उस खाट पर आकर आजकल इसी तरह बैठा करता था। कामकाज खत्म करके, दिन ढलने के वक्त, गाय-भैंस खेतों से, बच्चे स्कूल से और उसकी स्नुषा—उन पोतों-पोतियों की मां—अपने नौकरी के काम पर से घर पर आती थी तब तक, वह बूढ़ा उस खाट पर जब इस तरह बैठता था तब उसके साथी के तौर पर एक चंची (पानतमाखू का बटुआ) और उसकी एक पोती उषा तथा उसका बड़ा भाई बारह एक बरस का मोहन ! उन्हें

कुछ सिखाते, कुछ कहानी सुनाते, बीच में ही समक्षवर्ती पुष्प-क्षुपों को पनियाते अथवा बौर पाए हुए आमों-कटहलों के दिन में प्रांगन से लगकर मौजूद बाड़ी में के उनउन झाड़ों की रखवाली करते हुए वह वहा पर बिलकुल तल्लीन हुआ दिखाई दिया करता था।

उसके घर के आजूबाजू एक तीस-चालीस तादृश किंवा तदपेक्षयापि अधिक सीधे-सादे झोंपड़ों का मिलकर बना हुआ एक खेड़ा बसा था। वह खेड़ा यद्यपि बसा था अंडमान में तो भी दिखाई देता था बिलकुल एक-आध बम्बई के समुद्र पर के कोंकड़ के खड़े गांव की शुद्ध प्रतिमूर्ति ! क्योंकि सब बातों में अंडमान अपने आप ही सर्वथा पूर्व समुद्रतीरवर्ती एक प्रति कोंकण है। झाड़, ऋतु, पक्षी, पैदावार, सब बहुत कुछ कोंकण का ही ठाठ है ! यदि पश्चिम समुद्र के कोंकण तट को मोड़कर पूर्व समुद्र पर उठाकर रख दें क्षण-भर के लिए तो उस पूर्व समुद्र में कोंकण का जो अस्पष्ट-सा प्रतिबिम्ब पड़ेगा, तादृश ही अंडमान है ! कोंकण के जंगल वगैरे तोड़कर मनुष्यों ने आजतक जो बहुत-सा कायाकल्प कर डाला है, वही थोड़ा बहुत फरक रहेगा।

इतने में सामने के टीले पर से एक आदमी को उतरता हुआ देखकर मोहन ने ताली पीटी :

"अप्पा, अप्पा, कंटकबाबू आते हैं, कंटकबाबू ! वे ऽ देखो, वे !"

उषा ने भी अनुमोदन किया :

"हां रे हां, कंटकबाबू ही हैं वे !"

कंटकबाबू आंगन में आए और हमेशा की तरह भेंट की तौर पर एक मिठाई का पूड़ा उनके हाथ में देखते ही उषा का लक्ष्य उस पूड़े की ओर गया और हंसते-हंसते कंटकबाबू के सामने वह चली गई।

कंटक ने मिठाई का एक पुड़ा उषा को दिया और दूसरा मोहन को दिया।

और खाट पर कंटक बाबू बैठने लगा। उसे स्थान देने के लिए अप्पाजी जांघ सिकोड़कर एक ओर सरकने लगे। पर उतने ही में उनके घुटने में एक ज़बर्दस्त दर्द पैदा हुआ और वे 'अम्मा री' ! कहकर ज़ोर से कनहाने लगे।

"अं ? एकदम इतने ज़ोर का दर्द उठने लगा? क्या हुआ पैर में ?" कंटक जल्दी-जल्दी में पूछता हुआ अप्पाजी का पैर दबाने लगा।

"यहां, यहां घुटने में !" अप्पाजी घुटना धीरे-धीरे आगे-पीछे करते हुए पैर पसारने का यत्न करते हुए और कनहाते हुए बोले :

"इस घुटने में दो दिन से इसी तरह का असह्य दर्द पैदा हो रहा है। थोड़ा पैर फैलाकर रखने से कुछ देर बाद थम जाएगा। एक बहुत पुराना घाव है जो वहां स्थायी हो गया है, अब अशक्तपने के दिन पाए हैं अतः वह फिर बाधा देने लग गया है।"

"पुराना घाव ? कैसा वह ?" कंटक ने जानना चाहा।

"वह ? वह एक इतिहास है ! वह घाव सत्तावन के स्वातन्त्र्य युद्ध में मुझे लगी हुई अंग्रेज़ की एक गोली का है ! हां, अंग्रेज़ की गोली का ! क्योंकि मैं विद्रोहियों की तरफ से लड़ रहा था। मैं एक विद्रोही था !" बोलते-बोलते दूसरा पैर खाट पर टेककर, दूसरे पैर पर तनकर खड़ा होकर, छाती फुलाते जानेवाला वह वृद्ध मानों जितना था उससे भी अधिक ऊंचा दिखाई देने लगा!

"आप विद्रोहकारी थे ! प्रत्यक्ष लड़े थे आप उस विद्रोह में अंग्रेजों से ?" कंटक यह प्रश्न खण्डित शब्दों में जमाकर, पूछकर, उस वृद्ध पुरुष के गर्व से तनी हुई अपनी गर्दन स्वीकारार्थ में किंचित् हिलाते समय, उनकी तरफ विस्मयपूर्ण आदर से देखता रह गया ! उस दृष्टि से देखते ही वह आज तक का एक सादा बूढ़ा गृहस्थ कंटक को एक कसा हुआ योद्धा, एक वन्दनीय वीर, एक पौराणिक महारथी भासित होने लगा।

क्षण-भर उस वृद्ध की तरफ उसी तरह विस्मयपूर्व आदर भाव से देखते रहने के बाद कंटक ने पूछा :

"सत्तावन के विद्रोह की कहानी सुनने का छुटपन ही से मुझे बड़ा शौक रहा है। मेरे दादा ब्रह्मावर्त में श्रीमन्त नानासाहेब पेशवा का ही एक आश्रित था, ऐसा छुटपन में मेरे पिता मुझसे कहा करते थे। सेनापति तात्या टोपे का नाम तो उनके मुंह पर सदा चढ़ा रहता था। उसी वीरवर तात्या टोपे की सेना में का मैं भी एक था !"

"क्या कहा, अहा-हा ! सेनापति तात्या टोपे ! जिनका नाम छुटपन में हमें एक आध पौराणिक वीर के सदृश अद्भुत प्रतीत हुआ करता था ! उस सेनापति को प्रत्यक्ष देखा हुआ और उनके स्वातंत्र्य सैनिकों में से एक सैनिक पुरुष प्रत्यक्ष रूप से मेरे सामने इस वक्त खड़ा है—यह कल्पना भी मेरे लिए अत्यन्त अद्भुत है ! यह देखिए, अप्पा, यदि आपको कोई खतरे की बात न मालूम पड़े तो कम से कम आपने जो बातें अपनी आंखों से देखी हैं वे तो मुझे सुनाइए –सुनने की मेरी उत्कट इच्छा है। है क्या कोई खतरा उसमें ?"

"खतरा? बाबा रे, पहले एक दफा तात्या टोपे को मैं पहचानता हूं यदि इतना भी कह दिया होता तो, जो भाड़ सामने नज़र आता है, उसपर मुझे टांग दिया गया होता !—मैं तात्या टोपे की ओर से होकर लड़ा हूं यह कहने की बात ही दूर रही ! उन दिनों उन बातों को कहने के लिए एक डर हमारे मन में बैठ चुका था, और उन स्मृतियों को हमने चित्त के गहरे भूमि-गृहों में गाड़ दिया था। खुद मुझीसे एक-दो अंग्रेज़ गृहस्थ अत्यन्त उन्मुक्त रूप से मेरी आंखों देखी जानकारी पूछने के लिए यहां आए थे। पर वह पुरानी दशहत जो हमारे मन पर एक बार बैठ गई थी, उसकी वजह से कुछ भी खुले दिल से कहते नहीं बनता। इसीलिए, मैं अपने-आप आज तक तुम्हें वह वृत्त कहता नहीं था। अन्यथा आज उसमें छिपाने की बात ही क्या रह गई है ? फिर उसके कारण जो सज़ा भोगनी होती है, उसे भोगने के लिए ही तो हम यहां अण्डमान में आए हुए हैं। और अब तो हम उस जन्मकैद को पूरी करके भी बैठ गए हैं !"

"अर्थात्, सत्तावन के साल के विद्रोह में लड़ाई करने की वजह ही से आपको जन्मकैद की सज़ा हुई ?"

"उस बंड में अंग्रेज़ों के विरुद्ध लड़ते हुए परास्त हुए हम जैसे शतावधि बंडवालों को इन्हीं टापुओं में जन्मकैद भोगने के लिए भेजा गया। और अचरज की बात यह कि हम लोग इस टापू में भी सारे के सारे आते ही मर नहीं गए, उन सघन अरण्यवनों को, उन सड़े-गले दलदलों को, उन भीषण रोगाणुओं को, उस मारक वातावरण को, उस असाध्य ठण्डे बुखार को हम पूरे पड़कर भी बच गए ! और इस रीति से इस आज के उपनिवेश के हम ही

मूल संस्थापक, आद्यपूर्वज, कुलपुरुष स्थिर हुए ! इस टापू में उपनिविष्ट होने के लिए भेजे गए उन पहले बंडवाले के जमाव में का ही मैं भी एक हूं !— अभी तक जीवधारण करके अवशिष्ट उन बंडवाले चार-पांच व्यक्तियों में वृद्धतम ! पर इस दीर्घ जीवन के आनन्द की अपेक्षा जब मेरे सेनापति तात्या टोपे फांसी पर चढ़े..."

"तात्या टोपे को फांसी पर चढ़ाया गया था, उस वक्त आप वहीं थे ?"

"नहीं, नहीं ! वही तो शल्य मन में चुभ रहा है ! काले पानी पर भेजे जाने की अपेक्षा हम लोग अपने सेनापति के साथ फांसी गए होते तो हमें अधिक आनन्द हुआ होता, यही तो मैं कहता था ! अंग्रेज़ उस वक्त हमारा दुश्मन था, पर तो भी अंग्रेज़ यह जाति से वीर ! वीरता की मन से उसे खरी परख, यह बात हम जानते थे ! देखो, तात्या टोपे मरने तक, सशस्त्र युद्ध में अंग्रेज़ भी दांतों तले उंगली दबा लें, ऐसी दृढ़ता और शूरता के साथ लड़े। मृत्युदण्ड के वक्त सीधे फांसी पर चढ़ते समय उन्होंने कहा कि, 'मैं महाराष्ट्र के राजा का, श्रीमन्त नानासाहेब पेशवा का सेनापति; मैं अंग्रेज़ों का अंकित प्रजाजन नहीं हूं! अपने राजा की आज्ञा से स्वातन्त्र्य के अर्थ जूझा हूं, अतः मैं बंडवाला अपराधी हो ही नहीं सकता !' इस-उसके वीरोचित्त कथन का अंग्रेज़ों के दिल पर भी इतना अधिक आतंक बैठा, अंग्रेज़ों के मन में भी इतनी अधिक आदर-बुद्धि जागरित हई कि, तात्या टोपे को फांसी पर मरण पाते ही, वह देखने के लिए जमा हुए सैकड़ों गोरे लोगों ने उस शूर पुरुष के प्रेत के अतराफ गराडा (घेरा) डाला और उसके स्मृति चिह्न समझकर कितने ही अंग्रेज फ्रेंच स्त्री-पुरुष उसके सिर के बालों की लटें कतरकर ले गए। फ्रांस के पत्रों में उसके दुःखद मृत्युलेख आए ! पर हम उनके सैनिक होते हुए भी उनके साथ ही उस स्वातन्त्र्य युद्ध में मरने का भाग्य लाभ न कर सके, उनका अन्तिम दर्शन तक न कर सके !" उस वृद्ध वीर ने दीर्घ उच्छ्वास फेंका।

'आप पहले ही से तात्या टोपे की सेना में थे क्या ? उनकी मत्यु से कितने दिन पहले घायल हुए ? कैसे पड़े अंग्रेज़ों के हाथों में ?"

"वह कहानी लम्बी है। थोड़े में कहना हो तो, मेरी और पेशवाओं के किसी भी आदमी से प्रत्यक्ष पहचान पहले बिलकुल भी नहीं थी। हम महाराष्ट्रीय ब्राह्मण हैं। मूल बुन्देलों के आश्रित होकर उत्तर हिन्दुस्तान में रहने के लिए गए। आगे चलकर मेरे पिता की पीढ़ी में अरानगर की ओर हमारा कुटुम्ब स्थायिक हो गया। सत्तावन से एक-दो बरस पहले श्रीमन्त नानासाहेब के दूत हमारे गांव में आए और शीघ्र ही एक बड़ा भारी विद्रोह होनेवाला है ऐसा कहकर हमारे तरुणों में महाराष्ट्र की हिन्दुपदपादशाही पुनः स्थापित करने की चेतना का संचार करने लगे। मराठों का राजा स्वराज्यार्थ पुनः शस्त्र हाथ में लेनेवाला है, इस कल्पना के आते ही मेरा तरुण रक्त जागरित हो उठा! उतने ही में खबर आई कि, कानपुर में एक बड़ा भारी विद्रोह हो गया है, श्रीमन्त नानासाहेब ने कानपुर जीत लिया है। तथा अब खुल्लमखुल्ला लड़ाई छेड़ दी है! हर रोज़ खबरें आने लगीं। दिल्ली, लखनऊ, जगदेशपुर—जिधर देखो उधर राष्ट्रीय युद्ध की वनवह्नि प्रज्वलित होकर राजे, महाराजे, सरदार, भूमिदार, सैनिक, नागरिक—सारा हिन्दुस्तान विद्रोह कर उठा है! यह सुनते ही हमारी नगरी अरा में भी एक सैनिक पथक (जत्था) बंड कर उठा और हम सब तरुण उसमें शरीक हो गए।"

"फिर? तत्रवर्ती अंग्रेज सेना ने आप लोगों को एकदम पकड़ा नहीं?"

"अंग्रेज़ी सैन्य था कहां, तालुके-तालुके में। भारतीय सैनिक थे—वे ही उलटे हुए! अंग्रेज़ अधिकारी अकेला ही था वहां। वह बोले तो, कलेक्टर, मजिस्ट्रेट आदि के सारे अधिकार चलानेवाला, ए० ओ० ह्यू म साहब! सारा अरानगर उलटा हुमा देखकर ह्यू म साहब ने अपनी जान मुठ्ठी में लेकर भाग जाने का निश्चय किया।"

"ए० ओ० ह्यू म साहब? अर्थात् राष्ट्रीय सभा निकालनेवाले ह्यू म साहब?"

"हां। उन्होंने आगे चलकर वह संस्था निकाली। इतना ही नहीं, इस विद्रोह में, उनपर आई हुई भयंकर अवस्थाओं के कारण ही भारतीय जनता में पुनः तादृश भयंकर असन्तोष न फैलने देने ही में अंग्रेज़ी राज्य की सुदृढ़ता

है यह बात उनके मस्तिष्क में पक्के तौर पर बिंबित हो गई, यह उनके परवर्ती काल के कुछ भाषण जो मुझे यहां अण्डमान में एक साहब के पास से पढ़ने को मिले, उनसे मेरी समझ में आया। 'सत्तावन के विद्रोह में अंग्रेज़ी राज्य पर टूट पड़े हुए भयंकर अरिष्ट में जिन लोगों को दिन निकालने पड़े ऐसे किसी भी अंग्रेज़ अधिकारी को मान्य होना ही चाहिए कि, हिन्दुस्तान में मचनेवाले असन्तोष को अन्दर ही अन्दर कढ़ने और बढ़ने देना योग्य नहीं। जिस तरीके से असन्तोष को स्फोट मिलता रहे, उसकी भाफ संचित होने से पहले ही निकलती चली जाय ऐसी कोई न कोई सुविधा ढूंढ़ निकालनी चाहिए। भाफ को बेखटके निकलने देने के लिए यदि कोई खतरे से शून्य छिद्र—सेफ्टी वॉल्व—तुम रखोगे नहीं, तो मह एंजिन को फोड़कर बाहर निकल आएगी ! वह खतरे से खाली छिद्र ही मैं जो निकालने के लिए कहता हूं वह एकाध राष्ट्रसभा है !' ऐसे उसके सयानेपन के भाषण मागे चलकर जो हुए, वह सयानापन ह्यू म साहब उस अरा के अरिष्ट ही में सीख सके ?

"अरा से हम सीधा कानपुर गए और सेनापति तात्या टोपे के सैन्य में प्रविष्ट हो गए। बीस हज़ार अंग्रेज़ी सैन्य के साथ चढ़ कर आए हुए जनरल विंद्याम को कानपुर की जिस भीषण लड़ाई में सेनापति तात्या टोपे ने पराजय किया था, उस लड़ाई में बंडवालों की ओर से मैं स्वतः लड़ा था। और उसी लड़ाई में इस घुटने पर अंग्रेज़ों की गोली लगने से घायल होकर गिर पड़ा और उन लोगों के हाथ में जा लगा। परन्तु मैं अंग्रेज़ों ही के भारतीय सिपाहियों में से एक हूं, ऐसा कहकर वह बेर किसी तरह मार ले जाने की युक्ति मैंने ढूंढ़ निकाली। और उस अन्धाधुन्धी के लड़ाई के मौके पर अनेक असम्भव बातें घटित होती हैं तद्वत् यह भी घटित होकर मेरी युक्ति फलीभूत हो गई ! जनरल विंद्याम तात्या टोपे के हाथ से परास्त होकर जब अव्यस्थित रूप से पीछे की ओर लौटा, तब अपने सैकड़ों घायल सैनिक उसने जल्दबाज़ी में एक सुरक्षित अंग्रेज़ों की छावनी में भेज दिए ! उनमें मैं भी भेज दिया गया। वहां ठीक हो जाने पर पुनः निकल भागने ही को था कि एक भारतीय सिपाही ने ही मैं बंडवाला हूं, ऐसी चुगली की; पर

इतर सैनिकों में से कितनों ही ने वह चुगलखोर ही बंडवाला है, ऐसा कहकर चुगली की थी।

"उस वक्त ऐसी उलट-सुलट चुगलियां बराबर चालू रहती थीं। ऐसे गड़बड़ी के एक अंग्रेज़ों की जान पर आ बीतनेवाले विपत्ति के प्रसंग में वैयक्तिक पूछताछ और पता चलाई नाम का पदार्थ ही नहीं था। एक साथ सज़ा—फांसी तो फांसी, जन्मकैद तो जन्मकैद ! बंड जल्दी समाप्त हो इस बुद्धि से एक साथ क्षमा ! उस धांदल (गड़बड़ी) में और उस छुटकारे में, मैं जिनमें था उन कैदियों की सारी की सारी टुकड़ी के नाम पर आजन्म कैद का टिकट निकला ! और हिन्दुस्तान में विद्रोहियों की वंशवृद्धि ही नहीं हो इस शर्त के कारण से शतावधि विद्रोहियों की जन्मकैदी टोलियां नावों में भर-भरकर, 'मनुष्य निवास के लिए अयोग्य एवं मारक' के रूप में अंग्रेज अधिकारियों द्वारा उस काल में निर्धारित किए गए इस अण्डमान बेट में लाकर छोड़ दी गईं ! उन्हींमें मैं भी एक था। बिलकुल पच्चीसी के अन्दर ! मनुष्य-बस्ती के लिए मारक समझकर ही इस बेट (टापू) में लाकर छोड़ गए उन अस्मादृश शतावधि सत्तावन के बंडवालों ने अपने असह्य कष्टों की, घोर यातनामों की, जमे हुए खून की, भग्न आशाओं की, क्षीण हड्डियों की, और प्रेतों की राख की खाद और पानी देकर उसी टापू को आज मनुष्य-निवास के लिए योग्य बना डाला है। वही यह अण्डमान अपने हिन्दुओं का दिनोत्तर वृद्धिगम्यमान एक नवीन उपनिवेश हो बैठा है। इतनी ही है हमारे जन्म की किंवा जन्मकैद की सार्थकता !"

"पर अब एक दफा हिन्दुस्तान में जाकर आने की अनुज्ञा क्यों नहीं मांगते आप ? अब तो आप दाखलेवाले स्वतन्त्र वर्ग के हैं, ऐसे फ्री-पास होल्डर्स को अनुज्ञा देते हैं न देश जाने की ? किन्हीं प्रकरणों में हिन्दुस्तान अब बहुत सुधर गया है। उसे आपको एक बार देखना चाहिए !"

"क्या देखना है अब वहां ? जैसे यह काले पानी का उपनिवेश दिनानुदिन समृद्ध होता जा रहा है, ऐसा मैंने कहा, उसी तरह हिन्दुस्तान सुधरता जा रहा है, ऐसा तुम कहते हो ! पहले हम सत्तावन के दाखलेवालों को ही कोई भेजता नहीं वापिस; वह नियम हमें लागू नहीं है, और गए भी तो

जो हिन्दुस्तान हमें देखना था, वह अब है कहां? अब जैसे यह जन्मकैदी अण्डमान वैसे ही वह हिन्दुस्तान !" अपने हृदय के भीतर दीर्घकाल से गड़े हुए शल्य के छेड़े जाने की वजह से उसने एक दीर्घ निःश्वास छोड़ा।

मैंने व्यर्थ ही इसको दु:खित किया ऐसा प्रतीत होकर, अब कुछ दो-चार सांत्वना के शब्द बोलने चाहिएं यह सोच कंटक कहने लगा :

"चाहे कुछ भी हो, देव तो न्याय का पृष्ठरक्षक है। न्याय की ही जीत अन्त में..."

"हत् ! न्याय और अन्याय का जय और पराजय के साथ कोई सम्बन्ध नहीं है, यह हम जितना जल्दी सीखें उतना अच्छा। न्याय और अन्याय यह प्रकरण निराला है और जय एवं पराजय निराला! जयापजय का यदि किसीके साथ सम्बन्ध है ही तो वह पराक्रम से है न्याय से नहीं ! ध्यान में रख, पाठ कर वह शब्द पराक्रम ! जय का यह मन्त्र ! वह शब्द सीख !"

उतने ही में आंगन के फाटक तक गया हुआ मोहन खिलखिलाता हुआ आया :

"आ गई ! मां आ गई ! मां आ गई !"

उषा ने भी सामने देखकर उसी तरह ताली पीटी :

"मां आ गई, मां आ गई !"

और कौन पहले जाकर मां से लिपटता है, इस बात की स्पर्धा में दोनों बच्चे दौड़े। फाटक में मां के आते ही मोहन ने उसे पहले पकड़ा। पश्चादेव, उषा उसकी जांघों से लिपट गई। मां भी उन दोनों के मटामट चुम्मे लेते हुए, उनकी लिपटनों के पेंच ही में जितना चला जा सके उतना चलते हुए, उनके मृदुल कुंतलों पर क्रमेण हाथ फेरते हुए खाट के पास आई ! उतने ही में कंटक उसको नज़र आया !

"बाप रे, राह ही देखते बैठे थे न यहां ? मिल गई न, एक बारगी आपकी मैत्रिणी मुझे ! बिलकुल पेट भरकर बातचीत करके आई हूं, उससे।" इतना कंटक से कहकर अत्यन्त आत्मीयता के स्वर में अपने ससुर से सम्बोधन करने लगी, "सचमुच अप्पाजी, लड़की भी लड़की ही है वह !

कितने खुले दिल की किन्तु कितनी विनयशील ! करारी होते हुए भी प्रेमल है वह देखिए !—और सुरेख भी कितनी है—क्या कहूं ? उसमें यदि कोई व्यंग है तो वह एक ही है! उसका कंटकी यह नाम किस अरसिक ने रखा है, भगवान् जाने। ऐसी फूल सरीखी कोमल लड़की का नाम गुलाब, मालती, ऐसा कुछ तो होना चाहिए था ! कंटकबाबू उसके वास्ते तिलमिला रहे थे सो कोई यूं ही नहीं था ! कंटकबाबू, है सचमुच आपकी मैत्रिणी ऐसी ही कि आपको चटका बैठ जाए !" उसने विनोदपूर्वक आंखें उड़ाते हुए अपना द्वयर्थीभाव सूचित किया !

आज पांच बरस हो गए ! वह प्रिय नाम "मालती" अनजाने क्यों न हो उस स्त्री के मुंह से पुनः उसके कान में पड़ा ! गत पांच वर्ष काले पानी पर उसने जो बिताए उनमें, अपने मन में वह निरन्तर गुनगुनाता था—पर एक नाम ही क्या ! आज वह व्यक्ति, वह प्रिय मूर्ति, प्रत्यक्ष रूप से बिलकुल एक ही हांक पर कहीं न कहीं खड़ी है, ऐसा उस नाम में जीवन आया ! कंटक का अन्तःकरण उस कल्पना के साथ ही इतना भर आया कि, उसके बारे में अधिक प्रश्न करने के लिए भी उसके मुंह से शब्द नहीं निकलता था।

"शरमा गए अं, किनका अप्पाजी का संकोच प्रतीत हो रहा है, वह विषय निकालने के लिए ?"

"हां, ऐसा ही दीखता है !" अप्पाजी हंसे, "अच्छा, तुम अपने अन्दर जाओ, और खुले दिल से तुम्हें जो जानकारी हासिल करनी हो तथा अपनी मैत्रिणी को जो संदेश देने-लेने का हो, वह हमारी अनसूया से कह दो, जाओ ! तुम्हारी प्रेम-भावनाओं से अस्मादृश विरस एवं रूक्ष वृद्धों की अपेक्षा हमारी इस अनसूया सरीखी मधुरभाषिणी, वत्सल और करुणामयी स्त्री का हृदय ही अधिक समरस हो सकेगा, यह बिलकुल सही है। जा, अनसूया चाय रखनेवाली है न पहले ?"

उस सहानुभूतिशील वृद्ध ने अपनी स्नुषा को अन्दर जाने के लिए एक ऊपरी चाय बनाने का निमित्त भी सुना दिया। अनसूया ने भी वह समयज्ञरूप से पहचानकर अन्दर जाते-जाते कंटकबाबू को बुलाया।

"आइए न, कंटकबाबू, अन्दर ही। मैं चाय तैयार करती हूं, तब तक बातचीत करें, आइए ! मीठी-मीठी खबरें कितनी ही सुनानी हैं आपको आपकी अपहृत मैत्रिणी की। आइएन।"

मोहन ने अपने नन्हें हाथों से कंटक की चिच्ची उंगली पकड़कर उसे खींचना शुरू किया। कंटक उठा, और मानों मोहन की ताकत ही से वह खिंचा चला जा रहा हो इस बात की तसल्ली मोहन को देने के लिए पर वास्तव में, ऊपर-ऊपर बहाना करने के लिए "अरे, मुन्ना, आया आया! तोड़ डाली न मेरी चिच्ची उंगली !" इस तरह हंसता हुआ मोहन के साथ अन्दर गया। अप्पाजी भी वह देखते हुए मन ही मन थोड़ी-सी नटखट हंसी हंसे। बाद में पास ही पड़े हुए 'साप्ताहिक टाइम्स' नामक अंग्रेज़ी पत्र का अंक हाथ में लेकर पढ़ते हुए बैठ गए।

कंटक के अन्दर आने के बाद अनसूयाबाई ने उसे जो-जो जानकारी अभीष्ट थी सो यथाशक्ति रसालरूप से कह सुनाई। कंटक ने कभी अनसूया से कहा था, "जिस स्त्री-कारागार पर वह स्त्री ज़मादारनी का काम करती थी, उसमें उसकी एक बहन आई हुई होनी चाहिए। उसके साथ ही उसको भी जन्मकैद की सजा हुई थी। अब उसको खोज निकालने का प्रयत्न अनसूया देवी करें।" इस महीने जो 'चलान' आया उसमें कंटकी नाम की एक तरुण लड़की, आजन्म कैद की, कंटक द्वारा निवेदित बीस के नीचे की उम्र की रूपवती, जिसके सज़ा के विवरण-पत्र में दी गई जानकारी कंटक द्वारा दी गई जानकारी से मिलती है, ऐसी एक आई है, यह बात अनसूया ज़मादारनी के ध्यान में आठ-दस दिन पहले ही आई थी और उसने वह बात कंटक को सात-आठ दिन पहले ही बता दी थी। उससे प्रत्यक्ष भेंटकर उसकी जानकारी, जितनी हो सके उतनी उसीके मुंह से निकाल लेने का काम अनसूया ने तब अपने ऊपर लिया था। और उसके अनुसार मौका साधकर, 'कंटकी' से मिलकर उसने उसके कैदखाने की गड़बड़ी में जितनी संभव थी उतनी जानकारी आज पता चला ली थी। उसीकी मार्ग-प्रतीक्षा अत्यन्त उत्सुक व्याकुलता से करते हुए बैठा हुआ कंटक उस बारे में

निश्चय के अनुसार अनसूया की तरफ से कुछ न कुछ समाचार अवश्य मिलेगा, इसी उम्मीद से आज उनके घर पर बड़ी हिम्मत से उस भाग के वरिष्ठ अधिकारियों की आंख बचाकर और नीचे के चौकीदार को मुट्ठी दबाकर स्वतः आया था।

क्योंकि कंटक भले ही कैदियों का बाबू था, पर था एक कैदी ही; अतः उन 'दाखलेवालों के' स्वतन्त्र ग्राम में इस प्रकार समय-असमय आने-जाने की अनुमति उसे नहीं थी। और इसीलिए सांझ की नाकेबन्दी चौकी-चौकी पर होने से पहले ही उसे निकलकर वापिस जाने की जल्दबाज़ी थी।

उसी जल्दबाज़ी में उसने घर में जाते ही अनसूया से इतने सवाल, बीच-बीच में, इतने अक्रम से, कुछ व्यर्थ ही बार-बार तो कुछ अधूरे ही पूछे थे कि, उनका सुसंगत मथितार्थ उसके ध्यान में आ सके और उसके अनुसार उसे उसके अनुरोध से जो कुछ निश्चित संदेश कहने का है, उसकी रूपरेखा स्थिर की जा सके इसके लिए भी मौका अथवा अवधान नहीं रह गया। चोर जानवर चोरी के खेत में घुसने के पश्चात् जिस तरह भराभर जो दीखे उसी घास के, कड़बी के हरी घास के ग्रास तोड़कर मुंह में ठूंस लेते हैं, वैसे ही उस थोड़े-से समय में जितना कुछ पूछा और सुना जा सकता था, उतना पूछ-सुन ही रहा था कि साढ़े पांच का घण्टा बजा ! लौटने की वह विलंबित से विलंबित वेला थी। अतएव उसने अनसूया को इतना ही संदेशा आखिर में दिया कि—

"मेरी बहिन से कहियो कि—घबराए न। मैं एक अठवारे के भीतर आगे का निश्चय जतला दूंगा। तब तक धीरज धरे और आरोग्य की चिन्ता उस खूनी बन्दीगृह की यातनाओं में भी जो उपाय सम्भव हो उनसे करे !"

इतना संदेशा कंटकी से कहने के लिए अनसूया के पास रखकर और अप्पाजी को जल्दबाजी में नमस्कार के कंटक लुकता-छिपता उस घर में से बाहर निकला और वह झाड़ों और झंखाड़ों से ढकी हुई पहाड़ियों के घुमावों-फिरावों से वापिस जाने लगा।

14

कंटकअप्पा को नमस्कर के उस पहाड़ी के झाड़ों-झंखाड़ों में से लुकते-छिपते जल्दी-जल्दी जो निकला, सो उन दाखलेवालों की बस्तीवाले टापू की जो चौकी थी, वहां तक बिलकूल सुरक्षित रूप से जा पहुंचा। चौकीवाला उसके हाथ के नीचे का ही था अतः उसने भी उसकी ओर दुर्लक्ष करके झटपट आगे निकल जाने का इशारा किया। वह रक्षित मार्ग सांझ के वक्त बन्द होने से पूर्व ही कंटक आगे चला गया और कैदियों के लिए खुले हुए राजमार्ग पर उसके एक बारगी लगते ही उसका जीव थोड़ा-सा नीचे पड़ा। (उसे निश्चिंतता का सुख अनुभव हुआ)।

अण्डमान में कालेपानी के कैदियों को लाए जाने के बाद उस रूक्ष कारागृह में प्रथमतः ठूंस दिया जाता था। जिसकी-तिसकी श्रेणी की बारी के मुताबिक प्रथम दण्डित और न्यूनापराधियों को, बरतावा अच्छा रहा तो, बहुधा छह महीनों के बाद कारागृह से बाहर छोड़ने में आता था। जो सधे हुए-खुर्राट, बहुवार दण्डित होते, उन्हें उनकी अपराध-भीषणता और वहां के उस कारागार के अन्दर का बरतावा लक्ष में रखकर, एक से पांच बरस के बाद, साधारणत: कारागृह से बाहर भेजा जाता था। कंटक जब काले पानी में गया, उस वक्त कारागार से बाहर छोड़े हुए कैदियों के रहने के बास्ते जो सरकारी बैरकें बांधी गई थीं, उन्हींमें रखा जाता था। लकड़ी का काम, जंगल कटाई, ईंट का काम, घर बांधने का काम, चाय के बागान, रबर के बागान प्रभृति नानाविध कामों के बड़े-बड़े कारखाने अण्डमान के भिन्न-भिन्न टापुओं में स्थापित रहते थे। उनमें वे बन्दीगृह से बाहर छोड़े गए कैदी टोली-टोली से भेजे गये कि उन्हें इन बैरकों में रख दिया जाता था। उनकी ओर से सख्त काम करवा लिया जाता था। पर किन्हीं निश्चित टापुओं में (तालुकों में) उन्हें खुले तौर पर छुट्टी का वक्त बिताने की मर्ज़ी के मुताबिक खाने-पीने की, कुछ चुनींदा इष्ट मित्रों से मुलाकात करने की, आज्ञा लेकर दूसरे टापू में जाने-आने की, बोलने की छूट रहती थी। उन्हींमें किन्हीं दण्डितों को बन्दी

ज़मादार इत्यादि बनाने में आकर मासिक दो-चार रुपये जेबखर्च भी मिलता था। ऐसी स्थिति में दस-एक बरस व्यवहार ठीक रहा तो उनमें से अच्छों को "दाखला" देकर स्वतन्त्र रूप मे घर-बार तथा खेतीबाड़ी बसाने और करने की छूट मिल जाती थी। इन्हींको 'दाखलेवाले' स्वतन्त्र कहा करते थे। उन दाखलेवालों के छोटे गांव, कैदियों के टापू से अलग रक्षित बस्तियों में बसाए जाते थे। उन 'दाखलेवाले' स्वतन्त्र गांवों में बिना दाखलेवाले कैदियों को विशेष अनुज्ञा के बगैर जाने नहीं दिया जाता। उन दाखलेवालों में, दाखलेवाली कैदी स्त्रियों से शादी करने के बाद, जिन लोगों को बच्चे हो जाते उन लोगों के बच्चे मात्र जन्मतः सर्वथा स्वतन्त्र नागरिक समझे जाते थे। ये परिवार स्वतः खेती-बाड़ी तथा अन्य काम-धन्धा करके अपना पेट भरते थे। उनमें से कितने ही लोग अपने कर्तृत्व से अच्छे धनवत्तर भी बन सकते थे।

काले पानी पर गई हुई दण्डित स्त्रियों की भी व्यवस्था ऐसी ही होती थी। पर उनकी बढ़ती मात्र शीघ्र होती थी। काम पुरुषों के सदृश कठिन नहीं रहता। स्त्री-बन्दीगृह में प्रथम पांच एक बरस उन्हें बन्द रखते थे। फिर एक विहार-स्थान में उन्हें छुट्टी में घूमने-फिरने की छूट मिल जाती थी। वहां, जिन्हें शादी की अनुज्ञा मिल जाती थी, ऐसे कैदी पुरुषों को भी भेजा जाता था। कड़े पहरे में उन स्त्री-पुरुष कैदियों को उस छुट्टी में एक दूसरों से जान-पहचान और प्रेम-परिचय प्राप्त करने का मौका दिया जाता था। यह विहार-स्थल क्या था, लण्डन का 'हाइड पार्क', पूने का बंडगार्डन, उस काले पानी के पापियों का प्रमोद्यान ! वहां होनेवाले प्रत्यक्ष परिचय के अनन्तर यदि किसी स्त्री-पुरुष का आपस में विवाह करने का निश्चय उभय संमति से स्थिर हो जाता तो योग्यायोग्य का निरीक्षण करके सरकार जिन्हें अनुमति देती वे आपस में रजिस्टर्ड पद्धति से शादी कर लेते और 'दाखला' मिलने पर उस जोड़े को स्वतन्त्र गांव में भेज दिया जाता था। शादी के वास्ते जात-पांत का बिलकुल बन्धन नहीं रहता था। किन्हीं निश्चित कारणों के लिए घटस्फोट (तलाक) भी मिल सकता था।

कंटक को भी तब काले पानी पर आए पांच एक बरस ही हुए थे, अतः वह अभी कैदियों की श्रेणी में ही था। उसे कक्ष-कारागृह में थोड़े दिन सख्त हस्तश्रम करना पड़ा। उसके बाद लिखने का काम मिला। वहां उसने बहुत ही अच्छा बन्दीगृहीय व्यवहार रक्खा अतः छह महीने के बाद उसे कारागृह में से निकालकर बाहर टापू में लेखक के काम पर भेजा गया। उसने अंग्रेज़ी का भी लेखन-वाचन बढ़ाया। काम भी अच्छा किया। अधिकारी वर्ग उसको चाहने लगा। अण्डमान में के अत्यन्त कठिन और कष्टप्रद कामों में गिने जानेवाले जंगल कटाई के काम पर अब उसकी, गिनती और देख-रेख करनेवाले 'कैदी बाबू' (Convict Clerk) के तौर पर नियुक्ति हुई थी और उसके हाथ के नीचे सौ सश्रम बन्दीवानों की टुकड़ी सघनअरण्यच्छेदन के काम पर भेजी जाती थी। पर तो भी वह स्वतः, चूंकि अभी उसे काले पानी पर आकर पांच ही बरस हुए थे इसलिए; नियमानुसार कैदियों के वर्ग ही में अंतभूर्त होता था। और इसीलिए उन दाखलेवालों की बस्ती में उसे मुक्त रूप से लाने-जाने की प्रत्यक्ष अनुमति नहीं थी। अप्पाजी के परिवार के साथ जंगल कटाई के लिए जाते-पाते योगायोग से पहिचान होकर अच्छी घनिष्ठता भी जो हो गई वह भी अन्तस्थ रूप से ही थी और अतएव माज भी वह उस बस्ती में वहां के चौकीदारों के साथ अन्तस्थ सन्धान बांधकर ही हमेशा की तरह चोरी-चोरी भेंटने के लिए जब गया, तब वह भेंट सांझ को चौकी पर आना-जाना बन्द करने के पहले समाप्त करके और अप्पा जी से विदाई लेकर उस टीले पर से लुकते-छिपते अन्त में बन्दीवानों के लिए खुले हुए और उस जंगल तुड़ाई की टुकड़ी के रोज़मर्रा के रास्ते पर आते ही उसकी जान में जान-सी आ गई!

अप्पा के कुटुम्ब से परिचय कुछ महीनों पहले जब हुआ था तब उसे मालूम पड़ा था कि उसकी स्नुषा अनसूया स्त्री-बन्दीगृह की एक 'दाखलेवाली' जमादारनी है। काले पानी पर आने के बाद से, अन्डमान स्त्री-बंदीगृह में मालती आई हुई है या नहीं किंवा उसे आजन्म कैद हो जाने के पश्चात् हिन्दुस्तान के ही किसी कैदखाने में रोक रक्खा है, इसकी वह खोज

ज़ोर-शोर से कर रहा था। परन्तु स्त्रियों के बंदीगृह पर सख्त पहरा रहने के कारण और उसमें पुरुष कैदियों का प्रवेश भी न हो एवंच सम्बन्ध तक न आए ऐसी पक्की व्यवस्था थी, अतः कंटक को उस बात का लेश-भर भी ज्ञान नहीं हो पाया था ! जो जानकारी उसे मिल पाई थी वह यही थी कि कंटकी नाम की कोई स्त्री कैदखाने में हिन्दुस्तान से नहीं आई थी। जब उसने छः-सात महीनों पहले अनसूयाबाई से इस बारे में जानकारी पहली दफा पूछी थी, तब भी यही पता चला था कि कंटकी उस कैदखाने में आई नहीं है। तस्मात्, मालती को सज़ा हो जाने के बाद उसका क्या हुआ एतद्विषयक चिंता उसे निरन्तर व्याकुल करती थी। उसकी याद आते ही भोजन में मिठास नहीं मालूम पड़ती थी। वह उसे जब पहले प्रत्यक्ष रूप से भेंटती थी उस वक्त भी उसके स्पर्श के लिए वह जितना रोमांचित नहीं होता था, उतना अब सिर्फ स्पर्श के स्मरणमात्र से हो उठता था। अन्न जब मिलता है उस समय वह जितना लगता है, उसकी अपेक्षा भी वह जब दुर्लभ हो जाता है तब उसकी स्मृति ही में वह सौ गुना अधिक मीठा लगता है ! पुनः अब उसके मन में मालती के उस स्पर्श की याद आते ही पहले की तरह केवल स्नेह की भावना ही जागरित न होकर उपभोग की भावना भी उदीप्त होने लगती थी। वह साक्षात् जब मेरे पास थी, तब मैं उसका आलिंगन लेने के लिए क्यों प्रवृत्त नहीं हुआ, किसे मालूम ! इसी बात का उसे रह-रहकर खेद होता था ! आखिरी रात उसको सतानेवाले उस मुसलमान गुंडे को मार डालने के बाद जब उस भयंकर साहस के परिणाम से आत्मरक्षा करने के लिए मालती के साथ उस देवालय में भरे अंधेरे में जाकर छिपा था, उस रात को तो नींद में से डर के मारे थरथर कांपती हुई वह दचक कर उठी, अपने आप उसके गले से लिपटी और 'मुझे अपने संग लेकर सो, आ' ऐसे अपने आप उसे बुलाकर उससे चिपटकर सो गई; उस समय की उन प्रत्येक चेष्टाओं को स्मृतियां अब उसे एकांत में रहते समय बारबार होती थी। मालती के केशों की लट, वह जब उसको छाती से चिपटकर सोई थी, उस समय, उस रात उसके गालों पर जैसे रुलती थी, बिलकुल उसी तरह पुनः मानो उसके मुख पर और गालों पर

रुल रही हो ऐसा उसे भास होता था। उसका सारा अन्तःकरण काम-कंपित होकर थर्राता था, पछतावे से तिल-मिलाता था कि, उस रात तो कम से कम, मैं केवल संयम का और भीरु संकोच का शिकार निष्कारण क्यों बना ? अमृत का प्याला होंठों के पास रखा, पर पीने की ही बात भुला दी। उसके संभोगसुख से मैं जन्म-भर के लिए वंचित हो गया !

और उसे आज अनसूया ने जो खबर दी थी उसे देखते हुए तो मालती उस स्त्री-बन्दीगृह में भी जान पर बीतनेवाले संकट में थी। उसे यदि छुड़ाना हो तो कंटक को भी अपनी जान को पिछली दफा की मानिंद ही एक भयंकर खतरे में धकेलना लाजमी था। इस दफा का संकट कोई दूसरा उसपर लानेवाला था यह कहने की अपेक्षा यह कहना ज़्यादा मौजूं होगा कि, वह खुद ही अपनी जान का खतरा मोल लेनेवाली थी। उसने स्वतः ही अनसूया के हाथ तादृश अत्यंत करुण व्याकुलतापूर्ण संदेशा पहुंचाया था।

जिस दिन उपरिनिर्दिष्ट मुलाकात उस कुटुम्ब को कंटक ने दी थी उसके आठ एक दिन पहले ही कंटकी नाम की कैदी स्त्री हिन्दुस्तान से काले पानी की सज़ा पाकर उस अण्डमान के कैदखाने में आई है, यह अनसूया को मालूम पड़ गया था। उसकी प्रत्यक्ष मुलाकात का मौका पाकर अनसूया जमादारनी ने उस दिन कैदखाने की ऐसी चोरी-छिपे मुलाकात में जल्दबाजी में जितना कुछ पूछा जा सकता था सब पूछ लिया। उसमें कंटकी ने भी कंटक के सामने पहले हिंदुस्तान में धरपकड़ होते समय जो निश्चिय स्थिर किया था, उसके अनुसार कंटक की मैं बहन हूं, मुझे अपहरनेवाले एक दुष्ट का वध करने के साहस के कारण कंटक को और मुझे आजन्म कालेपानी की सज़ा हुई है, ऐसा ही पूर्ववृत्त कह सुनाया। वह सज़ा हो जाने के बाद कंटक से अलग करके मुझे हिन्दुस्तान ही में दूसरे एक कैदखाने में ठूंस दिया गया और वहीं गुजिश्ता पांच बरस, सड़ते-कुढ़ते और रोते हुए बिता दिए। कंटक का क्या हुआ सो कुछ पता नहीं चला; पर वह सज़ा पाकर अंडमान भिजवा दिया गया है, इस बात का पता कैदियों के द्वारा आई खबर से मिला। उसके बाद, हिन्दुस्तान में सड़ते रहने की अपेक्षा अपने को अण्डमान भिजवा

दिया जाए, इस बात पर सरकार के यहां धरना दिया। और अन्त में अपने को काले पानी भेज दिया गया—ऐसा अपनी सजा के बाद का पूर्ववृत्त भी कंटकी ने अनसूया को बतला दिया।

तब उस भेट में कंटकी अनसूया से बोली :

" जमादारिणबाई, मेरी उम्र की अभी तक बीसी तक उलटी नहीं पर जग की अत्यंत असह्य यातनाओं की जो भरमार सौ बरस तक जीवित रहे हुओं के हिस्से में सहसा नहीं पाती वह मेरे हिस्से में आ चुकी है। इतना जुल्म, इतनी विडंबना, इतनी तकलीफ, इतना दु:ख मैंने आज तक सहन किया ! और खास बात यह है, श्रीमतीजी, कि मैं देव के सम्मुख कहती हूं, मेरा खुद का मेरे एक अपराध को छोड़ दूसरा कोई भी अपराध मेरे हाथ से नहीं हुआ, जिसके लिए मुझे यह सब सहन करना पड़े। और मेरा जो एक अपराध है, वह है, मेरा रूप। श्रीमतीजी ! अब तो मुझे इस जीवन की इच्छा ही नहीं रह गई है ! हिन्दुस्तान के कैदखाने ही में मैं एक दफा जान देने बैठी थी, पर मेरा वह प्रयत्न असफल हुआ, और मुझे उलटे छह महीने तक हाथ में कड़ियां और पैरों में बेड़ियां डालकर कोठरी में ठूंस दिया गया ! अंत में एक ही आशातन्तु अवशिष्ट रह गया था, उसीके सहारे लटककर किसी तरह मृत्यु की खाई में गिरने से बच गई ! वह आशातन्तु—आजन्म कैद की सज़ा सुनाते समय जज की एक आश्वासन-भरी संभावना थी ! उसने कहा था—'काले पानी पर जाने के बाद कुछ वर्षों के पश्चात शायद तुझे छोड़ दिया जाएगा, और उस टापू ही में क्यों न हो, तुझे अपनी पसन्द के सहचर के साथ ममता और वात्सल्य-भरा कौटुम्बि क सौख्य उपभोगना मिल जाएगा !' न्यायधीश के वे अमृततुषार-सदृश शब्द ही मेरे मन की कोमल स्त्रीय लालसा को पुनः-पुनः अंकुरित करते थे।

" इतने में मुझे मालूम पड़ा कि, कंटक भी अंडमान ही में है ! आत्मघात से पहले एक मर्तबा तो उसकी मुलाकात हो, इस आतुरता से हर प्रयत्न करके, काले पानी पर चली आई हूं ! पर यहां देखती हूं तो अभी उसी गन्दगी में मुझे बरसों सड़ते रहना पड़ेगा। हरे, हरे भगवान, मैं अब एक दिन भी उस

तरह सड़ना नहीं चाहती ! इस शरीर से मैं अब ऊब गई हूं! तुम कंटक की चिट्ठी लाई हो अतः मैं फिर एक दफा तुमपर विश्वास करती हैं, सैकड़ों आत्मीयता का दिखावटी अभिनय करनेवालों ने मुझे इतनी दफा विश्वासघात करके धोखा दिया है कि, आप भी मुझे धोखा देंगी ही नहीं यह निश्चित रूप से मैं नहीं कह सकती ! गुस्से में मत आइएगा ! मैं आपको झूठा नहीं कहती हूं—अपने दैव को कहती हूं !

"अच्छा, तो कंटक से कह दीजिए कि यदि उन्हें मेरा छुटकारा तीन-चार महीने के भीतर करना संभव हो तो मैं जीवित रहूंगी। मैं इतनी कठोर, इतनी साहसी और इतनी कृत्या बन गई हूं, दुष्टों में भी दुष्ट लोगों की संगत की शराब जबर्दस्ती पिलाए जाने पर इतनी दुष्ट बन गई हूं कि, अपने छुटकारे के लिए मैं हर तरह का साहस, कपट, क्रूरता करने से हिचकिचाऊंगी नहीं। पर यदि इन चार-छै महीनों में इस कैदखाने से ही नहीं बल्कि, इस गलीज दुर्दशा से मुझे छुटकारा नहीं मिला तो मैं आत्मघात का यत्न आत्मघात सिद्ध होने तक निरन्तर करती चली जाऊंगी ! कंटकबाबू से विनती है कि यदि वे इस वक्त सुख में हों तो मेरे इस सन्देश को सुनकर ऐसा कोई भी कृत्य न करें, जिससे उनकी जान फिर खतरे में पड़े ! पर सचमुच 'मेरा छुटकारा करो' यह मेरी पहली विनती इस दूसरी विनती से सर्वथा विसंगत है, नहीं ? न, न, मांजी, मैं चूक गई, मेरी पहली विनती उन्हें बिलकुल न कहिए, उनसे इतना ही कहिए कि, मैं समाधानपूर्वक हूं, और तुम आनन्द से हो यह सुनकर खुशी हुई—इतना ही कहिए ! शपथ अं ! मांजी, मैं जो बोल गई हूं वह बोली ही नहीं हूं, ऐसा समझकर ही चलिएगा अं ! नहीं तो मेरे छुटकारे के लिए कंटक कुछ न कुछ खतरनाक काम कर बैठेगा, और कोई निष्कारण बुरा प्रसंग उसपर आ गुज़रेगा ! —क्या ? अब आपके साथ की यह मुलाकात खत्म ही करनी चाहिए ? अच्छा जाती हूं मैं !"

अनसूया जमादारनी ने कंटक की मुलाकात की जो बिखरी हुई बातें कहीं, उनका अपने मन में सुसंगत क्रम लगाकर कंटक ने मालती के उस मुलाकात के भाषण को इस तरह मन ही मन जोड़ लिया ! उसको मन में दुहराया, तिहराया, उस तन्मयता की स्थिति में मालती द्वारा हुए हाथ के

इशारों का उसने भी बीच-बीच में अनुकरण किया और उसी झोंक में वह झपाझप रास्ता तै करने लगा।

उतने ही में उसे याद आई 'मालती बंदीगृह में किस काम पर है, उसकी प्रकृति (तंदुरुस्ती) कैसी दिखाई दी' इस तरह उसने अनसूया से जब सवाल किया था तब उसके द्वारा वर्णित उसकी दुर्दशा ! बंदीगृह की रसोई के काम में उसे डाला था। वहां का उसका चित्र उसके मन में खड़ा हो गया ! बिलकुल सूख गई हुई, घुटने तक एक मोटी-धाटी चिंधड़ी पहनी हुई, मोटी-धाटी बंदीगृह छाप की एक अंगिया पहनी हुई, एक हफ्ते में जो कड़छी-भर तेल मिलता उसीको बचा-बचाकर इस्तेमाल करते हुए सिर्फ औषध की तरह जिन बालों पर हाथ फेरने-भर के लिए उपयोगी, जिन बालों को ऐछने के लिए वक्त नहीं ऐसे उलझे हुए पसीना-पसीना होकर प्रत्यह चिपचिपाते जानेवाले और उन गन्दली, अमंगल, उलटे कलेजे की चुड़ैलों जैसी सैकड़ों स्त्री कैदियों के नीच सहवास में, जूंओं और लीखों से भरे हुए अपने बालों का जैसे-तैसे अंबाड़ा बांधी हुई, जिसके शरीर में चोर बुखार आता रहता है ऐसी, और वैसी स्थिति में ही बंदीगृह के एक तपे हुए टीनों की छत के नीचे, भट्ठियों की तरह भड़के हुए, बड़े-बड़े चूल्हों की असह्य उष्णता में बड़ी-बड़ी देगचियों में, भात और भाजियों के ढेर के ढेर पकाती हुई, उबालती हुई, घुटने तक आनेवाले आटे के ढेरों को कूटती हुई, उनकी दो-दो सौ रोटियां सेंकती हुई, दिन-भर शरीर सना रहता है जिसका ऐसी मालती उसके समक्ष खड़ी हो गई ! उसी दिन रसोई के काम पर रहने वाली स्त्री वार्डरने मालती से चोरी-छिपे ४-५ सेर आटा मांगा। मालती ने अधिकारियों को चिट्ठी के सिवाय वह देना नामजूंर कर दिया। इसपर बार्डर ने झूठ-मूठ के आलसीपने का आरोप उसपर लगाकर नीच और जैसी मुंह में आई वैसी गालियां देना शुरू कीं। तिसपर मालती ने भी उलटकर एक गाली दे मारी —अब वह भी कितनी ही नई-नई गालियां सीख गई थी !—यह सुनते ही दोतीन दुष्ट स्त्री वार्डरों ने पकड़कर उसके फड़फड़ मुंह में मारा था ! अनसूया जमादारनी ही वहां उस बीच आ गई अत: मालती का पक्ष सही साबित हुआ। नहीं तो बिना कसूर

के मार खाकर भी उसीको उलटे उइंडपने के अपराध के नाम पर अधिकारियों के सामने खींचकर ले गए होते, और सज़ा दी होती!

कंटक के मानस-चक्षुओं के सामने उन राक्षसियों द्वारा मुंह पर फड़ाफड़ मारने के कारण धांय-धांय रोती, संताप से चिल्लाती निरुपाय होकर अन्दर ही अन्दर कुढ़ती हुई वह मालती बिलकुल राह रोककर खड़ी हो—उस तरह खड़ी रही ! करुणा से बेचैन हुए-हुए उस कंटक की आंखों में से आंसू टपटप करके गलने लगे, उसकी दृष्टि वाष्पधूसर हो गई ! पर तो भी उसके पैर सीधे तौर पर वह रास्ता झपाझप तै करते हुए चले ही जाते थे आगे !

इस सब करुण वृत्तांत की दु:खद स्मृतियों से भर पाए हुए उसके चित्त में, पानीयीभूत उसकी उस वाष्पाकुल दृष्टि के आगे, अगला कोई निश्चय सुस्थिर होकर आया ही नहीं ! आगे का विचार बहुत कुछ निश्चित था ही ! कुछ भी क्यों न हो जाए अब मालती का और अपना इस बन्दीवास से छुटकारा करना ही होगा। उसका आत्मघात हर हालत में टालना ही होगा ! आयुष्य में के दो ही दिन क्यों न हों वे ही दो दिन उस साहस-कार्य के कारण आयुष्य के आखीर के साबित हुए तो भी, मरने से पहले दो दिन ही क्यों न हों, पर मालती के गाढ़ आलिंगन में, प्रीति की गाढ़ तन्मयता के स्वर्ग-सुख का उपभोग करके ही छोड़ना है ! उसे सुखी करना है, खुद सुखी होना है !!

इस रंग में उसका मन रंगा जा ही रहा था कि, त्योंही मन ही मन किसीने उसे झटका दिया, 'अरे, पर वह कितनी सुस्वरूप और तू ?—कितना कुरूप ! उसका संगम तुझे स्वर्ग प्रतीत होगा ही—पर उसे ?'

उसका अकस्मात विरस हुआ। क्षण-भर किशन सुन्न हो गया ! सुस्वरूप ही मालती को शाप महसूस हुआ; कुरूप ही किशन को शाप महसूस हुआ। उस चमत्कारिक विचार के आते ही उसको अपने-आप पर हंसी आई। उसका मन कुंठित हो गया। कुंठा ही में हंसा—पर उसकी गति मात्र कुंठित नहीं हुई। स्वयंचल (Automatic) यंत्र की तरह उसके पैर झपाझप मार्ग निकालते हुए आगे बढ़ रहे थे। अपने को सरकारी नियम के अनुसार ठीक वक्त पर बंदीवानों की बैरक में पहुंचना ही चाहिए, यह यद्यपि उसका मन भूल चुका था, तो भी

ज्ञानतन्तुओं की कुछ तन्तुएं उसे भूले नहीं बैठी थीं।

कुंठित हुआ-हुआ उसका मन अनिष्ट में से यथाशक्ति इष्ट तात्पर्य निकालने लगा कि, 'तो भी चिन्ता काहे की ! वह मुझ सरीखे कुरूप पर अनुराग से अनुरक्त हुई नहीं तो भी मेरे स्नेह को वह दूर नहीं करेगी ! रूप की अपेक्षा शील का आकर्षण अधिक मधुर लगे इतनी वह स्वतः ही सुशील और सुरुचि युक्त है ही ! उसके संग का सुख न सही तो भी संगति का सुख तो मुझे दुष्प्राप्य नहीं होगा ! उसे तो वह स्वयं ही चाहती है, इसमें सन्देह नहीं !'

इन विविध भाव-भावनाओं के कल्लोल में उसका मन उलझा ही था कि उतने ही में उसके नेत्रों ने, किसी पहरेदार की तरह हिलाकर उसके मन को जगा दिया, 'सावधान, वह देख, बन्दीवानों की बैरक दिखाई देने लगी, देख ! क्या करना है, यह ठहराने ही में रास्ता खत्म हो गया ! कैसे करना है, उसका उपाय क्या है ?'

उसका पैर बैरक के आवार में ज्योंही पड़ा त्योंही कैदियों की बैरकों में लौट आने का रात के घण्टे का पहला ठोका धन्न्न्न् करके घनघना उठा। 'पहुंच गया बाबा, वापिस ठीक वक्त पर' ऐसा कंटक ने एक दीर्घ श्वास छोड़ा। और मट् से दरवाज़े के सामने ही पड़ी हुई एक काठ की पेटी पर, पैर पर पैर डालकर बैठ गया।

थोड़ी देर में बन्दीवानों का सारा खाना-पीना खत्म हो जाने पर कंटकबाबू बैरक से पर्याप्त आगे एक खुली जगह पर टहलने लगा। बैरकों के कैदियों का रात को सोने का घण्टा होने से पहले कुछ दूर तक स्वच्छंदतया टहलने-बोलने-बैठने का वक्त था वह। उसपर भी कंटक तो वहां का मुख्य बन्दी बाबू ! कुछ देर अकेला टहलने के बाद वह आजू-बाजू से साफ दिखाई दे, ऐसी एक ऊंची जगह पर बैठ गया और उसने पुकारा :

"उद्दीन ! रफीउद्दीन !!" यह सुनते ही

"जी ! जी ! कंटकबाबू ? आता हूं ! आता हूं !" ऐसा अत्यंत आतुरता से उत्तर देता हुआ रफीउद्दीन तत्परता से खड़ा हो गया।

अब रफीउद्दीन इसी तरह कंटकबाबू के बिलकुल आधे वचन में

व्यवहार करता था !

क्योंकि रफीउद्दीन को जिस दिन वह कोड़ों की भयंकर सज़ा हुई थी और बुखार के मारे वह फनफनाकर बीमार पड़ गया था, उसी वक्त बन्दीगृह के रुग्णालय में डाक्टर के हाथ के नीचे के शिशिक्षित मिश्रकों (Apprentice compounder) में कंटक की नियुक्ति हुई थी। रफीउद्दीन उस रुग्णालय में बुखार से बहुत दिनों तक बिस्तरे पर पड़ा रहा। उस वक्त कंटक ने उसे उस असहाय स्थिति में बहुत कुछ मदद की। रफीउद्दीन की गिन्नियों की गरमी अविद्यमान-सी हो चुकी थी, कोड़ों की मार का अच्छा डर बैठ गया था, अतः वह आगे चलकर दी गई कड़ी मशक्कतों को चुपचाप करता चला गया। उसकी दुष्टाई बदल गई हो इस कारण से नहीं, पर दुष्टों ज़ालिमों में ही एक खास बात बहुधा ऐसी नज़र आती है कि, जिन लोगों के हाथ में उनका हिताहित अगतिक रूप से पहुंच जाता है, उन लोगों के वे उतने समय तक तो पूरी तरह से मनःपूर्वक पैर चाटने लगते हैं !

रफीउद्दीन तो पहले ही से साहसी, उलटे कलेजे का, भयंकर उपद्व्यापी ! अच्छे कामों में यदि विनियोग किया जाता तो, वही गुण धैर्य, पराक्रम कहलाता—ऐसा साहसी—ऐसा शिकारी कुत्ता ! जो पालेगा, जिसके हाथ में उसका हिताहित, उसके छू बोलते ही जो सामने आए उसको फाड़कर खानेवाला !

वह अब कंटकबाबू का पालतू कुत्ता था ! इसीलिए कंटकबाबू के 'यू ! यू !' करते ही उसके सामने उछलते हुए आकर इस तरह लार टपकता हुआ खड़ा हो गया !

कंटक ने उसे 'बैठो' कहा, और यह देखकर कि दूर तक कोई भी नहीं है, कंटक उससे धीमे से बोलने लगा :

"उद्दीन ! तेरी और मेरी काले पानी की तरफ जब रवानगी हुई थी, उसी दिन काले पानी से भाग निकलने की प्रतिज्ञाएं हमने की थीं न ? बस तो ! उन्हें अब सही करके दिखाएगा ?—चर्चा की ज़रूरत नहीं, कभी की बात नहीं ! बिलकुल आज से सिर हाथ में लेकर, उस राह पर लगना है। है तू सिद्ध ?"

"एक पैर पर ! आपकी जान के वास्ते जान दे दूंगा, पीछे नहीं हटूंगा।

पर योजनामात्र व्यवस्थित होनी चाहिए ! बहुत दुर्घट कर्म है वह ! असफल हो गया तो...”

“जीवितावस्था में असफल ही न हो, ऐसी ही स्कीम होनी चाहिए ! वैसी बनाएगा तभी तू खरा रफीउद्दीन ! काले पानी पर से भाग खड़ा हुआ प्रवीण पापी !”

वह स्तुति ही थी उसकी ! छाती फुलाकर रफीउद्दीन बोला :

“कंटकबाबू, वह चर्चा मैंने आपसे अनेक मर्तबा की है। मैंने भी अपनी एक योजना आंकी है पर भयंकर...”

“पहले सुना तो सही, क्या है वह ? तब पीछे से ‘भयंकर’ की बात देखेंगे !”

रफीउद्दीन खांसा, खंखारा, चारों तरफ कोई आ तो नहीं रहा है, यह फिर से देखकर, अपना वह सिर्फ कहते-सुनते वक्त ही शरीर थर्रा जाए ऐसा भयंकर निश्चय सुनाने लगा।

15

आठ-दस दिन हो गए, वृद्ध अप्पाजी अपने उस ‘दाखलेवाले’ गांव की झोंपड़ी में बिस्तर पर बीमार पड़े थे। सत्तावन के स्वातन्त्र्य युद्ध में सेनापति तात्या टोपे की तरफ से लड़ते समय गोली लगने से ज़खमी हुए-हुए अप्पाजी के उस पैर में तीव्र वेदना हो रही थी। जन्म-भर काले पानी के बंदीवास में कठोर और कड़ी मशक्कत से जर्जरित उनकी देहयष्टि अब क्षीण होने और सत्तर से भी अधिक बरस की उम्र के कारण थक चुकी थी और अब उनके हृदय में भी असहय पीड़ा उत्पन्न होती थी। इस बीमारी के कारण आंगन में खुली जगह हमेशा पड़ी रहनेवाली उनकी वह खाट पर की बैठक भी इस हफ्ते सूनी पड़ी थी, और उनका बिस्तरा अन्दर झोंपड़ी ही में चला गया था। इस बीमारी मे न जाने उनका अन्त भी कब बोलते-बोलते हो जाए, इसका उन्हें भरोसा नहीं था अतः एक दफा कंटक आकर उनसे मिलकर जाए, ऐसा

उन्होंने कंटक के पास बहुत ज़रूरी संदेशा भेजा था। आज रविवार है; आज अप्पाजी उस अपनी झोंपड़ी में के बिस्तरे पर कराहते हुए पड़े रहकर भी खिड़की में से बार-बार बाहर झांकते थे और उस टेकड़ी पर से कंटक उतरता हुआ कब दीखता है, इधर उनकी आंख लगी हुई थी।

अप्पाजी के सारे आंगन में सुखाने के लिए डाली हुई उन कच्चे मारियलों की फांकों पर भी बीच-बीच में बुलबुलों के झुण्ड चढ़ाई करते थे और उन पक्षियों को भगाकर उन खोपों पर पहरा करने का काम भी करते थे अप्पा के दो पालतू बुलबुल ही !—उषा और मोहन !

कौवे, चिड़ियां, मैना प्रभति इतर पक्षियों को भगाने में यद्यपि उषा और मोहन बिलकुल कमी नहीं करते थे तथापि बुलबुलों का झुण्ड आंगन में उतरा कि, उन्हें भगाने की अपेक्षा उनका तमाशा देखने की ओर ही उन उत्सुक बच्चों का आकर्षण अधिक दिखाई देता था।

अप्पा भी उन बुलबुलों का तमाशा देखते वक्त असावधान स्थिति में अपना दूसरा पैर फट् से सीधा कर बैठे और उसमें एकदम दर्द पैदा हो उठा, 'मैया री !' कहकर वे किंचित् चिल्लाए और कराहने लगे।

"उषे ! अरी, अप्पा कराहते हैं !" घबराए-घबराए मोहन और उषा आंगन में से दौड़ते हुए अप्पा के कमरे में गए।

"क्या हुआ अप्पाजी ?" मुंह फीका करके उषा ने हिन्दी भाषा में पूछा। क्योंकि वे बच्चे मराठी की ही भांति किंवा मराठी की अपेक्षा हिन्दी ही में अधिक बातचीत किया करते थे। अण्डमान में निवास करनेवाले मराठी, बंगाली, मद्रासी, पंजाबी वगैरह सब माता-पिताओं के पेट से उत्पन्न हुए बच्चे हिन्दी ही में बोलने लगते हैं। वही वहां पैदा हुओं की असली मातृभाषा रहती है। अपनी-अपनी प्रांतीय भाषा जिन्हें उनके माता-पिता शौक के खातिर सिखा देते हैं, उतनों ही को वह पाती है।

तीन मिनट, चार मिनट, पांच मिनट ! उषा अपने कोमल और नन्हे हाथों से जितना लगाया जा सकता था उतना बल लगाकर पैर दबा रही थी। पर अप्पा का ध्यान विचारों में लीन था। वे 'बस' कहना भूल गए ! उषा के

हाथ दुखने को आ गए।

"मेरे हाथ टूट गए तो भी तुम बस कहके नहीं देते !"

उस चपत और रोने के साथ ही अप्पा भी होश में आए, हंसे और प्रशंसापूर्वक उषा के सिर पर हाथ फेरते हुए समझाने लगे :

"चुप, चुप ! अरी, तो तू दाबती ही काहे को रही भला, हाथ दूखने तक ? मुझे तेरा दबाना इतना अच्छा मालूम हो रहा था कि बस कहने की इच्छा ही नहीं हो रही थी। इन नन्हें हाथों में कोई जादू का गुण है हमारी उषा के ! वैद्यों की औषध से आज तक जो ठीक नहीं हुआ वह दर्द बिलकुल नहीं-सा हो गया देख, तेरे दबाते ही!"

"वह देखिए, वह देखिए, अप्पा, कंटकबाबू टीले पर से आते हैं, देखिए !" मोहन बीच में ही कहकर उठ गया !

अप्पा सभलकर बैठ गए। वे दोनों लड़के दुड्दुड् दौड़ते गए, कंटकबाबू के सामने जाकर कौन उन्हें पहले छुता है, यही एक उनके वास्ते नया खेल हो गया था।

"कंटकबाबू, यह दर्द मेरे हृदय में बीच-बीच में जब से उठने लगा है तब से मैंने यह समझ लिया है कि, अब मेरा अन्त नजदीक ही है !" एकान्त में ले जाकर अप्पाजी कंटक से कहने लगे, "पर उसमें दुःख की कोई बात नहीं ! हम जैसों के मरने का अर्थ है—छुटकारा ! पर तुमसे एक मर्तबा मुलाकात करने की इच्छा होने लगी थी। तुम कितने ही महीनों से अपनी सुरक्षितता को खतरे में डालकर भी यहां आते हो, मेरे परिवार की स्वहस्तेन-परहस्तेन जितनी हो सके मदद करते हो, प्रेम करते हो; अतः हमें भी तुम्हारे प्रति प्रेम मालूम पड़ता है। तुम्हारा आभार !"

"पर उसमें पाप मेरा आभार मानें ऐसा मैंने कुछ भी नहीं किया। उलटे अप्पाजी, मैं ही आपके उपकारों का ऋण चुका नहीं सकूंगा। इस भयंकर बंदीवास में पड़ने के बाद से ममता के मनुष्य की मेरे हृदय को बिलकुल भूख ही लग गई थी। आपके परिवार में मुझे वह ममता उपलब्ध हुई। पितृतुल्य आप, स्वसृतुल्य अनसूया भगिनी, औरस पुत्रों के तुल्य ये बच्चे—ये इन सबके प्रेमल सहवास में मेरे जो कुछ क्षण गए हैं, वे ही मेरे लिए, जीवित

रहना चाहिए ऐसी प्रतीति करावें इतने विलोभनीय !"

"तो फिर कंटक बाबू, मेरी भी आपसे यही विनती है कि, आप मेरे पीछे मेरे इन बच्चों को अपना समझे। आप इसे अपने हाथ में लें तो मैं सुख से मरूंगा!"

"अप्पाजी,आपके सम्बन्ध में किसी हुतात्मा के सम्बन्ध में प्रतीत होनेवाली उत्कट आदर भावना उत्पन्न होती है मेरे मन में ! उसमें भी जो लोग सफल होते हैं, उन स्वातन्त्र्य वीरों की अपेक्षा आप जैसे, जिन स्वातन्त्र्य सैनिकों के माथे पर सफलता लिखी न होकर केवल जुल्म ही जुल्म और यातनाएं हो यातनाएं लिखी होती हैं, उनके प्रति ही मुझे अधिक गौरव अनुभूत होता है। आपकी मृत्यु को किंचिदपि सुखयुक्त बनानेवाले कृत्य यदि शक्य होता तो मैंने उसे अवश्य स्वीकार किया होता। पर मैं तो स्वतः ही सती का बाना लेकर खड़ा हूं ! इस काले पानी के भीषण कालपाश को तोड़कर निकल भागने का प्राणों पर बीतने वाला खेल मैं खेलने वाला हूं! उसमें मैं मरूंगा या जीऊंगा किसे मालूम ?"

"मैं कहता हूँ ! कंटक, उस खेल में मरण ही निश्चित है। गत पचास बरसों में पचास आदमी भी काले पानी पर से भाग जाकर देश को पहुंचे हों और सुख से रहे हों, ऐसा मुझे तो याद नहीं आता !"

"पर तो भी उन पचासों में मैं इकावनवां बनूंगा। नहीं तो मौत की राह पकड़ूगा। यहां व्यक्ति का विकास नहीं, भावनाओं की उड़ान नहीं, मनुष्यता का मान नहीं, किसी उच्च और भव्य ध्येय के लिए किंवा परोपकार के लिए शरीर सुखाने का भी पावकपुण्य भाग्य में बदा नहीं ! न स्वार्थ ! न परार्थ !"

"ठहरो, इस तुम्हारे अंतिम आक्षेप के विषय में ही क्यों न हो, तुम्हें एक नई दृष्टि देने की इच्छा है ! पतितों के उद्धार का, सुधार का काम सदैव राष्ट्रीय अथवा धार्मिक सेवा का एक महत्त्वपूर्ण उपांग बनकर रहेगा ! और अण्डमान तो कह-सुनकर अपराधियों और उद्दण्डों का, पापियों का और पतितों का उपनिवेश अर्थात् परोपकार का चुनींदा कार्य-क्षेत्र !"

“वह मैं अच्छी तरह जानता हूं। और यदि कभी मैं इस आजन्म कैद की लौह ग्रन्थि से छूटकर और काले पानी पर से निकलकर स्वदेश लौट सका और दूसरे ही नाम से स्वतन्त्रतया राष्ट्र-सेवा कर सका तो भारतीय कैदियों को इस काले पानी पर भेजने की यह क्रूर प्रथा बन्द करवाकर यह भयंकर उपनिवेश जड़-मूल से वन्द करने का आन्दोलन यथाशक्ति शीघ्रता से और बल से परिचालित किए बिना नहीं रहूंगा। हिन्दुस्तान में भी कुछ नेताओं का ध्यान इस प्रश्न की तरफ आकृष्ट हुआ है और कैदियों का उपनिवेश मूलतः बन्द करने के लिए और इस पापभूमि के इन सारे अमानूष अत्याचारों को जड़मूल से उखाड़ डालने के लिए कोशिश हो रही है।”

“पर वे प्रयत्न उलटी दिशा में किए जा रहे हैं। यह देखो कंटक, किसी भी देश में अत्यन्त उद्दण्ड, और समाज के लिए सर्वथा उपद्रवकारी, चोर-डाकू, हत्यारों का एक वर्ग तो रहेगा ही। ऐसा समाजशत्रुभूत जो वर्ग हिन्दुस्तान में रहेगा उसके लिए नीति और कानून की मर्यादाओं का भंग करना असंभव कर डालने के लिए शक्ति से और बल से निग्रह किया जाना ही चाहिए। फांसी, आजन्म कैद और कोड़ों जैसी उग्र शारीरिक सज़ाओं के बगैर उन उद्दंड लोगों को किसी बात का दरारा (डर) नहीं प्रतीत होगा। उन्हें कठोर दण्ड और अनुशासन के पेंच में पकड़ और जकड़कर रखने ही से कायदापसन्द और समाजशील नागरिकों का उनके उपद्रवों से बचाव किया जा सकेगा, समाज में शान्ति और सुव्यवस्था बनी रह सकेगी। उस अवस्था में सहस्रावधि दण्डितों को एसे काले पानी सरीखे उपनिवेशों में बन्द करके रखना ही राष्ट्र के हित का रहता है। नहीं तो उन्हें रखा कहां जाएगा ?”

“देश के अन्दर जेलखाने नहीं हैं क्या?”

“वही बतलाना है, कंटक बाबू, यदि उन्हें इस काले पानी जैसे किसी स्वतन्त्र उपनिवेश में उनकी उद्दंड प्रवृत्ति को पालतू बना सकने योग्य कठोर कायदे में यत्रित करके जितनी स्वतन्त्रता उन्हें दी जा सकती हो उतनी उन्हें दी जाए तो वे कौटुंबिक और वैयक्तिक सुख अधिक भोग सकेंगे और देश के सच्छील समाज को, उन दण्डितों को भोगने के लिए दी गई स्वतन्त्रता से

लेशमात्र भी उपद्रव नहीं पहुंचता, इस काले पानी पर खुले तौर पर घूम-फिर सकते हैं, खापी सकते हैं, घरबार, खेतीबाड़ी कर सकते हैं। उनको प्रेम-भरी वात्सल्य, कामुक भावनाओं को भी जन्म-भर पर्यवरोध नहीं होता और वे विवाह-सुख भी भोग सकते हैं।"

"हिन्दुस्तान ही में किसी कारागार की चहारदीवारी में बन्द करके सजीव कब्र में गाड़ने के सदृश अवस्था में रखना दया है अथवा काले पानी सदृश उपनिवेश में उन्हें कठोर नियमों की कैंची ही में किन्तु पालतू बनाकर मनुष्यतापूर्वक जीवन का आनन्द कुछ-कुछ उपभोगने देना सच्ची दया है ?"

"यह सर्वथा सत्य है। आजन्म कारावास तथा दस-दस बरस की दीर्घ कैद की जिन्हें सजा हुई है ऐसों को भारतीय कारागृहों में बन्द करके रखने की अपेक्षा काले पानी सदृश उपनिवेशों में ही इस प्रकार धीरे-धीरे स्वतन्त्र रूप में बसने देना ही अधिक दयापूर्ण है।"

"पर उनमें भी इस अण्डमान के उपनिवेश की तो राष्ट्रीय हित की दृष्टि से अत्यन्त महत्त्व की एक और विशेषता है। उपनिवेशों को जीतने के लिए राष्ट्रों को युद्ध करना पड़ता है, पराक्रम करने पड़ते हैं। पर अपने राष्ट्र को यह एक नवीन उपनिवेश केवल अपने श्रम से संपादित करके इस पतित एवं परित्यक्त कैदियों के वर्ग ने प्राप्त कर दिया है। यदि ये सारे दण्डित हिन्दुस्तान के बन्दीगृहों में ही बन्द किए रखोगे तो उनके परिश्रम का, साहस का, बुद्धि का इतना उपयोग और इतना लाभ अपना राष्ट्र कभी नहीं उठा सकेगा ! इन दण्डित वर्गों में सैकड़ों लोग मूलत: अत्यन्त साहसी, दक्ष, कर्तृत्ववान् एवं कष्टसहिष्णु हुआ करते हैं !"

"इसमें क्या संदेह ! ऐसे हो उद्दंड अपराधियों की सेना में भर्ती करके सैनिक अनुशासन में उनकी उस उद्दंडता को उपयोग में लाकर कितने ही सेनापतियों ने बड़ी-बड़ी जीतें हासिल की हैं; कितने ही राष्ट्रों ने अपने स्वातन्त्र्य संग्राम की लड़ाइयां लड़ी हैं !"

"ठीक है ! कंटकबाबू, तब राष्ट्र में रहते समय उपद्रवी सिद्ध हुए इन दण्डितों के उन सारे गुणों को और अवगुणों को भी कठोर निबंध के,

सख्ती के, और भय के दबाव के नीचे उपयोग में लाने के लिए इस प्रकार के एकाध काले पानी को भेजना ही इष्ट है। उसमें सुधार जो सम्भव है वे करो; पर अदूरदर्शिता के वशीभूत हो, अपात्र में दयाभाव प्रदर्शित करते हुए इस उपनिवेश को कभी बन्द नहीं करना चाहिए। पुनः यों देखिए कि इस जैसे काले पानी के उपनिवेश को न भेजते हुए उन हज़ारों दण्डितों को यदि हिन्दुस्तान के बन्दीगृहों में ही, स्त्री को अलग और पुरुष को अलग कोठरियों के पिंजरों में ही जनमभर के लिए बन्द करके रखने लगेगे तो तद्द्वारा उन हज़ारों स्त्री-पुरुषों की सन्तित से भी राष्ट्र वंचित रह जाएगा! उसकी अपेक्षा काले पानी सदृश स्वतन्त्र और नवीन उपनिवेश में उन दण्डित स्त्री-पुरुषों को विवाहित जीवन उपभोगने की सन्धि दी तो प्रेम की और वात्सल्य की कोमल भावनाओं के साथ-साथ उनकी खुद की मनुष्यता भी विकसेगी और उनकी सन्तति इस उपनिवेश की समृद्धि करके अपने राष्ट्र को एक नवीन प्रदेश जीतकर दे सकेगी! आज ही देखिए न, एक नवीन प्रदेश ही नहीं, प्रत्युत इस अण्डमान में अपनी हिन्दू संस्कृति का एक नवीन जानपद भी समृद्धि प्रबल करता जा रहा है !"

"पर अप्पाजी, पापी, अपराधी और दुष्ट दण्डितों की सन्तित में भी वे अत्याचारी अथवा दुराचारी दुर्गुण पहुंच जाते हैं ऐसा अनुवंश विज्ञान का कथन बतलाया जाता है, उस बारे में आपका क्या कहना है ?"

"वह एक भ्रमभक्षित क्षुद्र तर्क है, और कुछ नहीं ! वैयक्तिक अथवा कौटुंबिक दृष्टि से वह कितना सच्चा है या झूठ है यह मैं नहीं कहता; यह आस्ट्रेलिया देखिए, कनाड़ा देखिए, अफरीका के उपनिवेश देखिए, इंग्लैंड के अत्यन्त नृशंस और दुराचारी दण्डितों की तथा आजन्म कारावासियों की नावें भर-भर कर जिन दिनों वे देश निर्जन और सुनसान थे उन दिनों उन्हें वहां पहुंचाया जाता था। इंग्लैंड का वह एक काला पानी ही था। पर आज उन्हीं दण्डितों के वंशजों का एक-एक स्वतन्त्र राष्ट्र ही बन गया है। बड़े-बड़े वीर कार्यकर्ता, विधिमण्डल के सभासद, निबंध पण्डित उन लोगों में निर्माण

हुए। उनमें कितनों ही के परदादा चोर, डाकू, बलात्कारी, पापाचारी, दण्डित थे! इस अण्डमान ही को देखिए। इस मेरे परिवार का उदाहरण लीजिए। मेरी पत्नी एक राजपूत स्त्री थी। हिन्दुस्तान में बचपन ही में उसकी शादी हुई। उसके पति की दो स्त्रियां थीं, उन सौतों-सौतों में भयंकर विद्वेष मच उठने पर पति इसी को मारापीटा करता था।' इसके एक दुष्ट पड़ौसी ने इसे पाठ पढ़ाया कि, 'अपनी सौत को मैं जो मन्त्रित पूड़िया दे रहा हूं वह अन्न में डालकर दे, इससे तू उसके कष्टों से मुक्ति पा जाएगी। इसने उस पड़ौसी को अपने गले का सोने की मणियों वाला हार देकर वह मंत्रित पुड़िया ले ली और सौत के अन्न में डालकर वह उसे परोसा। वह पुड़िया ज़हर की थी। सौत तत्काल मर गई और इस अठारह-उन्नीस बरस की लड़की को उस भयंकर अपराध के कारण आजन्म कारावास की सजा सुना दी गई। पर उस सजा के आघात के साथ ही किसी भी तादृश दुष्कृत्य के विषय में उसके मन में ऐसा डर बैठ गया कि उसका स्वभाव अत्यन्त सरल एवं निबंधशील बन गया। मुझे जब शादी की अनुमति मिली तब मैंने उसीके साथ शादी की, दस एक बरस उसने गृहिणी का कर्तव्य निरपवाद रूप से पालन किया। आगे चलकर वह मर गई। उसके पेट से मेरा जो इकलौता लड़का हुआ वह भी अच्छा ही निकला।

- "उसकी पत्नी यह अनसूया, मेरी स्नुषा। यह भी एक बंगाली कायस्थ की लड़की बाल विधवा हो गई। उसके देवर ने ही उसके साथ अनैतिक सम्बन्ध रखा और अन्त में उसके गर्भ रह गया। अत्यन्त उग्र औषध देकर उसके हाथों भ्रूणहत्या का भयंकर पाप करवाया ! पर समाज-भय से उसने जो पाप किया वही एक दिन अनावृत हुआ। उसके देवर के लापता हो जाने के कारण उसीको आजन्म कारावास काले पानी की सज़ा हो गई। पर इतने पर से उसके स्वभाव पर ही किसी नित्यावस्थायी राक्षसीपने की छाप पड़ गई है क्या ? उसने काले पानी की स्थिरीकृत सज़ा खत्म करके जब मेरे लड़के के साथ शादी की तब से इतनी प्रेमयुक्त सत्स्वभाव एवं कष्ट सहिष्णु वृत्ति से वह हमारे घर में रहती आई है कि ऐसी स्नुषा देश में भी सौ में से कोई एकाध

ही निकलेगी। दुर्दैव से दो-एक बरस पहले दुर्घटनावश वह मेरा लड़का समुद्र में डूब गया। पर उसके पीछे रहे हुए इन दोनों लड़कों ही का नहीं प्रत्युत मेरा भी संरक्षण वह किस प्रकार कर रही है, स्वयमेव रसोई-चौका, घर का काम चलाती हई दारिद्रय में भी कितने सन्तोष के साथ वह व्यवहार करती है यह आप ही देखिए ! इन मेरे नातियों का, इन अपने दोनों बच्चों का यह मेरी स्नुषा अनसूया जितना प्रेम से संरक्षण करती है, उसकी अपेक्षा कौन मां अधिक वत्सल हो सकेगी ?"

"उसका कारण यही है कि, दुष्कृत्यों की चाट लगे हुए नराधम जिस प्रकार रहते हैं, तद्वद् दुष्कृत्यों से अत्यधिक घृणा प्रतीत होते हुए भी केवल असहय अत्याचारों के भय से ही, इस क्षणिक बेसुधी की सनक ही में जिन लोगों के हाथों से दुष्कृत्य हो जाता है, ऐसे भी अपराधी मनुष्य रहते हैं। दण्डित वर्गों में से उन पहले राक्षसी प्रवृत्ति के अपराधियों को कठोर दण्ड के भय से सीधे रास्ते पर लाया जा सकता है। इन दूसरे पापभीरू प्रवृत्ति के अपराधियों को सहानुभूति के अभयदान से सुधारा जा सकता है; ऐतावता, दण्डित कहते ही वह मनुष्यों में से सदैव के लिए उठ गया, इतना ही नहीं उसकी सन्तति भी वंशपरम्परया पाप प्रवण ही रहेगी ऐसा समझना मूलतएव एक भ्रम-भक्षित क्षुद्र तर्क है ! और उसपर आधारित जो यह समझ कि दण्डितों के उपनिवेश की सन्तति भी जन्मतएव मनुष्यता से वंचित रहेगी ही, वह समझ तो जितनी भ्रम-भक्षित उतनी ही अत्याचार पूर्ण है।"

"निःसंशय ! निःसंशय ! और अप्पाजी, उस क्षुद्र तर्क को जिस प्रकार अण्डमान की तरुण सन्तति ने असत्य सिद्ध किया है उसी प्रकार जाति-जातियों में भोजन-विवाह-व्यवहार प्रचलित किया तो संस्कृति निकृष्ट एवं प्रजा-अधम हो जाएगी, ऐसी जो एक धार्मिक स्वरूप की भीति अपने देश में हिन्दू समाज का ग्रास बना रही है, वह कितनी भ्रान्त है, यह भी अण्डमान के इस नवोदित हिन्दू जानपद ने प्रत्यक्ष रूप से दिखला दिया है ! अण्डमान में गत पचास-साठ बरसों से सारी हिन्दू जाति और सारे प्रांतिक वर्ग सर्वमिश्र

भाव से एकत्र बढ़ते चले आए हैं। पर्याप्त मात्रा में अस्पृश्यता की बेड़ी टूट चुकी है; भोजन-प्रतिबन्ध का कम-अज़-कम स्पृश्य वर्ग में तो स्मरण भी अवशिष्ट नहीं रह गया। बंगाली, पंजाबी, मद्रासी, मराठी, ब्राह्मण, क्षत्रिय, वैश्य और शूद्र कौन-कौन हैं यह विचार तक नष्ट हो चुका है ! अपने परिवार ही को देखिए न। आप महाराष्ट्रीय ब्राह्मण, पत्नी राजपूत क्षत्रिय, लड़के की शादी हुई बंगाली कायस्थ कन्या से ! अब आपके इन नातियों की जात हिन्दू-भर ही रह गई। अच्छा, इन संमिश्र रक्तबीजों के नाती भी कैसे हैं—तो ये मोहन और उषा ! कितने चतुर, दर्शनीय, सुशील ! पूना, बम्बई, कलकत्ते की किसी भी पाठशाला में ले जाकर छोड़ दें तो पहले पांचों में ही चमकेंगे !"

"भाषा की दष्टि से भी अण्डमान ने अन्य एक अभिनन्दनीय एवं सफल परीक्षण करके दिखाया है। यहां के सब हिन्दू जानपद की भाषा एक—हिन्दी !"

"पर अप्पाजी, सरकारी विचार-सरणी में एकमात्र बड़ी भारी गलती हो रही है। वह यह कि हिन्दू लड़कों-लड़कियों को भी सारा शिक्षण उर्दू लिपि में ही ज़बर्दस्ती दिया जा रहा है। इस विषय में मात्र आन्दोलन करके नागरी को ही अण्डमान की कम-अज-कम हिन्दू जानपद की तो एकमात्र लिपि बनाना चाहिए। अण्डमान में ऐसे अनेक सुधारों का करना और नवीन स्वतन्त्र पीढ़ी को अपने गुणों का विकास करने के लिए अनुकूल परिस्थिति प्राप्त करा देना—इन दो कार्यों को सिद्ध करने के लिए कुछ त्यागी पुरुषों का इसी उपनिवेश के उत्कर्ष के प्रश्न को अपने सिर पर ले लेना आवश्यक है।

"हां कंटकबाबू, यदि तुम्हें यह स्वीकृत है कि इस अण्डमान के उपनिवेश में निर्माण हुआ जो यह एक नवीन जानपद है, वह अपने हिन्दुओं के सांस्कृतिक साम्राज्य में एक नवीन प्रान्त जीतकर जोड़ने योग्य महत्त्व का है, तो नवीन उपनिवेश का आर्थिक, सामाजिक, राजकीय और सांस्कृतिक उत्कर्ष करने का ही कार्य अपने जीवन का ध्येय मान लेना क्या यह राष्ट्रसेवा

नहीं है ? तब आप उसको अपने जीवन का इतिकर्तव्य क्यों नहीं समझते ? कंटकबाब, आप पांच-छः बरस बाद 'दाखला' लेकर थोड़े-से स्वतन्त्र हो जाएंगे, यहीं विवाह करके बस जाएंगे। इस उपनिवेश में पाठशाला की, देवालय, संस्कार, संगठन आदि की जो कमी है, उसे पूरा कर डालिए। इस उपनिवेश को हिन्दुस्तान का, हिन्दू साम्राज्य का एक बलिष्ठ सामुद्रिक दुर्ग आजन्म कारावासी तुम सब लोग मिलकर बना डालो !"

"सचमुच अप्पाजी ! सामुद्रिक दुर्ग के विषय में ही कहेंगे तो मैं जब पहले-पहल अण्डमान में उतरा था तभी इस टापू का सामुद्रिक महत्त्व मेरे ध्यान में पाया था ! शस्त्रास्त्र-संभार से सुसज्ज, फोलादी कवच के सदृश दुर्भेद्य— ऐसा यदि इस अण्डमान टापू का ही एक प्रचंड जल-दुर्ग बना डालें तो पूर्व समुद्र में शत्रु के नाविक दल के मार्ग में वह एक प्राणग्राही सुरंग बन जाएगा।"

"और अब हम यूरोप की खबरें सुनते हैं, उनपर से, मनुष्य को विमानों की विद्या हस्तगत हो ही गई है, ऐसा दिखाई देता है। आज भले ही लड़ाकू विमान अल्पमात्रा में हों तो भी पांच-पचीस बरसों में बड़े बड़े लड़ाकू और सामान ढोऊ विमानों के जत्थे के जत्थे आकाश में बिहरने लग जाएंगे इसमें कुछ भी सन्देह नहीं। एतावता आगे चलकर यह अण्डमान हिन्दुस्तान के पूर्व समुद्र पर पहरा करने वाला एक लड़ाकू वैमानिक बेड़े का स्थान बने बगैर नहीं रहेगा ! तब सांस्कृतिक, सामुद्रिक एवं वैमानिक दृष्टि से एतादृश अनेक विध महत्त्वों का यह उपनिवेश निर्माण करने, बनाए रखने एवं बढ़ाने के कार्य में जिन सहस्रावधि दुर्दैवी भारतीय बन्दियों की यातनाएं, कष्ट, रक्त एवं जीवन आज पचास बरसों से यहां व्यग्रीभूत हुआ, वह राष्ट्र के ही उपयोग में पाया, पापियों का रक्त भी पुण्यकार्य के लिए बहा, ऐसा ही कहना चाहिए ! इससे आगे भी जिनको यहीं जीना है, उन आजन्म कारावासियों को भी अपना जीवन इसी कार्य में लगाना चाहिए, यही उनका अपरिहार्य धर्म है !"

"इतना मुझे भी स्वीकार है। दूसरा मार्ग असम्भव हो तो अपने जीवन की सार्थकता इस उपनिवेश की जनसेवा ही में मानना चाहिए। पर मेरे लिए दूसरा मार्ग संभव है। मुझे तो ऐसा निश्चित रूप से प्रतीत होता है कि मुझे

काले पानी पर से भाग जाने में सफलता प्राप्त होगी।"

"तुम्हें सफलता प्राप्त हो, ऐसी मैं प्रभु से प्रार्थना करूंगा। पर तुमने जो योजना बनाई वह अधूरी थी। निश्चित अवसर कब, किस प्रकार साधोगे यह सब ठीक कर लिया है ?"

"नहीं, पर अनसूयाबाई ने कंटकी को स्त्री बन्दीगृह से बाहर विवाहेच्छु स्त्री-पुरुष बंदियों को पारस्परिक परिचय-प्राप्ति के लिए जो एक खुली जगह है, वहां झाड़ने-बुहारने के काम पर नियुक्त किया है। इसी कारण कंटकी निश्चित समय पर बंदीगृह से बाहर निकलकर उस स्थान पर आती-जाती रहती है। वहां मेरी और उसकी दूर से मुलाकात भी हुई है। बहुधा नज़दीकी मुलाकात भी हो जाएगी। उसके पश्चात् जो कुछ स्थिर करना होगा सो करने का खयाल करता हूं। आज अनसूयाबाई पड़ौस के गांव में गई है ऐसा पता चला है मोहन के कहने से, तब उनकी मुलाकात..."

"अब नहीं हो सकेगी यह सत्य है ! कल आएगी वह। तुम्हारे जाने का समय हो आया है न ?"

"हां अप्पा ! इस बीमारी के कारण आप और इस साहस के कारण मैं मत्यु-दंष्ट्रा करालों में कब जा पड़े इसका अब क्षण-भर का भी भरोसा नहीं, पर अप्पा, मैं जहां कहीं भी रहूंगा वहां से आपके इन नातियों की चिंता अपने औरस पुत्रों की भांति ही करूंगा। अनसूया बहन मेरे बन्दीवास-काल की मेरी बहन है। मेरे दुर्देव, संकट एवं दारिद्यपूर्ण स्थिति की भ्रातृद्वितीया के समय जिसने मेरी आरती उतारी उसे मेरे भाग्य में यदि कभी सगी बहन से भी अधिक सुदैव की भ्रातृद्वितीया आई तो अपने प्रेम और सहायता का अधिक उपहार दिए बिना नहीं रहूंगा। जाता हूं अब, जाना ही चाहिए मुझे !"

रोगशय्या पर जर्जर होकर पड़े हुए उस वृद्ध वीर को उस प्रकार से बिठाकर कंटक ने उनके पैर अपने हाथों से ही ओढ़नी के बाहर निकालकर व्यवस्थित रूप में रखे और उनपर अपना माथा टेककर उनके समक्ष साष्टांग दंडवत् प्रणाम किया।

"अप्पाजी, इस अण्डमान का उपनिवेश हिन्दू राष्ट्र के लिए कितना

महत्त्व का है यह आप थोड़ी देर पहले बता रहे थे न ? इस टापू का सामुद्रिक और वैमानिक बेड़े के स्थान की दृष्टि से बहुत अधिक महत्त्व है, यहां एक नवीन हिन्दू जानपद का निर्माण हो रहा है, बड़े-बड़े नारियल के बगीचे, चाय बागान, रबड़ की पौध, प्रचंड वृक्षों के विस्तीर्ण अरण्यों में की नाना प्रकार की इमारती लकड़ी की अगणित पैदावार—यह सारी राष्ट्रीय सम्पदा महत्त्व की है। तथापि इस प्रकार की संपदा इतर उपनिवेशों में भी अपन हिन्दू राष्ट्र को लब्ध हो सकेगी। पर जो सम्पदा अन्य किसी भी उपनिवेश में नहीं मिल सकेगी ऐसी जो एक सम्पदा इस अण्डमान ही में संग्रहीत है और इस भूमि ही में रखी गई है जिस अमूल्य निधि के कारण अन्य किसी भी उपनिवेश की अपेक्षा यह अण्डमान की भूमि अपने हिन्दूराष्ट्र के लिए अधिक अभिलषणीय प्रतीत होगी, एक क्षेत्र भासित होगी, वह इस भूमि की हमारी राष्ट्रीय सम्पदा, इस भूमि की वह हमारी अनर्घ्य निधि है भवादृश सन सत्तावन के सहस्त्रावधि राष्ट्रवीरों की इस भूमि में बिखरी हई राख ! हिन्दुस्तान को अण्डमान का नाम लेते ही प्रथम उसीका स्मरण हो पाएगा।"

"पर...पर इस तरह कहने वाला तू ही पहला हिन्दू मुझे गत पचास बरसों में दिखाई दिया है।" उदास निःश्वास छोड़ते हुए अप्पा जी बोले, "कैसा स्मरण लिए बैठा है। अरे, हिन्दूपद पादशाही के सन्ताजी, धनाजी, बाजी, चिमाजी, भाऊ, विश्वास, मल्हार, महादजी प्रभृति शतावधि विजयी सेनापतियों का भाग्य यदि न भी हो, तो भी निराशा में और अपजय ही में सच्ची कसौटी पर चढ़ने वाला जो रणचापल्य, निष्ठा, शौर्य, धैर्य, तितिक्षा, कार्यकृति एवं राष्ट्रभक्ति आदि गुणों से अंग्रेजों को नाकों चने चबवाने वाला उस अपनी हिन्दूपद पादशाही का सर्वातिम रण धुरंधर सेनापति जो तात्या टोपे थे वे जिस स्थान पर स्व राज्य के लिए और स्वधर्म के लिए फांसी पर चढ़े उस स्थान पर उनकी यादगार तक की एक शिला भी जिस इस कृतघ्न पीढ़ी ने आजतक खड़ी नहीं की, उसे अण्डमान में धिक्कृत होकर राख बने हुए हम सैनिकों का कैसा स्मरण होगा !"

"नहीं अप्पा, नहीं ! आज हिन्दु जाति अचेतन पड़ी है, मानता हूं; पर

वह मूर्छा है—मृत्यु नहीं ! इतिहास तो शपथपूर्वक कहता है कि ऐसी कितनी ही मूर्च्छाओं में से पुनः जाग खड़ी हो ऐसी उज्जीवक शक्ति इसी हिन्दू जाति में निवास करती है, यह निश्चित है ! दशमुखी रावण गए, शतमुखी गए !! अप्पा, ये भी दिन चले जाएंगे। नये-नये विक्रमादित्य अवतरेंगे—किंबहुना यह आपकी राख ही उनके उद्भव की खाद है—ऊरीकारोक्ति है !!"

"तथास्तु !! जब और यदि वैसा भाग्य का दिवस कभी सचमुच ही प्रकट हुआ, तो इस अण्डमान में बिखरी हुई यह हमारी राख..."

"संकलित की जाएगी और उसपर यह कृतज्ञ हिन्दूराष्ट्र एक उत्तुंग स्मृतिस्तूप खड़ा करेगा ! और इस सर्व समुद्र में से होकर जाने-आनेवाली हिन्दूओं की प्रत्येक रणनौका उस स्मृतिस्तूप को तोपों की रणवन्दना दिए बगैर वहां से आगे एक कदम नहीं रखेगी !!"

"कंटक के इस वचन के सुनते ही उस वृद्ध धीर का शरीर रोमांचित हो गया, उसकी जर्जर देहयष्टि में तरावट आ गई, उसके नेत्रों के सामने कोई उत्तुंग स्मृतिस्तूप दीख ही रहा हो ऐसा उसकी अनिमेष दृष्टि पर से भासित हुआ। दो-एक क्षण पश्चात् उस अनिमेष दृष्टि को आकाश पर से हटाकर कंटक की तरफ फेरते हुए वह वृद्ध वीर सकंप स्वर से बोला :

"कंटक, सत्तावन के क्रांति-युद्ध के अनंतर, सहानुभूति की और मेरे राष्ट्र के पुनरुत्थान की सुभव्य आशा की याद दिलाने वाले ये ऐसे शब्द चालीस वर्ष के पश्चात् मैंने आज ही फिर सुने हैं। देख, मेरे हृदय के भीतर अत्यंत गहराई पर दबाकर रखी हुई मेरी पूर्वकालीन आकांक्षाओं की ऊर्मियां एक-आध तूफान की मानिन्द मेरे रवत में से उत्स्फूर्त हुई आ रही हैं ! मुझे कंटक, सहन होता नहीं इन अनुकूल भावनाओं का कल्लोल कंप, यह हृदय की तीव्र गति।"

उतने में ही चौकी बन्द होने की घण्टी दूर पर से बजती हुई सुनाई दी ! "घंटी !" वृद्ध वीर चौंक उठा, "जा, कंटक जा, अन्यथा पकड़ा जाएगा !" जल्दबाजी से कंटक उठा और लुढ़कते-छिपते उस टीले पर वेग से चढ़ता चला गया।

और दो-तीन दिन के भीतर ही, सन् सत्तावन के क्रांति-युद्ध के कारण

काले पानी पर गए हुए उन सहस्रावधि हिन्दू सैनिकों में से उस आखिर के वीर वृद्ध का भी अन्त हो गया !

उस दिन उसकी उस सूनी झोंपड़ी में उसकी याद दिलाने वाले दो फूल ही पीछे बच गए थे—मोहन और उषा।

16

अण्डमान के जंगलों में घर बांधने के काम में उपयोगी लकड़ी इतनी अच्छी, मजबूत और सुन्दर मिलती है कि यूरोप के बाजारों में भी उसके लिए भरपूर मांग बनी रहती है।

आज कंटक जंगल तुड़ाई के जिस विभाग में काम किया करता था, उस टुकड़ी के लिए अरण्याधिकारियों की विशेष आज्ञा हई थी कि, लड़कियों की यूरोप से आई हुई नई मांग को पुराने के लिए आज अरण्य के नये भाग में प्रविष्ट होकर तुड़ाई का काम चालू करना है परन्तु नये घने जंगल में प्रथमतः प्रवेश करते समय मूल निवासी जावरा लोग सदैव प्रतिरोध करने के लिए नहीं पाया करते थे पर कब पा जाए इसकी निश्चिति भी कुछ नहीं थी। इसलिए कंटक ने भी अपनी टोली में हमेशा के आलतू-फालतू कैदियों को न लेते हुए निर्भीक, कष्टसहिष्णु और जंगल तुड़ाई के काम में अभ्यस्त कैदियों को चुना। उनमें रफीउद्दीन तो था ही। वह यदि करने बैठा तो ऐसे श्रमसाध्य काम किया करता था और जंगल तुड़ाई के काम में तो वह पहले जब काले पानी पर था तभी से इतना प्रवीण हो गया था कि, उसके भागा हुआ कैदी होने पर भी जंगल की लकड़ी तोड़ने की आमदनी बढ़ाने के काम के लिए, उसके बंदोबस्त की उत्तरदायिता अपने ऊपर लेकर उस टोली के मुख्य जमादार ने उसे बुद्धिपूर्वक मांग लिया था।

गत दो-तीन दिन से कंटक के साथ रफीउद्दीन के भाग जाने की गूढ अभिसंधि के विषय में खूब चर्चा हुई थी। पर स्थिरस्वरूप का कोई भी निश्चय जमा नहीं पाता था। इतने में यह जरूरत वाला सरकारी काम आ

पड़ा। अंत का अवसर हाथ में आने तक और उसके पाने की इच्छा ही से कंटक और रफीउद्दीन दोनों सरकारी कामों में खूब श्रम करके अधिकारियों का विश्वास एवं वाह-वाह प्राप्त करने में रत्ती भर भी कसर नहीं रखते थे। इसी नीति के कारण उस घने और भयंकर अरण्य के अप्रविष्ट पूर्व भाग में घुसने और जावराओं के यदा-कदाचित् होने वाले प्राणग्राही छापे का भी मुकाबिला करने के साहसकार्य में सबसे अगली टोली में वे दोनों आज प्रविष्ट हुए थे। उनका सारा ध्यान आज उस काम ही में केन्द्रित हुआ था।

मुर्गे के बांग देने से पूर्व ही बैरक की घंटी हई। आधे घंटे के भीतर सौ-दो सौ कैदी मैदान में क्रम से खड़े हो गए। प्रत्येक के एक-एक पैर में शृंखला कमर से लेकर टखने तक जकड़ी हुई थी और एक पैर खुला था। "एक, दो, तीन"—इस प्रकार गिनती हुई और दो सौ की टोली को एक ओर निकाल लिया गया।

जंगल आते ही उस टोली की स्थिरीकृत टुकड़ियां बनाई गई और तुड़ाई-फड़ाई तथा तराशने का काम शुरू हुआ। आध मील लम्बाई के जंगल के टापू में जिधर-तिधर चिल्लाहट तथा काम धूमधड़ाके से शुरू हो गया।

दोपहर के बारह बजे तक उन कैदियों की हड्डियां आरे और कुल्हाडी चलाते-चलाते पूरी तरह खीलों की तरह खिल गई ! बारह बज गए हैं यह तब मालूम पड़ा जब घण्टी बजी। कारण सबेरे की तरह मध्याह्न में भी इस जंगल की घनी झाड़ी में और सदा अभ्राच्छादित एवं टपकने वाले वातावरण में स्वच्छ प्रकाश तो कभी पड़ता ही नहीं था। घण्टी बजते ही सारी टुकड़ियां दौड़ते-धूपते टाल के सामने आई। फिर 'एक-दो-तीन-दो सौ' कैदियों की गिनती कर ली गई। उनकी संख्या उतनी ही थी जितनी सबेरे थी।—परिस्थिति में कितना अन्तर आ गया था ! कोई पैरों में जहरीले कांटे गहरे गड़कर टूट जाने के कारण लंगड़ा रहा था, कोई लकड़ियों के नीचे आ जाने के कारण अथवा वॉर्डर जमादार द्वारा पिटाई के कारण खुन से तर होने तक घायल हो गए थे, बहुत-सों ने दलदल में का कीचड़ अपने सारे शरीर पर थोप रखा था—वह बारिश की वजह से धुल गया कि फिर शरीर पर कीचड़ मल

लिया—कारण, जंगल में संचित हुए पत्रों-पर्णों के रेंदे में जो जोंकें भरी रहती थीं वे नीचे से शरीर के ऊपर चढ़ती थीं और ऊपर से लाखों मच्छर ततइयां प्रभृति जहरीले प्राणी शरीर पर केवल आग लगा देते थे।

बारह की घण्टी होते ही भोजन आता। भूख से अकुलाए हुए वे सारे दण्डित झाड़ों-झुरमुटों की आड़ में, उस स्थिति में जैसे भी बैठना सम्भव हो सका वैसे बैठ गए। मोटी-झोटी रोटियों की राशि आते ही वह मैं अकेला ही खा डालं ऐसी इच्छा हर एक के मन में उत्पन्न हुई। दो-दो चपातियां और सब्ज़ी-तरकारी का एक-एक लगदा उनके हाथों पर डाला गया। जंगल तुड़ाई की टोलियों को ऐसी धांधली के दिन थाली तक लेने की सुविधा नहीं रहती। एक हाथ की थाली बनाकर उसके ऊपर चपाती और भाजी का लगदा लें, दूसरे हाथ से खाएं। ऊपर से बारिश ! खाते-खाते चपातियों का नरम आटा बन जाता था और भाजी बह निकलती थी !

ज़मादार,सैनिक और कंटकबाबू इतनों ने वहां बांधे गए तात्कालिक झोंपड़े में भोजन किया। उनकी जी-हुज़ूरी करनेवाले कैदियों में से कुछ वसीले के टट्टू भी झोपड़े में लार टपकाते हुए घुस सकते थे, एकाध अधिक चपाती भी उनके सामने फेंकी जाती थी। रफीउद्दीन भी इन्हीं वसीले के टट्टओं में रहा करता था, यह कहने की आवश्यकता ही नहीं। कारण ज़मादार, हवलदार, सैनिक तक टोली के ऊपर जो मुख्य 'बाजू' रहता है उससे ज़रा सम्भलकर रहते हैं। कंटक तो केवल बाबू ही नहीं था, प्रत्युत अपने उत्कृष्ट काम से तथा निःस्पृह वृत्ति से वह अंग्रेज़ अधिकारियों के भी पसन्द का हो गया था। उसके सामने वे लोग विशेष ही दबकर रहते थे। इनकी अनेक गलतियों पर तथा ऊटपटांग कामों पर यदि कोई पर्दा डालेगा तो वही डालेगा, और उस कंटकबाबू के पीछे लांगूल-चालन करने में रफीउद्दीन प्रवीण साहसी और कठिन श्रमों के कामों के कारण ज़मादार को भी अभीष्ट-सा हुआ था।

भोजन की छुट्टी समाप्त होने पर अब पूर्व निर्धारित विचार के अनुसार कंटक का काम उस दिन-भर के लिए इतना ही बाकी रह गया था कि रास्ता

बनाए गए आधे मील के उस टापू में रास्ते के आसपास जो भी उपयोगी वृक्ष हाथ लगे उसपर यथासाध्य तारकोल से क्रमांक डालना और सांझ को पांच बजने से पहले-पहले लौट आना। उसके लिए रफीउद्दीन के साथ चार-पांच कैदी संग में लेकर कंटकबाबू फिर उस जंगल में उस नवनिर्मित रास्ते से होकर घुसा। उसके आगे-पीछे पहरा देने के लिए और रक्षण के लिए वह बन्दूक वाला सशस्त्र सैनिक भी गया। बाकी के सौ डेढ़ सौ कैदी लकड़ियों के तोड़ने-फोड़ने का काम सबेरे वाली जगह पर ही करने लग गए। बचे हुए बन्दूक वाले सैनिक उन्हींमें विभक्त कर दिए गए थे।

बारिश बराबर पड़ रही थी। उसमें भी कंटक वाली टोली जिस निविड़ अरण्य में गई हुई थी, वैसे अरण्य में तो ऊपर के आसमान की बारिश घण्टे-भर के लिए रुक भी जाए तो भी जंगल के भीतर की बारिश नहीं रुकती।

ऐसा अंधेरा और पानी देखकर पांच बजे तक न ठहरकर चार बजे ही लौट चले ऐसा कंटक ने पहरे वाले सैनिक से कहा। वह तो पूरी तरह तैयार था ही। लगातार कन्धे पर बन्दूक रक्खे-रक्खे वह इतना परेशान हो गया था कि उतने परेशान जंगल तुड़ाई के कष्ट से वे कैदी भी न हुए होंगे। इस समय साथ के दो-तीन कैदियों को निशानी लगाए हुए वृक्षों पर क्रमांक डालने का काम सौंपकर कंटक और सैनिक उस नये रास्ते के परली ओर के सिरे तक जंगल में घुस गए थे। रफीउद्दीन उनसे भी आगे कुछ फासले पर विद्यमान खाड़ी की एक शाखा के समीप पहुंचा हुआ था। समुद्र काफी दूर था। उसकी खाड़ी भी उन वृक्षों की आड़ में छिपी हुई थी। परन्तु उसकी एक संकरी किन्तु गहरी शाखा दूर तक जंगल में घुसकर उस जगह खत्म हो गई थी। उस शाखा के कारण वहां थोड़ी-सी खुली जगह मिल गई थी। कंटक उस सैनिक के साथ वापस चलने का विचार कर ही रहा था कि उस शाखा तक आगे पहुंचे हुए रफीउद्दीन ने दबी ज़बान में कंटक को पास बुलाया। कंटक झपटकर आगे आने लगा, त्यों ही उसका हाथ पकड़कर उसके साथ एक दीवार जैसे वृक्ष के बुन्धे की आड़ में खड़ा होकर रफीउद्दीन संशयी स्वर में बोला :

"बाबूजी, वो देखो ! ...वे गीध, चील और वे कौए इस खाड़ी की शाखा के किनारे भरे पड़े हैं ! यह चिन्ह कुछ ठीक नहीं है !"

"क्यों रे बाबा, इससे पहले सजीव एवं अजस्र अजगरों को देखकर डरा नहीं और इन मरे हुए पखेरुओं को देखकर फक्क पड़ा जा रहा है !" वहां इतने में वह बन्दूक वाला सैनिक भी आ गया था, उसकी ओर देखकर कंटक हंसा।

"देखो, मरी चिड़ियों को देख रफीउद्दीन डरते हैं ! भूत-प्रेत जीव-पक्षियों का रूप धारण करके भटकते हैं ऐसा जंगली लोग समझते हैं, वे ही ये पक्षी हैं, ऐसा कदाचित् इसे प्रतीत हो रहा है !"

"नहीं बाबूजी, नहीं ! यह चेष्टा (मज़ाक) की बात नहीं ? देखो, इन जंगली लोगों में मैं पहले जब भाग गया था उसी समय खूब रहा हूं। इन्हें यदि किसी पर गुप्त छापा मार कर उनकी हत्या करनी हो तो ये लोग आसपास के चीलों, गीधों और कौओं को मार डालते हैं। कारण उनकी ऐसी धारणा रहती है कि ये पक्षी उनकी गतिविधियों का समाचार उड़ते हए जाकर शत्रुओं को बता देते हैं ! चूंकि ये अखिल भूत पक्षी यहां आज ही मारे गए पड़े दीखते हैं, अतः..."

"धांय्, धांय्, धांय्" करके बन्दूक की आवाज़ उसी क्षण कैदियों की मुख्य टोली जहां काम करती थी उस ओर से सुनाई पड़ी ! उसके बाद ही हो-हल्ला और शोर-शराबा सुनाई दिया ! त्योंही ऊंचाई पर उस झोंपड़े के नज़दीक विद्यमान घण्टी की 'घनघनाहट' शुरू हो गई !

"जावरे आ पहुंचे ! हमारी टोली पर ज़रूर वे टूट पड़े होंगे और सैनिकों ने उनपर बन्दूकें चलाई होंगी !" रफीउद्दीन ने भर्राई हुई आवाज़ में पर निर्भयतापूर्वक अनुमान लगाया !

उसपर सबमें अधिक यदि कोई घबराया होगा तो वह उनकी रक्षा के लिए आया हुआ पहरेदार वह बन्दूक वाला सैनिक !

"अरे बाप रे ! तब अब हम क्या करें ? बता बाबा एक बार ! बोल बन्दूक चलाऊं क्या मैं भी ?"

"नहीं, नहीं !" कंटक ने उसे रोक दिया, "केवल पेड़-पत्तों पर बन्दूक छोड़ने से क्या बनेगा ? उलटे हम इस जगह हैं यह उन जावरों को मालूम नहीं

तो मालूम पड़ जाएगा और वे इस झाड़ी में घुसकर हमें भी घेर लेगे ! मुझे तो ऐसा प्रतीत होता है कि हम अब अपना धीरज न खोते हुए इसी प्रकार इस रास्ते से वापिस जाकर मुख्य टोली से जा मिले।"

सैनिक को तो वही अभीष्ट था। उसने अपने मन में कहा :

'अगर कोई जावरा हमपर चढ़ आएगा तो वह दलदल की ओर से ही आएगा। लौटते समय हमारी पीठ इसी ओर को रहेगी, ऐसी अवस्था में इन कैदियों के आगे-आगे मैं चलूं तो उस में अपनी जान को खतरा कम रहेगा। जावरों के दलदल की ओर से आने वाले बाण प्रथमतः इन्हीमें से किसीकी पीठ में घुस जाएंगे। मैं आगे का आगे निकलकर भाग खड़ा होऊंगा !' मन में तो इस किस्म का डर पर ऊपरी तौर पर उलटे धैर्य का अभिनय करता हुआ वह सैनिक बोला :

"हां चलो सारे ! अरे डरते क्या हो इस तरह ! यह देखो तुम्हारे आगे-आगे चलता हूं चार कदम ! जावरे हैं क्या ? उन्होंने इन पक्षियों को जिस तरह मार गिराया है, उसी तरह मेरी यह बन्दूक उन्हें पटापट मारकर नीचे गिरा देगी। चलाव !"

सैनिक आगे आगे रास्ते पर चलने भी लग गया; कंटक और रफीउद्दीन उसके पीछे-पीछे हो लिए। पर सैनिक की उस पुरोगामिता की कमज़ोरी रफीउद्दीन और कंटक के ध्यान में पा चुकी थी, अतःकंटक ने उस सैनिक की उस दिखावटी बहादुरी को देख सिर्फ अपनी आंख मटका कर ही अपनी अद्भूतानुभूति को रफीउद्दीन पर व्यक्त किया। पर रफीउद्दीन से उस खतरे और धांधली के समय भी मज़ाक किये बगैर नहीं रहा गया। वह उस ऊबड़-खाबड़ और कंटीले रास्ते को झपट्टे के साथ तय करते हुए ही कुचेष्टा पूर्वक बोला :

"हवलदार जी ! देखो ये जावरा लोग रहते हैं तो बड़े ही शूर ! उनकी रीति ऐसी है कि जिनपर छापा मारना होता है उनपर वे पीठ पीछे से कभी बाण नहीं छोड़ेगे ! रास्ते में जो उनके मुंह के सामने रहेगा उसीके सामने आकर रास्ता रोक करके खड़े हो जाएंगे और सामना देकर बाण मारेंगे !"

रफीउद्दीन की यह गप्प सुनते ही सैनिक का मुंह एकदम काला पड़

गया ! मैंने आगे होकर ही अपनी जान खतरे में डाल ली, ऐसा मन में आते ही वह इतना घबराया कि जावरों का बाण सामने से सायं् सायं् करते हुए आ ही रहा हो ऐसी उसकी अवस्था हो गई। अब अपने डर को छिपाकर सहज ही पीछे रहने के लिए कौन-सा बहाना ढूंढ़ा जाए ? खांसते-खांसते उसे एक बहाना भी आख़िर मिल ही गया। बहाना भी एक नम्बर का था !

एकाएक रुककर बन्दूक को ज़मीन पर टेककर हवलदार जी ने कारतूसों की पेटी निकाली। उसके रुकते ही रफीउद्दीन और कंटक भी थोड़े-से रुक गए। उन्हें डांट बताकर हवलदार जी ने आज्ञा दी :

"क्या गंवार हो ! चलने लगो न भपझप। बन्दूक में कारतूस भरकर तथा पट्टा बांधकर आता ही हूं मैं ! डरते हो क्या अकेले चलने के लिए इस तरह !"

वह समय सचमुच एक पल-भर भी ठहरने का नहीं था, यह कंटक जानता था। मज़ाक जान पर आ सकती है अतः केवल उपहंसने से जितना मनोविनोद किया जा सकता है उतना ही करके कंटक आगे चल पड़ा। उसीके साय रफीउद्दीन। थोड़े-से फासले पर उन्हें आगे बढ़ा हुआ देखकर कारतूसों से भरी हुई अपनी बन्दूक फिर कन्धे पर डालकर हवलदार जी भी अब उनके पीछे-पीछे चलने लगे। जावरे रास्ते में पाए भी तो सामने से आएंगे, उनके तीरों के सामने इन कैदियों की छाती की ढाल रहेगी और उसके पीछे हम रहेंगे। उस परिस्थिति में जितना सम्भव था उतना आत्मरक्षा का उपाय हमा देखकर हवलदार को भी पर्याप्त मात्रा में संतोष प्रतीत हुआ।

दो-अढाई सौ गज उस दुर्गम पादमार्ग से उस निविड़ अन्धकारपूर्ण एवं पानी बरसाने वाले अरण्य में से होकर वे तीनों उस मुख्य टोली की तरफ जाने के लिए वापिस हुए ही थे कि त्यों ही :

दलदल के किनारे की निविड़ भाड़ी में स्थित एक ऊंचे वक्ष पर से उस सारी हलचल पर काफी देर से निगाह रखने वाले दो मैलेकूचले जावरे नीचे उतरे, झाड़ी में से सर्प की भांति सरसराकर बाहर निकले और उनकी पीठ के पीछे तक चले पाए। तीर अचूक मारने योग्य विश्रांति और सुविधा के मिलते ही उन्होंने अपने-अपने धनुष्य तानकर दस-पांच बाण, उस पीछे रहे हुए

बन्दूक वाले हवलदार की पीठ पर ही झनझनाते हुए छोड़ दिए !

"बाप रे ! मरा ! जावरे ! मरा !" इस तरह अकस्मात् चिंघाड़ कर वह सैनिक बन्दूक के सहित मुंह के बल गिर पड़ा! पीछे की ओर मुड़कर देखने तक का उसे अवसर नहीं मिला। अचानक उसकी पीठ में दो ज़हरीले बाण जो घुसे वे रीढ़ की ओर से सीधे पेट में जाकर धंस गए। उसकी पीठ पर धंसकर रहे हुए उन बाणों के सिरे पर के पर उड़ते हुए पक्षी के सदृश थरथरा रहे थे, इतना आवेग और त्वेष उनमें भरा हुआ था !

उस चिंघाड़ के सुनते ही कंटक खट् से पीछे मुड़ा और सैनिक की तरफ को दौड़ा। पर रफीउद्दीन ने उसका हाथ तत्काल पकड़ लिया और उसे झाड़ी के भीतर खींच लिया ! ...

"बाबूजी, छुप जाव छुप जाव पहिले !"

कंटक और रफीउद्दीन, जान पर आ पड़ते ही मनुष्य तत्काल केवल शारीरिक प्रतिक्रिया के कारण ऐसा कुछ कर जाता है, वैसे उस झाड़ी में जा छिपे। न कांटे, न जोंक, न सांप, न पत्तों-पत्तियों का गीला-गीला कीचड़ ! उनके ध्यान में भी वे न्यूनतर उपद्रव नहीं आए। खड़े-खड़े अन्दर घुसना सर्वथा असम्भव ! वे सर्प की भांति उस गीले कीचड़ में से सरसराते हुए जहां तक जाना सम्भव हुआ वहां तक झाड़ी के भीतर घुसते चले गए। अपने हाथ में की कुल्हाड़ी मात्र उन्होंने छोड़ी नहीं। पांच-छ: मिनट तक उनके मन में और हृदय में चिन्ता तथा धड़धड़ी के अतिरिक्त अन्य किसी भी वस्तु की अनुभूति नहीं थी। उसके बाद कंटक के एकदम खयाल में आया कि सैनिक जो गिर पड़ा है, उसके हाथ में भरी हुई बन्दूक और कमर में कारतूसें उसी तरह हैं ! यदि जावरों के हाथ में वह पड़ गई तो बड़ा भारी अनर्थ टूट पड़ेगा!

"जावरों को बन्दूक की उतनी हविस नहीं रहती'—रफीउद्दीन बोला, "और अब झाड़ी से बाहर निकलने पर जान का खतरा है !"

"पर बन्दूक को उसी तरह छोड़ देने में तो वह खतरा और भी भयानक स्वरूप का हो जाएगा ! किसे मालूम, वे उसे लेकर चल ही ! पुनश्च इस परिस्थिति में बन्दूक के अपने हाथ में रहने ही में अधिक मज़बूती और सुरक्षितता है !" इस

प्रकार के आग्रह के साथ कंटक छिपते-छिपाते फिर झाड़ी के मुखाग्र पर आया। चारों तरफ सन्नाटा देखकर झपटकर आगे की ओर बढ़ा। बन्दूक, कारतूसें, शिकारी चाकू और खंजर निकाल लिए। सैनिक के मुंह में से खून की उलटियां चालू थीं। उस खून में उसका शव बुरी तरह सन गया था।

"मर गया बेचारा !" इस प्रकार निश्वास छोड़कर कंटक उन हथियारों सहित फिर झाड़ी में घुस गया।

रफीउद्दीन बोला :

"एक-दो हवा में बन्दूक की आवाज़ें कीजिए। जावरे बन्दूक की आवाज़ों से बहुत बिचकते हैं। आसपास कहीं होंगे तो आगे घुसेंगे नहीं। नहीं तो उस सैनिक की पीठ में घुसे हुए अपने बाण निकाल लेने के लिए वे कदाचित् चले पाएं। उनके समीप बाण इने-गिने ही रहते हैं। शिकार करते समय छोड़े गए बाण ही वे फिर यथासम्भव ढूंढ़कर निकाल ले जाते हैं। उन्हींको ठीक करके फिर काम में ले आते हैं।"

उसके अनुसार कंटक रास्ते के किनारे तक आया और एक-दो बन्दूक की आवाज़ें कीं। और फिर उसी झाड़ी में वे दुबके पड़े रहे।

टोली के सैनिक और जमादार कुछ लोगों को साथ लेकर उन्हें छुड़ाने के लिए किंवा खोजने के लिए हर हालत में उस रास्ते से होकर आएंगे ही ऐसा उन्हें एक मर्तबा प्रतीत होता था। पर संकट-घंटा (Alarm Bell) जो बज रहा था और जो सुदूर टीले पर से हो-हल्ला बीच-बीच में से पहले सुनाई देता रहा था वह अब बिल्कुल बन्द पड़ गया था। उसपर से उन्हें कभी-कभी लगता था कि जावरों के प्रहार से डरकर उन सारे कैदियों को लेकर जमादार सरकारी बैरकों की ओर वापिस भी चला गया होगा।

कंटक ने पूछा

"जावरों के कितने लोग छागा मारने के लिए आए होंगे ?"

रफीउद्दीन ने उत्तर दिया :

"कितने सौ पूछते हो ! सैकड़ों में तो वे लोग कभी आते ही नहीं! हैं ही सिर्फ मुट्ठी-भर बेचारे ! वे लोग जब आते हैं तब वे सिर्फ पांच-पचास धनुर्धर

ही रहते हैं। झाड़ियों में दुबककर पांच पचास ज़हरीले बाण अकस्मात् मारकर, दस-बीस मुर्दे गिराकर भाग जाना, यह उनकी लड़ाई है ! घनी झाड़ी, अंधेरी और मार्ग शून्य ! बन्दूक वालों की सेना भी निकम्मी साबित होती है उनका पीछा करने के लिए। उस सुविधा के कारण ही वे अभी तक इस जंगल के राजा हैं। हां, अब ये जो विमान तैयार हो रहे हैं ऐसा कहते हैं न, उस प्रकार का कोई साधन निर्माण हुआ तो उस समय आकाश में से दृष्टि डालकर जावरों के निवासस्थानों को अचूक रूप से पता चलाने में और सौ-सवा सौ भयंकर स्फोटक गोलक ऊपर से फेंककर जावरों का सत्यानाश करने में अंग्रेज को एक सप्ताह भी नहीं लगेगा ! पर वह आगे की बात है।

वे दोनों हथियारबन्द होकर धीरे से झाड़ी से बाहर निकले। देखते-देखते वे लोग रास्ते के प्रारम्भिक भाग तक आए। देखते हैं तो क्या चारों तरफ सुनसान—सन्नाटा !

कारण, चार-पांच बजने के बीच में जब उस टोली के कैदियों पर घनी झाड़ी में से होकर दस-पन्द्रह जावरों ने भिन्न-भिन्न स्थानों से ज़हरीले बाणों की अकस्मात् वृष्टि की, तब उन कैदियों में से दस-बारह कैदी घायल हो गए। यह देखते ही उस टोली में भगदड़ मच गई थी। बन्दूकवाले जो दो आदमी थे उन्होंने बन्दूकें चलाईं, पर वे गोलियां और छर्रें उस घनी झाड़ी के पत्तों-पत्तियों में न जाने कहां बिला गए ! बस संकट-घंटा बजाया, जितने कैदी इकट्ठा हुए उन्हें लिया, घायलों को इसके-उसके कन्धों पर चढ़ाया और बैरकों की तरफ वापिस हो लिए। जावरों ने उनकी फेरी हई पीठों पर भी ज्योंही और चार-पांच बाण ताने त्योंही वह सारी की सारी टोली सिर पर पैर रखकर जो भागी सो भाग ही खड़ी हुई। उसने इधर-उधर का और कुछ नहीं देखा।

बैरकों की तरफ आते ही अरण्य विभाग के अंग्रेज अधिकारी को सैनिकों ने और जमादार ने सारी बातें सुई का सुआ करके सुनाईं...

"जावरों की एक सेना की सेना उस जंगल में युद्ध के लिए आई हुई है साब !"

"कितने होंगे वे जावरे साधारणतः ?" साहब ने पूछा।

"हजार एक तो होना ही चाहिए, साज !"

उस टोली के लोगों की इस तरह दुर्गति कर चुकने के बाद वे बीस-पच्चीस जावरे भी उस जंगल में से भागकर अपने सुदुर्गम एवं सुदूरवर्ती ग्रामस्थान की ओर चले गए थे।

इस रीति से कैदियों की टोली में किंवा जावरों में से कोई भी उस रास्ते के अगले तथा पिछले अरण्य में बाकी नहीं रह गया था, एतस्मात् कंटक और रफीउद्दीन दोनों जब वहां पहुंचे तो उन्हें सर्वत्र निःशब्दता तथा स्तब्धावस्था दिखाई थी।

तादृश स्तब्धावस्था में, उस प्रकार के प्राणों पर आ पड़े हुए संकट-प्रसंग में अथवा उस घोर अरण्य के काले-काले होते जाने वाले जबड़ों में अपने को पड़ा हुआ देख एक विशेष दिङ्मोहक भीति के कारण उन दोनों के हृदय हिल उठे ! और दोनों ही के मन की प्रवृत्ति नव-नवीन भीषण संकटों का ग्रास बनने के बजाय सरल मार्ग से सरकारी बैरकों की तरफ जाकर अपने बन्दी बन्धुओं से और अधिकारियों से मिलने की ओर होने लगी।

पर दोनों ही के मन में भाग खड़ा होने की सनक, पेट में उठने वाली मरोड़ की तरह, निरन्तर सवार होती जा रही थी। उन्हें चैन नहीं लेने देती थी।

रफीउद्दीन ने इसके पहले कंटक को जब स्पष्ट रूप से सूचित किया कि 'काले पानी के कैदख़ाने को तोड़कर भागना हो तो उसके लिए यही सबसे बढ़िया मौका है !' तब उससे भी पहले कंटक के मन में वही साहसपूर्ण कल्पना आई थी ! पर उस कल्पना के साथ ही उसे याद आया कि,

'अरे, भागना तो अवश्य है; पर मुझे अकेले ही को नहीं भागना है ! अपने साथ मालती का भी छुटकारा कराकर उसके सहित निकल भागना है। यदि अब इस प्रकार अकेला ही से अरण्य में घुस गया, तो पुनः मालती को कैदियों के उपनिवेश से छुड़ाकर लाने का पीछे की तरफ का पुल ही उड़ा दिया जैसा हो जाएगा! एक दफा भरण्य में घुसा कि फिर उपनिवेश की ओर आना ही असम्भव हो जाएगा। इस प्रकार अतर्कित रूप से आज ही मौका आ जाएगा, इसका सपना तक नहीं आया था। अन्यथा उसे कोशिश से छुड़ा

लाने की कोई न कोई योजना पहले ही से तैयार करके तब आज का मौका साधा होता !'

इस एक अड़चन के कारण कंटक तत्काल भाग जाने के रफीउद्दीन के आग्रह पर ठीक से 'हां' भी नहीं कह पाता था और 'ना' भी नहीं कह पाता था। रफीउद्दीन को कंटक की इस असली कठिनाई की जानकारी ही नहीं थी। इस कारण उस मौके के अन्य लाभों को कंटक के हृदय पर बिंबित करने का पुन:-पुन: प्रयत्न करके वह अन्त में बोला:

"बाबूजी, सबसे बढ़कर बात यह है कि आज सरकार आपका पीछा भी नहीं करेगी ! और चार-पांच दिनों तक तो सरकार को ऐसा ही प्रतीत होता रहेगा कि, हम भागे नहीं हैं प्रत्युत जावरों ने ही हमें उस सैनिक की भांति इस जंगल में कहीं घेरकर मार डाला होगा ! सरकारी लोग हमारी खोज में यहां आएंगे, पर 'भगोड़े' समझ कर नहीं प्रत्युत 'मारे गए' समझकर ! और इसी जंगल में खोजेंगे पहले-पहल। इससे बढ़कर सहूलियत और कौन-सी मिलेगी अपने को!"

"दो-चार दिन पहले यदि यह मौका आता तो मैं ही इस भाग खड़े होने के काम में तुझसे भी चार कदम आगे ही रहता; पर तुझे मालूम नहीं। इन तीन-चार दिनों के इस नये अत्यावश्यक सरकारी काम की झंझट में मैं तुझसे कह नहीं पाया जहां मेरी आजन्म कारावास की सजा हुई-हुई बहन भी यहां की स्त्रियों की जेल में गत सप्ताह ही भाई है ! यदि मैं भागूंगा तो उसे लेकर ही भागूंगा।"

"ठहरिए ! यही है न अड़चन ? तो मैं आपसे प्रतिज्ञापूर्वक कहता हूं कि आपकी बहन को कैदखाने से मुक्त कराना, जिस समय हम स्वयं बन्धन में थे, भागे नहीं थे, उस समय की अपेक्षा अब हमारे भाग जाने पर, स्वतन्त्र हो जाने पर ही अधिक सुसाध्य होगा। आज हम जंगल में भागकर जा पहुंचे हैं। इसका मतलब यह नहीं कि हम फिर इस कैदियों के उपनिवेश में पैर रख ही नहीं सकते ! यह डर गलत है ! मैं पिछली दफा जब भागा था न तब तीन-चार महीने रात के वक्त खुले तौर पर रहता था इन जावरों में और दिन-भर गुप्त रूप

से घुमा-फिरा करता था इस उपनिवेश में ! कंटकबाबू, यह काम मेरा रहा। मैं आपकी बहन को कैदखाने से निरापद रूप में उठाकर जंगल में जिस जगह आप रहेंगे उस जगह लाकर आपके सामने खड़ा किए देता हूं!

17

"कंटकबाबू..." उस घने, जनशून्य और अन्धकारपूर्ण अरण्य में आधएक घण्टा चर्चा हो चुकने पर रफीउद्दीन कहने लगा, "मेरे पेट में भूख की एकमात्र ज्वाला भड़क रही है, पर अब सबेरे तक तो उसके बुझाने का कोई उपाय बच नहीं रहा है ! हां, एक उपाय-मात्र बाकी है पेट की आग को बुझाने का !" रफीउद्दीन अन्धेरे ही में हास्ययुक्त चेहरा करके बोला, "वह देखो, नारियल का बगीचा।"

वे दोनों उठे। आगे-पीछे सन्नाटा है यह देखकर सरकारी सड़क पर जा लगे। थोड़ी देर बाद बाग की तरफ को मुड़े। नारियलों की घनी पौध के आते ही छरियां कमर में बांधकर दोनों के दोनों दो ऊंचे नारियलों पर चढ़े। सिरों से चिपककर उन्होंने नारियल तोड़े। वे नारियल धपाधप नीचे गिर पड़े त्योंही, वह आवाज सुनते ही, बाग की परली ओर के बाजू पर बनी हुई रखवालदार की झोंपड़ी की तरफ से सू-सननन करते हुए गोफन के पत्थरों की वृष्टि होने लगी।

दोनों के पेट में धस्स हो गया। वे जहां थे वहीं चुपचाप चिपके बैठे रहे। पर भूख उन्हें चुप भी बैठने न दे। भीति की अपेक्षा भूख से वे अधिक संत्रस्त हो रहे थे। अन्ततोगत्वा पेड़ से चिपके-चिपके ही उन्होंने कवंले-कवंले नारियल काटे, गोफन के पत्थर सनसनाते हुए बीच-बीच में उनके आजू-बाजू से होकर जाते थे और तो भी वे एक-एक कच्चा नारियल तोड़कर छीलकर उसका मधुर पानी पीते ही जाते थे, मलाई खाते ही जाते थे।

उन्हें अब अच्छी तरावट महसूस हुई। पत्थर भी आने बन्द-से पड़ चुके थे। नीचे उतरने के इरादे से रफीउद्दीन थोड़ा-सा नीचे सरककर आया भी; पर त्योंही उस परली ओर के झोंपड़े में किसीने लालटैन जलाई हो ऐसा प्रकाश

दिखाई दिया। दचककर रफीउद्दीन आधे वृक्ष पर से उतरते-उतरते फिर सर्प की भांति सरसराता हुआ चोटी तक जा पहुंचा। बन्दूक भरे हुए सिपाही, जो उस रात जावरों से हुई-हुई सांझ की मुठभेड़ के कारण उस बाग में विशेष देख-रेख रखने के लिए तैनात किए गए थे, वे आवाज़ किधर से आई यह देखने के लिए इधर-उधर देखते जा रहे हैं। बीच ही में गोफन के पत्थर उनके साथ आए हुए एक-दो कैदी फेकते हैं! बिलकुल किसी बाज की ओर, अन्त में इधर ही आ रहे हैं वे!

कंटक और रफीउद्दीन पास-पास के जिन दो ऊंचे नारियल के पेड़ों पर चढ़कर बैठे हुए थे, उनकी बिलकुल जड़ के नज़दीक वे पुलिसवाले चले आए! कंटक और उद्दीन की छाती में एक ही घबराहट समा गई।

जैसे-जैसे उन पुलिस वालों की लालटैनों की किरणें ऊपर-ऊपर उनके नज़दीक-नज़दीक आने लगी वैसे-वैसे कंटक और रफीउद्दीन के प्राण उन्हें छोड़कर दूर-दूर जाने लगे!

त्योंही पड़ौस के दस-पांच नारियल के शिखर-भागों में फड़फड़ाहट हुई। पुलिस वाले चौंककर उस ओर को दौड़े और एक ने झट से बन्दूक चलाई। बन्दूक छूटते ही धू-धू-धू करते हुए कुछ घूबड़ (उलूक पक्षी) ऊपर उड़ गए और एक बेचारा टप् से नीचे को टपक गया। पुलिसवाले खिलखिलाकर हंस पड़े।

एक ने वह उलूक पक्षी उठाकर दूसरे को दिखाया।

"यह देखा तुम्हारा चोर! घूबड़ पर फड़फड़ा रहे थे। तुमने हठ पकड़ा कि चोर नारियल तोड़ रहे हैं!! लौटो अब, चलो!"

वह मजमा जैसे-जैसे आगे जाता गया, वैसे-वैसे-कंटक और उद्दीन की जान में जान आती गई। उद्दीन मन ही मन हंसा, 'आई थी बीतने जान पर सो उल्लू पर ही चली गई।

पर फिर से प्राणों पर संकट को न बुलाना हो तो जब तक वे पुलिसवाले लालटैनें बुझाकर अपनी-अपनी झोंपड़ी में नहीं चले जाते तब तक उन वृक्षों के शिखर पर ही लटकते हुए बैठे रहना आवश्यक था। उस तरह वे दोनों भी बैठे। झोंपड़ी की ओर देखा तो लालटैन बुझ चुकी थी। चारों ओर निःशब्दता

छाई हुई थी। थोड़ा ठहरकर उद्दीन ने कंटक जिस पेड़ पर था उसे हाथ से धीरे से थपथपाया। कंटक को ऊंघ में भी जागृति का स्मरण था, वह समझ गया। उसने भी हलकी-सी एक ताली उत्तर में बजाई। "तू उतर गया ? ठीक। मैं भी धीरे से उतर आता हूं, ठहर !' इतना सारा अर्थ उस ताली में गर्भित था।

कंटक के नीचे आते ही दोनों थोड़ी देर तक दुबककर चुप बैठे रहे। उत्तर रात्रि हो चुकी होगी ऐसा तर्क करके उसके पश्चात् उन्होंने वह बन्दूक, कुल्हाड़ी आदि वस्तुएं जहां छिपाई थीं वहां से निकाल लीं। सबेरा होने से पहले लौटकर किसी एक घोरतर कांतार में उन्हें विलुप्त हो ही जाना चाहिए था, जिसके अर्थ वे वहां से निकलकर सड़क की तरफ आए। निकलते समय उद्दीन पत्तों के ढेर में से कुछ उठा रहा है, यह देख कंटक ने धीरे से कहा :

"किस बात की खटपट कर रहा है रे निष्कारण ?"

"निष्कारण ? उस वक्त तोड़कर गिराए हुए दो-तीन नारियल क्या यहीं फेंककर चले जाएं ?"

"कितना भुक्कड़ है तू ! कहां डेढ़ दमड़ी के नारियल हैं वे ! छोड़ !"

"डेढ़ दमड़ी के? इन्हीं डेढ़ दमड़ी के नारियलों के कारण दो पूरे-पूरे सिर छंटे जाते थे हमारे !"

रफीउद्दीन ने एक-दो नारियल कांख में दबा लिए। उस सड़क से जिस तरह पाए थे उसी तरह वापिस वे अरण्य-मार्ग के समीप चले आए। पौ फटने के मौके पर वे उसी रास्ते से अरण्य के बीच घुस गए। रास्ते में वह पुलिस जमादार जहां मरा पड़ा था, उस जगह जाकर उसकी पुलिस की वर्दी, दियासलाई और बीड़ियों सहित सारी वस्तुएं उन्होंने निकाल ली। जावरों का वह बाण उसी तरह धंसा रहने दिया। उसके पश्चात् उन्होंने उस मार्ग को वहीं पर नमस्कार किया।

उसके बाद उस अरण्य के उस पाव से दूर एक सघन भाग में घुसने का उन्होंने जितना उनसे बन पड़ा उतना प्रयत्न किया। रास्ते में एक चौड़ी और गहरी खाड़ी मिली। उसका रेतीला किनारा इस समय उन्मुक्त, सूखा हुआ और श्वेत-शुभ्र हुआ-हुआ था। अण्डमान के सिंधु तट पर कभी-कभी पड़ने

वाली कड़ी धूप इस समय पड़ रही थी और उस कारण वह रेतीला किनारा उस जगह पड़ी हुई रंग-बिरंगी सोपियों एवं शुभ्र-श्वेत स्वच्छ रेता के कारण चमचमा रहा था। उन दोनों ने उस खाड़ी पर अपने संग लाए हुए सारे कपड़े खूब मल-मलकर धोए और उस कड़ी धूप में सुखा डाले। उनके शरीर को गत अहोरात्र में जोंकों, मच्छरों, कांटों ने पूरी तरह छलनी ही बना डाली थी। उस पर उस अरण्य की औषध जो कीचड़ एवं मिट्टी का लेप थी, सो उन दोनों ने सर्वांग में लगा लिया, धूप में सुखाया, और तत्पश्चात् डालो पत्थर तथा मिट्टी के साबुन से शरीर के अवयवों को रगड़-रगड़कर उस खाड़ी में उन्होंने यथेच्छ गोते लगाए।

झाड़ी को पार करके वे टीले पर चढ़े। वहां से समुद्र दूर पर दिखाई देता था। उस टीले की उपत्यका में गुफाएं ही गुफाएं थीं और वहां से भागे रेतीले भाग तक प्रचण्डाकृति अलग-अलग शिलाओं का एक संघ का संघ फैला हुआ था। मानो हाथियों के झुण्ड के झुण्ड ही सिन्धु-पुलिन पर अवतीर्ण हुए हों !

उन गुफाओं को दिखलाकर रफीउद्दीन बोला :

“देखिए बाबूजी, बंगले में दूसरा बंगला किस तरह लगा हुआ है ! जैसी कि बम्बई की मालाबार हिल ! देखिएगा अब किराया-विराया किस बंगले का सस्ता पड़ता है !”

उन्होंने गुफाओं का निरीक्षण करना शुरू किया। देखते-देखते दो विशालकाय शिलाएं एक-दूसरे के सिरों पर टेका दिए हुए तम्बू की-सी प्राकृति में खड़ी हुई, दो मस्त हाथी एक-दूसरे से जूझने का खेल खेलते समय मदोन्मत्त मस्तक से मस्तक भिड़ाकर एक-दूसरे को पीछे धकेलने के पैतरे में खड़े हों इस प्रकार सुहाती हुई उन्हें दिखाई दी। उद्दीन तत्काल भीतर गया और मध्य भाग में जाकर आसन जमाकर बैठ गया पर अभी बैठा ही था कि त्योंही एकदम “घात !” “घात !” इस तरह भर्राई हुई आवाज़ में चिल्लाकर घबराया-घब-राया-सा बाहर निकल पाया।

“क्यों रे, क्या हुआ ?” बन्दूक सम्भालते हुए कंटक ने पूछा। “मनुष्य कहिए, भूत कहिए, पर कंटक, एक अत्यन्त जुगुप्सिता कृति प्राणी उस ऊपर

की कोनेवाली गुफ में दुबककर बैठा हुआ है ! उसकी आंखें उसके चेहरे की कालिमा में दीपवर्तिका की भांति चमक रही हैं !" उद्दीन ने भीति भी अपनी आदत के मुताबिक हंसकर व्यक्त की।

"तब ? मानो गोली चलाओ जल्दी से !" कंटक ने बन्दूक ऊपर उठाई।

"न, न ! जब तक बिलकुल जान पर ही नहीं आ पड़ती तब तक बन्दूक की आवाज़ ठीक नहीं! निष्कारण उपद्रव मच उठेगा सारे जंगल में एकाध दफा ! प्रथम उसे लकड़ी से चुभोकर देखें तो सही, है कौन-सा प्राणी वह !"

उद्दीन ने ऐसा कहते-कहते एक लम्बी सामने पड़ी हुई लकड़ी उठाई और थोड़ा-सा भीतर घुसकर उसने उस दरार में से उसे अन्दर घुसेड़ दिया। ऐसा करते ही एक दयनीय स्वर में चीत्कार-सा हुआ और किसी एक प्रकार के करुणा-भरे शब्द सुनाई दिये !

"अरे ! यह तो कोई जावरा है !" रफीउद्दीन को जावरों की जो थोड़ी टूटी-फूटी भाषा आती थी उसके आधार पर उसने पहचान लिया, "मारिए मत मुझे इस तरह यह अपने ही से दीनवाणी में विनती कर रहा है बहुधा।"

"तब उसे किसी तरह बाहर आने के लिए कह और यह भी कह दे कि, हम जावरों के मित्र हैं शत्रु नहीं।"

रफीउद्दीन ने जावरों की बोली में जैसे-तैसे करके वह बात कह दी और पूरी तरह समझाने के ही खयाल से उसने उस लकड़ी को बिल में डालकर फिर से एक बार खड़खड़ाया।

"आया-आया..." इस प्रकार का आर्तवाणी का उत्तर उस बिल में से आया। शनैः-शनैः प्रथमतः सिर बाहर निकालकर उसके पश्चात् कटि-निम्नभाग से घिसटता-घिसटता एक दुःखी-कष्टी जावरा उस बिल से बाहर निकला। बाहर आते ही उसने एक पैर फैलाकर उसकी पिंडली की ओर उंगली का इशारा किया और आंखों में पानी भरकर कराहने लगा।

कंटक और रफीउद्दीन ने जब उस पिंडली की ओर देखा तो उन्हें मालूम

पड़ा कि वहां खून बहने वाली किसी प्रकार की एक चोट आ गई है। कुछ-कुछ इशारों से और कुछ शब्दों से उद्दीन को यह पक्के तौर पर मालूम पड़ा कि, कल जावरों ने अंग्रेज़ों की टुकड़ी पर जो छापा मारा था, उस समय उत्तर में अंग्रेज़ी पुलिस द्वारा की गई गोलीबारी में एक गोली इस जावरे के पैर में आकर लगी। उसके साथ वाले लोग अपनी जान लेकर जब भागे जा रहे थे उस समय इसके लिए भागना कठिन हो गया, एतावता इसे वहीं छोड़ दिया गया।

रफीउद्दीन के ध्यान में जब वह वस्तुस्थिति आई तब इस तरह आनन्दित हुआ मानो उसके हाथ में कोई बड़ी भारी अमूल्य निधि ही आ गई हो! कंटक को एक ओर को ले जाकर वह बोला,

"ताली लीजिए बाबूजी पहले ! जावरों की बस्ती में अपने को आश्रय प्राप्त करना था। पर इस समय वे अंग्रेज़ों पर बुरी तरह नाराज हैं ! हम ठहरे अंग्रेज़ी कैदियों में से अन्यतम लोग ! शरण के लिए भी हम गए तो भी दूर से देखते ही संशयग्रस्त होकर जावरे हमपर तीर चला बैठेंगे, यह जो बड़ी भारी मुसीबत थी हमारी राह में वह इस जावरे की दोस्ती से टल जाएगी, ऐसा प्रतीत होता है। जावरों के राज्यों में जाने के लिए यह जावरा एक चलता-फिरता प्रवेश-पत्र ही बनकर मिल गया है, ऐसा समझना चाहिए ! तब आइए इसकी शुश्रूषा हम अच्छी तरह करें !"

कंटक को भी यह निश्चय पसन्द आया। उस जावरे को उन्होंने ढाढ़स दिया। उसकी पिंडली की छुरी द्वारा जिस भी प्रकार हो सकी उस प्रकार से चीर-फाड़ करके वह गोली बाहर निकाली। चोट की जगह को धोकर-पोंछकर, कुछ एक वनस्पति लाकर लगाकर पट्टी बांध दी। गोली के निकलते ही असह्य वेदना कम होकर उस जावरे को थोड़ा-सा भला मालूम पड़ने लगा। इस उपकार की कृतज्ञता वह नाना प्रकार के शब्दों और संकेतों से व्यक्त करने लगा।

उसी स्थान पर वे तीनों भी दो-तीन दिन उसी प्रकार छिपे रहे। उस जावरे से पूछकर उसकी बस्ती की जानकारी भी उन्होंने हासिल की। वे लोग काले पानी से किस तरह भाग आए, अंग्रेज़ों के अब वे किस तरह दुश्मन बन गए हैं और जावरों की बस्ती में किस प्रकार शरण पाने की सोच रहे हैं

इत्यादि बातें भी उसे बतला दीं। उस जावरे ने भी अन्तःकरण से उन्हें आश्वासन दिया कि उसे उन्होंने जो प्राणदान दिया है इस उपकार का बदला देने के लिए जावरे भी उनकी भरसक सहायता किए बगैर नहीं रहेंगे।

उस जावरे के ठीक होने तक वहीं चोरी से छिपे रहने में उनके जो तीन-चार दिन व्यतीत हुए उस काल में रफीउद्दीन सर्वथा निश्चिंत एवं आनन्द में था। पर कंटक मन ही मन अत्यन्त चिन्ताक्रांत अवस्था में था। उसके सामने अपनी ही मुक्तता का सवाल नहीं था, अपितु मालती की भी मुक्तता उसे अभी करनी थी!

ऐसी मनस्थिति में उस जावरे के स्वस्थ होने की राह देखते हुए वे जो उस जगह छिपकर रह रहे थे उस कालावधि में उधर उनके पीछे सरकारी अधिकारियों की चाल-ढाल भी उनके लिए अनुकूल ही थी। उस सांझ को जावरों का धावा बोलते ही जंगल छोड़कर और जान लेकर सरकारी कैदियों की टोली बैरक में जब वापिस चली गई उसके अगले दिन एक सशस्त्र सैनिकों की टुकड़ी उस जंगल में भेजी गई। उन्हें उस रास्ते पर जावरों के तीरों से मरे पड़े उस ज़मीदार का शव दिखाई दिया। तीर भी उस तरह गड़ा हुआ था, अतः उसे जावरों ने ही मार डाला है, यह स्पष्ट ही था। उसपर से सरकारी अधिकारियों ने यह अनुमान लगाया कि उसके साथ जो कंटक और रफीउद्दीन थे उन्हें भी जंगल में कहीं एकान्त में घेरकर जावरों ने खत्म कर दिया होगा। अतः इस दृष्टि से उनका पीछा या खोज सरकार की तरफ से हुई ही नहीं। यह कंटक और रफीउद्दीन के फायदे की ही बात रही।

चार-पांच दिन के पश्चात् उस जावरे का पैर थोड़ा-सा अच्छा हो गया है, यह देख उसे आगे करके उसके वसीले से उसके सजातीय जावरों के समीप आसरा लेने के लिए कंटक और उद्दीन उस घोर अरण्य में उस जावरे के पूर्ण परिचय के चोर रास्तों से जावरों की उस आरण्यक 'राजधानी' की दिशा में वे चल पड़े।

प्रत्येक कदम के साथ, जावरों की वह आरण्यक राजधानी जैसे-जैसे समीप आती जा रही थी वैसे-वैसे कंटक और रफीउद्दीन की घबराहट भी

बढ़ती जा रही थी। वे लोग सोचते थे, हम इस जावरे के साथ जा तो रहे हैं, पर जावरे हमें इसके साथ आता देख आसरा दे ही देंगे या इसको भी अंग्रेज़ों के आदमियों के साथ आता देख जातिद्रोही मानकर हम सभीको विषभक्षित बाणों का एक साथ भक्ष्य बना डालेंगे ! प्रत्येक कदम पर झाड़ी में कहीं भी थोड़ी-सी खुड़क हुई कि इनको लगता कि निगरानी के लिए तैनात किए हुए किसी जावरे का बाण तो नहीं छूट रहा सनसनाता हुआ इधर से;—या इधर से;—या इधर से ! जज राजधानी दो-तीन मील दूर रह गई, तब तीनों रात का-सा समय आया जान वहां ठिठक गए। वह रात उन्होंने उस झाड़ी ही में व्यतीत की।

18

यह देखिए जावरों की एक अनादि राजधानी !

घने वृक्षों-झुरमुटों से ढंके हुए इस टीले के मध्य भाग पर पठार के सदृश एक उन्मुक्त स्थल था, उसके पार्श्व में उस टीले पर की पथरीली ज़मीन, चित्र-गुफाओं में जैसी होती है, वैसी बड़ी-बड़ी चार-पांच फुट ऊंचाई की अन्दर दूर तक पहुंची हुई और संलग्नावस्था में लम्बी चली गई पांच-छ: दरारें थीं। यही उस राजधानी का प्राकारबद्ध, पाषाण-निर्मित सुदृढ़ ग्राम-स्थान था। उन दरारों में वे सारे नागरिक धर्मशाला के संलग्न सहन में जिस तरह यात्री लोग खाते, सोते, बैठते, उठते हैं उसी प्रकार संयुक्त परिवार की भांति अनेक पीढ़ियों से रहते चले आए हैं। इस विस्तीर्ण राजधानी के प्रजाजनों की जनसंख्या यदि औरतों, बच्चों और पुरुषों को मिलाकर डेढ सौ से अधिक न भी हो तो भी कम तो थी ही नहीं !

वहां दीवारें नहीं थीं, टट्टियां नहीं थीं, उपविभाग नहीं थे। सारी राजधानी मिलाकर वह एक ही था, और भी ऐसा कि जिसमें कमरा, ऊपर की मंज़िल, मध्यवर्ती घर, रसोई घर प्रभृति एक भी विभाग नहीं था। बस था तो केवल एक दूर तक गया हुआ बरामदा !

उस टोली के राजा नानकोबी ने भी अपनी रानी के लिए इस प्रकार का एक विलास-मन्दिर उस राजधानी के समक्षवर्ती उपनगर में बांध रखा था। वहां के पथरीले भूभाग के लम्बे और संग्लन पलंग पर अपनी रानी और बच्चों के साथ बैठकर, उस बांस की टट्टी का टेका लेते हुए और नीचे की ओर पैर लटकाए हुए राजा नानकोबी जिस दिन आसमान साफ रहता उस दिन धूप खाता हुआ अथवा रात को चांदनी में उसी मंच पर, सुखशय्या के विलासों का उपभोग करता हुआ दिखाई देता। पर बारिश तो सदैव की वस्तु थी, अतः उसका अधिकांश काल उस मुख्य राजधानी ही में अन्य प्रजाजनों के साथ हिलमिलकर खाने-बैठने-उठने सोने आदि में व्यतीत होता था।

उस राजधानी के सारे के सारे नागरिक अपने सदा के समुद्र-नृत्य के लिए आज फिर जाने वाले थे। 'फिर' कहने का कारण यह कि बीच में अंग्रेज़ों के साथ जो युद्ध 'ठन' गया था उसके कारण उनके दस-पन्द्रह दिन उसो गड़बड़ी में चले गए थे और सर्वदा का नाच-वाच कुछ भी नहीं हो पाया था। तिसपर भी आज का नाच उनके राष्ट्रीय विजय का था। उनकी अपनी सम्मति में अंग्रेज़ों के साथ हुए युद्ध में जीत उन्हींकी हुई थी। उस दिन के छप्पे में अपने मुट्ठी-भर मादमियों के सामने अंग्रेज़ों की वह छः सौ-सात सौ की सेना भी उखड़ गई थी और जान लेकर भाग गई थी। इतना ही नहीं, अंग्रेज़ सेना का एक बड़ा अधिकारी (अर्थात् वह सशस्त्र पुलिस) जावरों के एक वीर ने ताककर बाण मारकर ठण्डा कर दिया था! वह वन का भाग भले ही अंग्रेज़ों ने हस्तगत कर लिया हो पर शुभ्र एवं विस्तीर्ण रेतीले तट पर धूप की ऊष्मा में उनका वन-भोजन प्रारम्भ हुआ।

नानकोबी ने हाथ का इशारे करते हुए पूछा :

"दोलकाष्ठ ?—विलायती पानी ?"

जावरों की भाषा में शब्द इने-गिने ही रहते हैं। उसपर भी उन्हें यथाशक्ति हाथ के इशारों से ही बातचीत करना अधिक पसंद है। वे सारे शब्द तथा हाव-भाव एकत्र करके हिन्दी में उस वाक्य को लिखें तो उस एक शब्द का सारा अर्थ यों होगा—

"क्यों भाई, क्या बात है ? अपना वह दोलकाष्ठ किधर चला गया है।

बहुत दिनों से इधर आता ही नहीं, क्या बात हो गई ? वह आज अगर रहता तो वह विलायती पानी—वह शराब पेट भर कर पिलाता, अब कमी है तो बस उसीकी है।"

यह सुनकर एक जावरे ने दो शब्द और दस इशारे तथा दृष्टि-विभ्रम करके जो उत्तर दिया, उसका भावार्थ इतना था—"वह 'दोलकाष्ठ' अरण्य के दूसरे भाग में रहने वाली, 'टटोबी' नाम की जावरों की एक दूसरी जाति के लोगों से परिचय के कारण चला गया है, और थोड़े ही दिनों में वापिस आनेवाला है।"

पर उसके लिए आज का विजय-नृत्य रुक थोड़ा ही सकता था ? मृगया और नाच ही तो इन जावरों का श्वासोच्छ्वास। उसमें भी इतने दिनों से उन अंग्रेज़ों के साथ की लड़ाई की गड़बड़ी में नाच हुआ भी नहीं था ! उस इच्छा की पूर्ति के अभावरूप उपोषण की आज पारणा ही थी। प्रायः सारे स्त्री-पूरुष एकदम नंगे। कुछ शृंगारप्रिय लोगों ने आभूषण के तौर पर कटि के पुरोभाग के नीचे पत्ते लटका रखे थे। उस एक स्वर, अधूरे और त्रुटित ताल के गाने को उसी प्रकार गाते हुए घूमते-घामते उस नृत्य का वेग बढ़ता चला गया। एक थका कि उस वृत्ताकृति हस्तश्रृंखला में दूसरा घुस आता। थकना यह व्यक्तिगत दोष था तो श्रृंखला को टूटने देना तथा नृत्य के वेग को शिथिल बनाना जातीय दोष सिद्ध होनेवाला था, अपने राष्ट्रीय देव भगवान पुलगा के उपहास का पात्र बनना था। अन्त में जब नाच की समाप्ति का समय आया, तब तो उस वृत्त के नृत्योन्माद की सीमा ही नहीं रह गई। भर्राटे तथा घर्राटे से फिरने वाले उस नृत्यमय वृत्त पर आंख का ठहरना कठिन-सा हो गया !

वह नाच अभी खत्म होने भी न पाया था कि उतने ही में एक जावरे ने ज़ोर से ताली बजाई तथा ऊंचे स्वर में चिल्लाया—"दोलकाष्ठ ! दोलकाष्ठ !" देखते हैं तो सचमुच ही 'दोलकाष्ठ' आ रहा है और उसकी कांख में तथा हाथों में भी 'विलायती पानी' की बोतलें हैं ! जावरों के आनन्द का ठिकाना न रहा !

जिस मनुष्य का नाम जावरों ने 'दोलकाष्ठ' इस अर्थवाले जावरी शब्द में रखा था, वह मूलतः एक 'भगोड़ा' ही था। अंग्रेज़ों की काला पानी की

जेल ही में आजन्म कारावास की सज़ा पाकर आया हुआ था और अनेक बरसों पहले वह जेल से भाग गया था। पर भारतवर्ष वापिस जाने का उसका एक बार प्रयत्न निष्फल हो गया था। और उस साहस-कृत्य में कुछ जावरों से उस जंगल में उसमें इस विलायती पानी के कारण ही घनिष्ठ परिचय हो गया था; अतः इन जावरों की टोली में उसे गत तीन-चार बरसों से आश्रय मिला हुआ था। वह चोरी-छिपे अण्डमान के आंग्ल उपनिवेश में जाता, जावरों द्वारा प्रदत्त अनेक सुन्दर और बड़े-बड़े शंख, दो-दो फुट की तश्तरियों और थालियों सदृश चौड़ी और गुलाबी रंग की सीपियां उस कैदी उपनिवेश के व्यापारियों को चोरी-छिपे बेचता, बहत कुछ पैसे गांठ में बांधता और बाकी पैसों से थोड़ा-सा विलायती मद्य और बहुत-सी तमाखू गुप्त रूप में जावरों को लाकर दिया करता था। वह उनकी बोली बोलता, खाना खाता, नंगा रहता, रंगीन मिट्टी के पट्टे शरीर पर मलता, उनके सुख-दुःख में संवेदना दिखाता, उनके स्त्री-पुरुषों में हिलमिलकर वह उसी प्रकार नाचता और सोता जिस तरह वे लोग नाचते और सोते थे।

वे जावरे उसे स्नेहवश 'दोलकाष्ठ' इस अर्थ के जिस नाम से संबोधन किया करते थे, वह भी उसे पूरी तरह फबता था। कारण उसकी कमर तक आनेवाले ठिगने तथा बूट पालिश की भांति काले-कलूटे जावरों में वह अधगोरा और छः एक फुट ऊंचाई का भारतीय भगोड़ा जब खड़ा होता था तब ऐसा ही दिखाई देता था कि, तारकोल से पुती नौकाओं के ठीक मध्य में खड़ा किया हुआ कोई 'दोलकाष्ठ' ही हो! इस साम्य के कारण ही जावरे विनोद में उसे इस नाम से सम्बोधन करने लगे थे।

इधर विजय-नृत्य का वह उत्सव सिन्धु-तट पर 'विलायती पानी' के प्राशन दारा सम्पन्न हो रहा था और उधर गत प्रकरण में बताए अनुसार वह घायल जावरा कंटक और रफीउद्दीन को साथ ले उस राजधानी के समीप दो-तीन मील पर आकर ठहरा हुआ था। उस घायल जावरे ने उन्हें 'दोलकाष्ठ' नामक भगोड़े की बात सुनाई। उसने कहा कि यदि वे भी उसीकी भांति तमाख़ू और शराब लाकर जावरों को पुराया करें तो उन्हें

भी जावरे पूरी तरह मदद दिया करेंगे और उन्हें स्नेह और आदर की दृष्टि से देखा करेंगे। पर पहली कठिनाई यह थी कि वे भारतीय कैदी थे अंग्रेजों के लोग ! और जावरे थे उस समय अंग्रेज़ों से सख्त नाराज़ ! अतः यदि उन्होंने उस घायल जावरे को उन्हीं के साथ आते हुए देख लिया तो वे जावरे कदाचित् उस जावरे पर भी सन्देह कर बैठें ! क्रोध से ज़हरीले बाण बरसाना शुरू कर दें ! उस आपत्ति को टालने के लिए अन्त में यह निश्चय हुआ कि, कंटक और रफीउद्दीन दोनों उस रात को उसी अरण्य में रह जाएं; वह घायल जावरा जाकर अपने टोली वालों से मिल जाए; ऐसा करने से निन्यानवे प्रतिशत उसका स्वागत निरापद रूप से होगा; उसके पश्चात् वह जावरा उन लोगों को बताए कि कंटक और रफीउद्दीन ने किस भांति उसकी जान बचाई, वे दोनों अंग्रेज़ों के आदमी नहीं हैं, बल्कि इस समय तो वे उनके कट्टर दुश्मन बने हुए हैं; 'भगोड़े' हैं, और जावरों को नाना प्रकार के मद्य, तमाखू, कांचमणि, रंगीन रेशमी वस्त्रों की पट्टियां इत्यादि वस्तुएं सदैव पुराया करेंगे। ये सब बातें बड़ी युक्ति से वह कहे और उसके पश्चात् घायल जावरे की जान बचाने के उपकार के बदले उन नये भगोड़ों को अपने यहां आश्रय देने के लिए टोली के राजा-रानी को राज़ी करे। इतना काम हो जाते ही वह जावरा फिर इस जंगल में आए और कंटक तथा उद्दीन को अपने साथ ले जाए।

इस निश्चय से पर्याप्त अंश में निर्भय हुमा-हुआ वह जावरा शीघ्र ही राजधानी की ओर चल पड़ा। कंटक और रफीउद्दीन जंगल ही में ठहरे रहे। उनके दिल में घबराहट भर गई थी कि, जाने आगे क्या हो और जावरे क्या करें!

19

"आ गया ! आ गया ! ऊ ऽ ऽ ऊ ऽ ऽ" इस तरह अकस्मात् चिल्लाकर नानकोबी की बहन नाचती हुई उठ खड़ी हुई ! दूरस्थ झाड़ी की ओर संकेत

करके उसने सबका ध्यान जिधर आकर्षित कर लिया था, उधर जब नानकोबी ने देखा तो उसे दिखाई दिया कि उसका गुम हुआ वह घायल जावरा, अपनी उस बहिन का पति, थोड़ा लंगड़ाते हुए किन्तु साकल्येन सर्वथा निर्भय, निश्चिन्त वृत्ति से अपनी राजधानी की ओर चला आ रहा है।

उसके स्वागत वा शिष्टाचार के पूर्ण होते ही, उन्हीं विस्फारित नेत्रों से आनन्द का अश्रुजल वेग से बह निकला और अपने उस खोये हुए वीर बंधु के गले में अन्य बांधवों के तथा पति के गले में पत्नी के प्रेमपूर्ण आलिंगन की भुजाएं जा पड़ीं।

अपने छुटकारे का अद्भुत वृत्तांत सुनाते समय उस पुनरागत जावरे ने कंटक के तथा रफीउद्दीन के अपने ऊपर हुए उपकारों का इतना अधिक उल्लेख किया कि, जब उसने अंत में उन दोनों भगोड़ों को जावरों द्वारा आश्रय देने और उनके द्वारा उस दिए गए प्राणदान के ऋण से उऋण हों ऐसी साग्रह विनती उस समय तक वहां आये हुए उन टोली के अनेक लोगों को संबोधित करते हुए की, और उन भगोड़ों की ओर से यथेच्छ तमाखू और शराब मिलने का आमिष (लालच) भी दिखाया तब उसपर जिसने स्वीकृतिसूचक सिर न हिलाया हो ऐसा एक भी जावरा नजर नहीं आया। तथापि किंचित् विचार करने वाली, नेता को सुहाने योग्य मुखमुद्रा करके नानकोबी थोडी देर चुप बैठा और तत्पश्चात् इशारों से वाक्य का अधिकांश व्यक्त करते हुए केवल इतना ही शब्द उसने उच्चारा :

"दोलकाष्ठ !"

उसमें इतना अर्थ भरा हना था कि, ऐसे भगड़ों की सच्ची परीक्षा दोलकाष्ठ ही को है ! उसीको हमारी ओर से उनके पास भेजो ! यदि कंटक और रफीउद्दीन को दोलकाष्ठ ने आश्रयार्ह समझा तो आश्रय अवश्य देंगे।

उधर संध्याकाल के समय उसकी मुलाकात हो रही थी, इधर कंटक और रफीउद्दीन ने सूर्यास्त से पूर्व ही किसी पशु का शिकार किया उसका मांस अग्नि पर भूना और उससे पेट भर चुकने के पश्चात् वृक्षों को देखते-देखते वे ऐसी दो अलग-अलग वृक्षों पर चढ़े जिनकी चौड़ी-चोड़ी टहनियां

ऊंचाई पर जाकर एक-दूसरे से चिपकी हुई दिखाई दीं। उन वृक्षों की टहनियों द्वारा तैयार किए गए तख्तों पर वे सो गए।

तड़के ही रफीउद्दीन उठा। थोड़ा विनोद करने की इच्छा हो आते ही रफीउद्दीन ने कंटक को पूरी तरह उठाने के लिए ऊंची और सुरीली आवाज़ में यह भूपाली छेड़ी—

घनःश्याम सुन्दरा, श्रीधरा अरुणोदय झाला।
उठो कंटक बाबूजी उदयाचलीं सूर्य पाला॥

कंटक को हंसी आई। वह भी उठकर के टहनी पर ही कुछ देर बैठा। बाव की टोह में मचान बांधकर मृगयु लोग जिस तरह बैठते हैं, उसी तरह कंटक को बैठा देख रफीउद्दीन ने मज़ाक की :

"क्यों बाबू जी, कितने बाघ मारे ?"

कंटक ने उत्तर दिया :

"भय्या, जो सचमुच बाघ, वो तो अभी आने वाला है।"

कंटक अभी इतना बोल ही रहा था कि, त्यों ही सामने की झाड़ी में हलचल होने लगी। केवल सौ कदमों की दूरी पर आते ही जावरे ने अपनी अरण्यक भाषा में 'ऊ ऽ ऽ ऊ ऽऽ' करके ज़ोर से चिल्लाना शुरू किया। उस जावरे को पहचानते ही कंटक झटपट वृक्ष से नीचे उतरा। रफीउद्दीन अपने पेड़ पर उसी तरह बना रहा। उस जावरे के साथ वह अपरिचित 'दोलकाष्ठ' भी आया हुआ था।

कंटक को आगे आया देखते ही उस जावरे ने आनन्द का चीत्कार किया और उसे अपनी भुजाओं में लिपटा लिया। 'ये ही हैं कंटकबाबू!' ऐसा उसने उसका परिचय 'दोलकाष्ठ' को करवा दिया। तत्काल दोलकाष्ठ ने भी आगे बढ़कर कंटक से कहा :

"कंटक बाबू, मुझे लगा ही था कि आप होंगे ! मैं यद्यपि गत दो-तीन बरसों से इन जावरों में इस प्रकार नंगा होकर एक जावरा ही बन गया हूं, तथापि वेशांतर करके मैं काले पानी के उपनिवेश में निरंतर घूमता रहता हूं। मैंने आपको अनेक बार देखा है। आपकी अधिकारियों में जो प्रतिष्ठा है और आपका भाग जाने का जो निश्चय है, वह भी मुझे मालूम है। सत्तावन के स्वातन्त्र्यवीर अप्पा

का मैं भी एक विश्वासपात्र मित्र था। आपको सहायता पहुंचाने के लिए मरते समय उन्होंने मुझसे कहा था : 'मुझे काले पानी पर से भाग जाने के लिए जैसा साथी चाहिए वैसे आप ही हैं ! कंटकबाबू, आपकी बहन कंटकी को मैं आन की आन में छुड़ाकर ले आऊंगा!' आपके लिए मैंने जावरों की ओर से आश्रय दिलाया है। पर आपका जो दूसरा साथी जो भगोड़ा है, उसे देखे बगैर उसके विषय में मैं अभी कोई वचन नहीं देना चाहता।

जब तक इधर इनका यह बोलना-चालना हो रहा था तब तक रफीउद्दीन मुक्तमनस्क तथा हंसता हुआ आगे पाया। दोल काष्ठ उसकी ओर निहारकर देख रहा था। पर रफोउद्दीन जब नज़दीक आया तब उससे भी अधिक लम्बे विशाल देह एवं शक्तिशाली उस नग्नकाय दोलकाष्ठ का संत्रस्त भाव से भ्रूकुंचन होने लगा। वह बार-बार मिटाने का प्रयत्न करता था किन्तु उसके माये पर क्रोध की रेखाएं पुनः पुनः प्रज्वलित हो उठती थीं। इतने में उसके मन में जिस एक शंका ने विक्षोभ-निर्माण किया था, उसकी आवश्यकता को पूर्ण करने वाली एक क्लृप्ति उसे सूझ गई। "आइए" दोलकाष्ठ के ऐसा स्वागतात्मक सम्बोधन करते ही रफी उद्दीन की कली खिल उठी। उसने अपने दोनों हाथ आगे बढ़ाकर दोलकाष्ठ का हाथ पकड़ा और सिर झुकाकर दोलकाष्ठ को प्रत्यभिवादन किया।

रफीउद्दीन के पंजे की ओर देखते ही दोलकाष्ठ को जिस निशानी की आवश्यकता थी वह मिल गई। रफीउद्दीन के दाहिने हाथ की कनिष्ठिका की एक पोर टूटी हुई थी। यह रफीउद्दीन तो वही रफीउद्दीन है ! और तत्क्षण दोलकाष्ठ ने दांत पीसकर गर्जना की,

"तूही ! तूही वह रफीउद्दीन है ! नीच...!!"

उस भयंकर औसान और आरोप का अर्थ कंटक को तो क्या अभी रफीउद्दीन को भी पूरी तरह मालूम पड़ने से पहले ही दोलकाष्ठ ने अपने हाथ में आया हुआ उद्दीन का हाथ झटाक से एक झटका देकर खींचा, और एक कुश्ती का पेंच मारकर उसे पीठ की तरफ से अपने पेट में कर लिया, उसकी कमर में बायें हाथ की एक मज़बूत लपेट मारकर दहिना हाथ उसकी दोनों टांगों के बीच धंसाकर उसे ऊपर उठाया और एक पछाड़ में ज़मीन पर दे

पटका। तत्काल उसकी छाती पर सवार होकर अपने दोनों हाथों से दोलकाष्ठ ने रफीउद्दीन का गला कसकर दबाया।

"है ! हैं ! छोड़ो ! छोड़ो !" कहता हुआ कंटक घबराया-सा ज्योंही बीच में आने लगा, त्योंही अत्यन्त दृढ और निष्ठुर स्वर में दोलकाष्ठ चिल्लाया :

"बाबूजी, आप थोड़ा चुप रहिए ! यह मनुष्य नहीं है, शैतान है। आपके भले के लिए भी इसका कांटा निकाल फेंकना चाहिए ! मेरा तो यह एकमात्र जानी दुश्मन है ! वह सब पीछे बताऊंगा ! बोल, रफीउद्दीन, तूने तो अपनी ओर से मुझे जान से मार ही डाला था न ? यह मेरा पुनर्जन्म।...अब मैं अपनी ओर से, नीच कहीं के ! तेरा खात्मा किए डालता हूं !"

दांत-होंठ पीसते हुए विकराल क्रोध से दोलकाष्ठ अपनी बज्र मुष्टियों द्वारा, बकरे की तरह चिल्लाने वाले रफीउद्दीन की आंखों पर, नाक पर, छाती पर, प्रहार पर प्रहार करने लगा। रफीउद्दीन की आंखों से, नाक से और मुंह से खून की धारा चिर्र करके ऊपर निकलने लगी। वह लथड़-पथड़ होकर बेसुध गिर पड़ा।

जो अपने स्वामी का शत्रु वही अपना शत्रु ऐसा समझने के कारण उस जावरे की भी वैरज्वाला जागरित हो उठी और उसने अपना धनुष्य हाथ में लिया और रफीउद्दीन पर ताना तथा उसमें से सनसनाते हुए छुटा हुमा बाण रफीउद्दीन की छाती में इस तरह गाड़ दिया मानो कोई भेख ही गाड़ दी हो ! रफीउद्दीन जहां का तहां ठण्डा हो गया !

तत्क्षण दोलकाष्ठ उस अघोरी सन्तोष के आवेश में कंटक की ओर मुड़कर बोला:

"कंटकबाबू, सुनिए, मैंने इस रफीउद्दीन को यों बकरे की तरह मुक्कों से कुचलकर मारा! क्योंकि इसने इसी तरह गला घोंटकर कितनों ही की जानें ली हैं। यह पहले एक बार काले पानी पर आजन्म कैदी था। उस समय मैं भी कैद में था। मुझे लकड़ियां भरकर भेजनेवाली नौका पर काम मिला था। यह मेरे हाथ के नीचे लकड़ी जमादार था। आगे चलकर हमने भाग जाने की गुप्त अभिसन्धि की। उस साहस में इससे मुझे सहायता मिली। इसके पास नहीं थी दमड़ी, और मेरे पास थी हज़ार-दो हज़ार की रोकड़। मैं जिस नाव

पर काम करता था, वही नाव एक दिन मौका पाकर हमने हाथ में ली और रातों रात समुद्र में छोड़ दी।

"वायु अनुकूल था। हम भगोड़े समुद्र में अच्छे रास्ते पर आ लगे। ऐसे मौके पर इसने मेरे पास की सारी रकम हथियाने की दुष्ट भावना से, मेरा घात करने का निश्चय किया। मैं जब एक बार, एक तख्ते पर नाव के किनारे पर इसकी तरफ पीठ किए खड़ा था तब इसने उस तख्ते को अकस्मात् उलटाकर उसके सहित मुझे भरे समुद्र में धकेल दिया। मैं ज्योंही उस नाव को फिर से पकड़ने के विचार से गया, त्योंही इसने चप्पू का डंडा उठाकर मेरे सिर पर दे मारा। मैं चक्कर खाकर पानी में गोते खाने लगा, डूब गया।

"पर अद्भुत योगायोग से मैं ज्योंही पानी के ऊपर आया त्योंही लकड़ी का तख्ता मेरे हाथ लगा। उसे पकड़कर मैं अपनी जान बचाने की भरसक चेष्टा करने लगा। उसी बीच जावरों की एक बड़ी 'डुंगी' आगे निकलकर मेरे समीप आई। उन जावरों ने अपनी नौका में मुझे डाल लिया और इस तरह मेरी जान बचा ली। पर इसके विचार से तो मैं मर ही गया था।—आगे इसका क्या हुआ वह मुझे इस क्षण तक मालूम नहीं था। इसे प्रत्यक्ष इस जगह देखते ही, यही वह नीच है, यह मैंने पहचान लिया। इसने मुझपर तथा अन्य लोगों पर जो अत्यन्त वीभत्स स्वरूप के अत्याचार किए हैं उनका मैंने आज इकट्ठा ही बदला चुका दिया है।"

"तुमने ठीक ही किया है। तुमने इस नीच को अब जिस तरह मारा है, इसी तरह और तीन बार मारा होता तब भी मैं यही कहता कि, आपने ठीक ही किया है। मैं उसे अच्छी तरह जानता हूं। मेरे पैर में गड़ा हुआ कांटा, जिसे मैं नहीं निकाल सका उसे तुमने ही निकाल दिया है।"

ठीक ! अब पहले पाप जावरों की ओर चलिए। राजा नानकोबी मेरी आपके प्रति अनुकूल सम्मति होने के कारण स्वयं आपकी मुलाकात के लिए उत्सुक है। हां, पर आपके पास एक बन्दूक, कुछ गोला-बारूद और पुलिस के कपड़े भी थे न? यह जावरा कहता था।"

"हैं न, पर मैं एक वजह से उन्हें छिपाता रहा हूं।"

"जाइए, पहले वे वस्तुएं लाइए इधर !"

पत्तों के ढेर में छिपाई हुई उन सब वस्तुओं के कंटक द्वारा वहां लाए जाते ही दोलकाष्ठ पहले-पहल उस बन्दूक पर टूटा और बड़ी शान से वह बन्दूक उस नग्नकाय वीर ने अपने कन्धे पर रखी, आगे हुआ और बिलकुल सैनिक की अदा से कंटक को हुक्म दिया :

"चलो, आओ मेरे पीछे-पीछे !"

"वाह," कंटक हंसा, "बन्दूक के स्पर्श-समकाल ही आपके पैर भी किसी सैनिक की भांति टपटप करते हुए पड़ने लगे हैं। आपके शरीर में किसी सैनिक का संचार हो गया हो ऐसा प्रतीत होता है।"

"किसी सैनिक का काहे को ? मैं स्वयं एक सैनिक ही तो था पहले ! मैंने लड़ाई देख रखी है। बाबूजी, प्रत्यक्ष रणांगण में लड़ा हूं मैं . . . . ..!"

पर मुंह से अकस्मात् निकली हुई अपने पूर्व-वृत्तांत की इतनी जानकारी भी अधिक हो गयी, इस भावना से ही कदाचित् दोलकाष्ठ एकाएक चुप हो गया और कंटक तथा जावरे के इस छोटे-से सैन्य का अग्रणीत्व स्वीकार करके किसी सेनानी की भांति वह नानकोबी की उस अरण्यक राजधानी पर अभिमान करने के लिए चलने लग गया !

20

स्त्रियों के जेलखाने की रसोई वाली छपरी में एक बड़ी भारी साग-भाजी पकाने की 'डेग' के नीचे आग सरकाती हुई कंटकी खड़ी थी। कैदी स्त्रियों के वेश के अनुसार घुटने तक का एक मोटा-झोटा लूगरा, सिर में हफ्तों-हफ्तों तक तेल नहीं, कंघी नहीं, सर्वथा अमंगल और नीच कैदी स्त्रियों का सहवास, इन सब कारणों से बालों में जुएं भरी हुईं, धग-धग करने वाली—बड़ी-बड़ी भट्टियों की आंच में लगातार श्रम करते-करते धूम्रवर्णाक्त एवं स्वेदमलीमस शरीर, पर उस स्थिति में भी मौलिक सुभगता लिए हुए वह युवती कंटकी, मालती, उन अग्नियों द्वारा प्रज्वलित बड़ी-बड़ी भट्टियों के मध्य भाग में

पंचाग्नि साधन में शोभाय मान मूर्तिमती तपस्या के सदृश सुहा रही थी।

वहां उस समय एक और कैदी स्त्री काम कर रही थी। वह जब आटे की थैलियां लाने के लिए बाहर चली गई तब कंटकी का ध्यान अपनी ओर आकर्षित करने के लिए अनसूया ने चुटकी बजाई। कंटकी ने ऊपर की ओर देखा, थोड़ी आगे बढ़ी, इधर-उधर अच्छी तरह से देखा, अनसूया के हाथ में से झटपट एक चिट्ठी ली और लकड़ियों के ढेर की आड़ में जा छिपी। अनसूया दरवाज़े ही में खड़ी रही, ताकि कोई अन्दर न आ सके। एक-दो मिनट ही में कंटकी ने वह चिट्ठी पढ़ डाली और आग में फेंक दी। अनसूया ने सिर्फ गर्दन ही के संकेत से पूछा, 'काम हो गया न ?' कंटकी ने भी गर्दन ही के संकेत से उत्तर दिया, 'हां !' तब शीघ्र ही अनसूया वहां से चली गई।

कंटकी ने वह चिट्ठी पढ़ी, उसका हृदय किसी उत्कट आशा के उद्रेक से तथा साहस-कार्य की भीति से धड़कने लगा। उसका शरीर उस कैदखाने में था, पर मन वहां से उठाकर कहीं अन्यत्र पहुंचा दिया गया है, ऐसा उसे प्रतीत होने लगा। वह चिट्ठी कोई भयानक किन्तु शुभ सूचना उसे दे गई थी। उस सूचना के अनुसार उसको जो कुछ करना था वह किस तरह पूर्ण किया जाए, इसी उधेड़-बुन में वह पड़ गई।

घड़ी ने तीन बजाए, उसे लगा कि चार ही बज गए हैं। उसने सोचा कि अब बाहर काम पर जाने का उसका समय हो आया। पर जब मालूम पड़ा कि अभी तीन ही बजे हैं, वह थोड़ी निराश हो गई और फिर नीचे बैठ गई। इतने में सचमुच के चार बज गए। अनसूया जमादारनी ने जेलर के हुक्म के मुताबिक 'कंटकी' कहकर उसे पुकारा। सबके सामने कटकी को अपने सांझ के काम पर बाहर जाने की आज्ञा मिली।

कैदियों के लिए कैदखाने से बाहर एक प्रेमोद्यान बनाया गया था। वहां जाकर भाड़ने-बुहारने का काम कंटकी के ऊपर था। कंटकी का चाल-चलन अच्छा है, यह देखकर वह काम जेलर ने उसी के सुपुर्द किया था। वह हर रोज़ उस प्रेमोद्यान में जाने के लिए इसी प्रकार जेल के फाटक से बाहर चली जाया करती। सांझ के झाड़ने-बुहारने का काम खत्म हो चुकने पर जब

प्रेमोद्यान बन्द हो जाता तब वह फिर उस फाटक के भीतर आकर कैदखाने में खुद भी बन्द हो जाया करती थी। पर आज...?

आज उसका निश्चय था कि कैदखाने से बाहर निकल आने के बाद अब कभी अन्दर वापिस नहीं जाना है। चिट्ठी में जैसा लिखा था उस प्रकार भाग जाने में सफलता मिल गई तब तो ठीक ही, न मिली तो तत्काल पेट में छुरा भोंककर अपने-आपको समाप्त कर लेना है।

जब अच्छे चाल-चलन वाले स्त्री-पुरुषों को विवाह की अनुमति मिल जाती तब वे काले पानी के कैदी अपनी पसन्द की जोड़ी का चुनाव करने के लिए उस बाग में आया करते थे। वे हर रोज़ की तरह उस दिन भी वहां जमा होने लगे; आपस में बातचीत करने, उठने-बैठने में मग्न हो गए। झाड़ना-बुहारना हो चुकने के बाद कंटकी भी उन लोगों के बीच में फिरने लगी। पर उसका चित्त तो सारा उस बाग के सामने से जानेवाली सड़क की तरफ केंद्रित था। पांच बजे। पर अभी तक जो आदमी उसे चाहिए था, वह सड़क पर दिखाई ही न दे रहा था। वह बेचैन हो आई।

इतने में उस पुलिस ने स्थिरीकृत संकेत के अनुसारहाथ हिलाया। कंटकी झट से प्रेमोद्यान से बाहर निकलकर सड़क पर पाई।

पहला पुलिस वाला कंटक था, दूसरा दोलकाष्ठ। उन दोनों ने पुलिस का भेस बना, कन्धे पर बन्दूक, कमर में सरकारी पुलिस के पट्टे धारण किए, बिलकुल पुलिसवालों को ठसक में सामने आकर कंटकी का हाथ पकड़कर उसे ऊंची आवाज़ में आज्ञा दी, "तुम्हें चीफ कमिश्नर साहब ने बंगले पर बुलाया है। हम ले जाने के लिए पाए हैं।" कंटकी के पीछे-पीछे उस बाग का पहरेदार भी उनके पास आ रहा था। उसे उन दोनों पुलिसवालों ने कहा, "देखो, इस औरत को हम चीफ कमिश्नर के बंगले पर ले जा रहे हैं!—क्या कहा ? जेलर से पूछना होगा ? वह हम पहले ही पूछ चुके हैं। चीफ कमिश्नर की अपेक्षा जेलर कोई बड़ा अफसर नहीं है। तुम्हें ज़्यादा बात करनी हो तो हमारे नम्बर नोट कर लो ! चल, कंटकी, आगे चल !"

उन पुलिसवालों की वह सख्त और भीतिशून्य ठसक देखकर वह

पहरेदार ठण्डा-सा पड़ गया। इनकार करे तो कैसे ? क्योंकि कमिश्नर ही तो है अण्डमान की मुख्य सरकार ! पुलिसवालों ने कंटकी को आगे करके हुक्म दिया, "चलो !" उनके हुक्म की राह न देखते हुए कंटकी भी पहले ही से रास्ते पर चलने लग गई थी। पांच मिनट के अन्दर-अन्दर वे तीनों एक मोड़ पर आकर एक दूसरे ही रास्ते से चले गए।

वह पहरेदार उनके ओझल होने तक उनकी ओर देखता रहा। फिर आधे-पौने घण्टे के बाद उस बाग को ठीक समय पर बन्द करके वह जेलखाने में चला गया। सांझ को जब कैदियों की गिनती हुई तब एक स्त्री कैदी कम ! और वह भी कौन, तो कंटकी ! जेलर ने पहरेदार को बुला भेजा और डांटकर पूछा। उसने भी तनकर जवाब दिया :

"चीफ कमिश्नर साब को पूछिए। मेरी क्या कसूर ! पुलिस अफसर ने कंटकी को पकड़कर उसके साथ चल दिया !"

चीफ कमिश्नर के बंगले पर कैदियों के लिए अनेक बार अचानक बुलावा आता है। हिन्दुस्तान का नया वारण्ट, किंवा अन्य किसी प्रकार का छुटकारा आदि काम-काज में इस प्रकार हमेशा हुआ करता है। पर जेलर से पूछे बगैर इधर से उधर ही हथियारबन्द पुलिस को भेजकर एक तरुण स्त्री कैदी को पकड़ मंगवाना तो नियम के सर्वथा विरुद्ध ! अतः जेलर ने कमिश्नर के बंगले पर तत्काल आदमियों को भेजा। नाव में बैठकर उस बंगले तक जाना होता था। उतनी दूर जाकर वे आदमी जब रात को वापस आए तब उन्होंने कमिश्नर का यह संदेशा सुनाया कि, "हमारी ओर से कंटकी नाम की किसी भी स्त्री कैदी के लिए बुलावा नहीं भेजा गया !"

निश्चय ही से किन्हीं दो पुलिसवालों ने उस तरुण स्त्री कैदी को भगाया होगा—यह बात स्पष्ट होते ही जेलर गड़बड़ में पड़ गया। जेलखाने का संकट 'घण्टा' एकदम ज़ोर-ज़ोर से बज उठा। जिधर-तिधर सिपाहियों की दौड़-धूप, खोज और नाकेबन्दी का काम शुरू हुआ। विशेषतः पुलिस की बैरकों में वे दोनों पुलिसवाले कौन हैं, इसकी सख्ती से छानबीन होने लगी। कारण, उस लड़की को पकड़कर ले जानेवाले दो पुलिस के सिपाही थे,

इसीके सबूत चारों ओर से मिलते चले गए।

इस रीति से कमिश्नर की ओर से विवरण प्राप्त करके दूत रात को जब तक वापिस न आए और कंटकी को भगाया गया है, यह जब तक पक्का नहीं हुआ तब तक कंटक और दोलकाष्ठ को अपना काम पूरा करने के लिए चार-पांच घण्टे निर्विघ्न रूप से मिल गए। उस समय तक किसीने उनका पीछा तक नहीं किया था।

कंटक और दोलकाष्ठ के साथ कंटकी जो निकल भागी सो उसे सड़क छोड़कर शीघ्र ही एक वक्र मार्ग से समुद्र-तट पर लाया गया। वहां एक 'डुंगी' तैयार ही थी। वक्ष की एक बड़ी भारी जड़ को काटकर उसे मध्य भाग में खोदकर नाव की तरह खोखली बनाकर, नाव का ही आकार देकर, उस अखण्ड द्रुममूल का जो एक टोकरा-सा वहां के लोग बनाते हैं और जिसकी सहायता से वे लोग अत्यन्त द्रुतगति से जल-प्रवास करने में निष्णात हो जाते हैं, उस अत्यन्त प्राक्कालिक नाव को वहां 'डुंगी' कहा जाता है। कंटकी को लेकर वे पुलिस के भेसवाले दोनों शस्त्र-हस्त व्यक्ति डुंगी में बैठ गए और डुंगी भी द्रुतगति से समुद्र में प्रविष्ट होने लगी। तट पर रहनेवाले जिन कुछ थोड़े-से लोगों ने उस डुंगी को उस प्रकार एक तरुणी को लेकर दूर जाते हुए देखा, उन्हें भले ही वह दृश्य बहुत आश्चर्यकारक प्रतीत हुआ हो, किन्तु चूंकि उसमें शस्त्र-हस्त पुलिस के आदमी भी बैठे हुए थे, अतः किसी प्रकार का शोर-शराबा करने का ख्याल अथवा साहस नहीं हुआ। थोड़ी ही देर में डुंगी काले पानी के निर्जनातिनिर्जन एवं निबिडतम अरण्य के उपकण्ठवर्ती समुद्र-भाग में प्रविष्ट हुई।

कंटक के शरीर से अपना शरीर सटाए हए कंटकी बैठी थी। उसे कंटक की सगी बहन मानने वाले दोलकाष्ठ को उसमें कोई वैचित्र्य नहीं अनुभव हुआ। परन्तु उसकी वह मनोहर तनु-लतिका और वह मिलनसारी का हंसना, बोलना, बतराना आदि देख-देखकर दोलकाष्ठ को बार-बार यह अनुभव हुए बिना नहीं रहा कि यदि यह युवती मेरे शरीर के साथ भी इसी तरह सटकर बैठे तो कितना मीठा अनुभव होगा।

छुटकारे के उस आनन्द के आवेग में मालती मालती ही की भांति

पुनरपि हंसने, रूठने, डोलने और बोलने लगी। किशन भी उसे पुनः किशन ही-सा अनुभूत होने लगा। वह 'डुंगी' उस समुद्र की सलिल-तरंगों पर ऊंची-नीची होती हुई थोड़ी-सी जब एक ओर को झुक जाती तब अपने को सम्भालना कठिन हो गया है ऐसा, प्रणयमधुर बहाना करके मालती किशन के वक्षस्थल पर अपना भार डालकर गिर पड़ती। किशन उसे अपनी भुजाओं से सम्भालकर धरते समय आलिंगन करके पकड़ता। ऐसे स्वच्छन्दता के सौख्य का आस्वाद करते-करते उसका नशा चढ़ता ही गया। उस नशे में अपने चारों मोर अदयापि विदयमान छद्मता के आवरण को मालती ने दूर हटा दिया और असावधान अवस्था में बोल गई :

"किती गोड बोलतोस रे तूं," लाड़-भरे हाथों से किशन की पीठ पर हलकी-सी थपकी देते हुए मालती मराठी में बोल गई। उसे लगा कि, दोलकाष्ठ को मराठी नहीं आती होगी। कारण, अब तक वे सारे उसी हिन्दी में बातचीत कर रहे थे, जिसमें सारे अंदमानी बातचीत किया करते हैं।

"पण माझ्या पाठीवर तुम्हीं तसंच लडिवाळपणं थोपटून विचारलं नं, तर भी पण तसंच गोड बोलेन कीं !" दोलकाष्ठ अपने सैनिक बाने के योग्य उजड्ड विनोद से मराठी भाष ही में बोला ! इतना ही नहीं तो कपटशून्य घनिष्ठता के कारण मालती की पीठ पर उसने स्वयं भी एक हलकी-सी थपकी मारी।

मालती चौंककर बोली, "अयँ, आपको भी मराठी आती है ? आपका मूल का घर महाराष्ट्र ही में है क्या ?"

"हां, किसीसे उसका पूर्व वृत्तांत पूछना ठीक नहीं इस तरह ! जो कोई अपने-आप ही जितना कुछ बतला दे उतना सुन लेना ही ठीक है ! कंटकबाबू का और हमारा यह प्रस्ताव पहले ही स्थिर हो चुका है !"

दोलकाष्ठ यह बोल ही रहा था कि इतने में पार्श्ववर्ती सिंधु-तट की ओर के पहाड़ पर 'ऊ ऽ ऽ !' ऐसी किलकारियां और तालियां सुनाई दीं। पहले ही स्थिरीकृत निश्चय के अनुसार ज्वार-भाटे की दृष्टि से जहां सुरक्षित स्थल होगा वहां उतरवा लेने के लिए जावरे उस बाज़ू में आकर इस प्रकार का

संकेत करने वाले थे। तदनुसार वे जावरे धनुष-बाण से सज्ज होकर एक ओटवाले उतार के समीप आए हुए थे। वहां उस डुंगी के आते ही उन्होंने कंटकी-सहित सबको उतरवा लिया। सघन अरण्य में से होकर अनेक मोड़ पार करते हुए, अंधेरा होने से पूर्व ही सारे लोग राजा नानकोबी की उस अरण्यक राजधानी में आ पहुंचे।

जावरे लोग एक बड़ी-सी आग जलाकर उस समय उसके चारों तरफ बैठे हुए थे। उस आग पर एक अरण्य शूकर का पूरा धड़ का धड़ उलटा टांग रखा था। उनका जब सम्मिलित शिकार होता है, उस समय उस प्राणी को इस प्रकार आग पर टांगे रखते हैं, और जब वह खूब धुआं खा लेता है, भुन जाता है, तब उसे वहां से निकालकर उसके उस अधकच्चे मांस के टुकड़े सब लोगों में तकसीम कर दिए जाते हैं। वह जेवनार खत्म हुई कि उस आग के चारों तरफ वे सारे स्त्री-पुरुष मिल-जुलकर तथा नग्नावस्था में अपना नृत्य आरम्भ कर देते हैं।

इसमें भी जिसका देखो, उसका ध्यान कंटकी पर ! राजा नानकोबी को इस साहसपूर्ण गूढ़ अभिसंधि का परिज्ञान था ही। उसके विचार से ही कंटक और दोलकाष्ठ कंटकी को छुड़ा लाने के लिए गए थे। अंग्रेज़ों के उस कड़े पहरे में से कंटकी को इस तरह उठा लाने से तो अंग्रेज़ों ही का अवमान हुआ और वह भी अपने जावरों के साहाय्य से एवंच जावरों के आश्रित व्यक्तियों के हाथों ! इस प्रकार नानकोबी को अपना ही गौरव अनुभूत हुआ। उस विजय की मूर्तिमंत पताका ही बनी हुई थी वह कंटकी।

मालती की ओर वे जावरों की विवस्त्र स्त्रियां निरन्तर इशारे करने लगीं, "यह क्या है ? उस स्त्री ने अपने शरीर के चारों तरफ यह क्या अभद्र लपेट रखा है ? यों देखने में वह कितनी सुन्दर दीखती है ! तब शरमा-सकुचाकर अपने को कपड़ों में छिपाती काहे को है ? क्या पहना हुआ है जी, उसने ?" ऐसे नाना प्रकार के प्रश्न वे आपस में पूछ रही थीं।

दोलकाष्ठ ने उनमें से एक स्त्री को जवाब दिया, "वह साड़ी है,

साड़ी !"

यह सुनते ही वे सारी औरतें मुंह पर हाथ रखकर एकदम खिलखिला पड़ीं और नाक सिकोड़ कर बोली, "छीः औरतें क्या कभी साड़ी पहनती हैं ? कुछ मर्यादा !"

विवस्त्र रहनेवाली उन स्त्रियों को स्त्री का वस्त्र पहनना जिस प्रकार स्त्रीत्व के लिए अशोभा उत्पन्न करनेवाली एक अमर्यादा प्रतीत हुई, उसकी अपेक्षा भी सौ गुना अधिक उन जावरा स्त्रियों को आपाद मस्तक नंगी तथा निःसंकोच भाव से पुरुषों में उसी तरह उठती-बैठती देखकर मालती को भी हददर्जे की शरम महसूस हुई। उसने एक-दो बार तो अपनी आंखें ही बन्द कर ली ! तत्पश्चात् नीचे की ओर देखती हुई खड़ी रही।

राजा नानकोबी के सामने भी एक सवाल-सा खड़ा हो गया। उसकी रानी फुली ने आग्रह किया, "कंटकी जब तक अपने यहां है, तब तक उसे साड़ी नहीं पहननी चाहिए। उसके इस उदाहरण को देखकर अपनी लड़कियों को भी यह अश्लील आदत पड़ जाएगी !"

रानी फुली ने कंटकी की साड़ी के आंचल को थोड़ा-सा झटका देकर ममतापूर्वक संकेतित किया, "छोड़ दे यह साड़ी और स्त्री को सुहाने वाली विवस्त्रतापूर्वक रहने का शिष्ट जनोचित आचरण का पालन कर !" पर झटके से उतरे हुए आंचल को फिर से यथास्थान रखकर मालती ने उसे और भी मज़बूती से पकड़ लिया।

अब मामला कहीं हद से बाहर न चला जाए, इस डर से दोलकाष्ठ बीच में पड़ा और सब बातों को हंसी में उड़ाकर इस बात का आश्वासन दिया, "कंटकी को कपड़े पहनने की जनम की बुरी आदत है ! एकदम उसमें सुधार कैसे होगा ? दो-चार दिन में सभ्य स्त्रियों की तरह विवस्त्र रहने की आदत उसे भी हर हालत में पड़ जाएगी। तब तक शिष्टाचार के विषय में उसपर सख्ती न की जाए, केवल पहनने के प्रकरण ही में नहीं, अपितु खाने, गाने, नाचने आदि के प्रकरण में भी !"

21

"दोलकाष्ठ के मन में, मेरे सम्बन्ध में जो एक दुराशा उत्पन्न हो गई है, मैं उसकी पत्नी बन जाऊं, वही जो एक अभिलाषा उसके मन में संचारित हुई है, उसका दुष्परिणाम आज नहीं तो कल शत्रुत्व में परिणत नहीं होगा क्या ?"

"सहसा वैसा नहीं होगा। कारण, उसे तेरी अभिलाषा है भी तो वह उस नराधम रफीउद्दीन की अभिलाषा की तरह राक्षसी स्वरूप की नहीं है। आज तक तो उसका स्वरूप सात्त्विक ही है। हमने जो अपना भाई-बहन का नाता आज तक जोड़ रखा है, उसीको वह सच्चा मान रहा है और केवल इसीलिए वह तुझ जैसी कुमारिका को अपनी पत्नी बनाने की इच्छा प्रदर्शित कर रहा है। वह तुझे अभी तक कुमारिका समझता है। हमारा अपना सच्चा वृत्तांत और सच्चा नाता बतलाने का समय आएगा।"

"तब फिर बता क्यों नहीं देता सारी बातें ? सचमुच किशन, मुझे भी अब तुझे, ऊपरी तौर से क्यों न हो, 'भय्या' कहने में शरम महसूस होती है !"

"सो क्यों ?" किशन ने उसके चूंटी-सी काटी और हंसा।

"छिः, क्यों की क्या पूछता है ? अपने प्रियतम को भी कोई भाई कहा करता है ? जावरों में भी भाई-बहन की शादी को कोई मनुष्यता की रीति नहीं समझता !"

"जावरों में नहीं समझते होंगे, पर मनुष्य-समाज में बहिन की भाई के साथ शादी कभी हुई नहीं, ऐसा मत समझ ! मनुष्य-समाज ने सब तरह के विवाहों को और स्वच्छंद सम्भोगों को भी, जिन-जिन परिस्थितियों में वे इष्ट अथवा अपरिहार्य प्रतीत होंगे, उन-उन परिस्थितियों में धर्म्य माना हुआ है। प्रत्यक्ष गौतम बुद्ध का जन्म जिस कुल में हुआ उसी कुल की कथा ग्रन्थान्तर में यों लिखी हुई है कि सूर्य कुल के एक राजकुमार को और उसकी बहिन को संकटावस्था के कारण एक निर्जन अरण्य में जन्म व्यतीत करना पड़ा। तब उन

भाई-बहनों ने आपस ही में विवाह किया और उनकी संतति के उदर से ही आगे चलकर अनेक पीढ़ियों के पश्चात् बुद्ध सदृश महात्मा उत्पन्न हुआ।

" राजकुल का रक्तबीज दैवी ! उसका मनुष्यों से सम्बन्ध नहीं होना चाहिए, ऐसी आनुवंशिकता की अतिरेकयुक्त शुद्धता की रक्षा के लिए ब्रह्मदेश के, मेक्सिको के, और अनेक स्थानों के प्रख्यात 'दैवी' राजवंशों में राजपुत्र का विवाह उसकी सगी बहन ही से होना चाहिए ऐसी 'धर्माज्ञा' थी, शिष्टजन संमत प्रथा ही थी !"

"सच-सच बता, कल वह क्या कह रहा था तुझसे, मेरी ओर इतना अधिक हंसते-हंसते उंगली का इशारा करते हुए ?"

"अरी, वह दोलकाष्ठ सचमुच एक सैनिक की तबीयत का खुले दिल का मनुष्य है ! छक्का-पंजा उसे मालूम ही नहीं है। ज्योंही वह नाव कल तैयार हो गई त्योंही बड़े आनन्द से उसने मुझे वह दिखाई और पूछा :

"'इस नाव से तुझे और तेरी उस गोरी बहन को यदि मैंने सुरक्षित रूप से स्वदेश में पहुंचा दिया, तो इस मल्लाह को तू इस नाव का किराया क्या देगा ?'

" मैंने कहा, 'क्या चाहिए तुझे ?'

"तब उसने तेरी तरफ उंगली करके कहा, 'सिर्फ वह सोने की प्रतिमा मुझे चाहिए !'

"मैं हंसा, मैंने कहा, 'मुझे कोई आपत्ति नहीं। यदि उसके मन को तू वश कर सका तो, तीर पर पहुंचाते ही, मैं तुम दोनों का विवाह कर डालूंगा।'

" तब एकदम छाती पर हाथ मारकर वह दोलकाष्ठ हंसा, 'वह काम मेरा। मेरे सीटी देते ही यदि वह पंछी मेरे हाथ पर आकर नहीं बैठा तो मैं अपना नाम ही बदल डालूंगा !'

" तत्काल उसने मुझसे वचन भी ले लिया कि यदि कंटकी अनुकूल हो गई तो मैं उसे दोलकाष्ठ को प्रानन्द से अर्पित कर डालंगा।"

"वाह रे तू, और वाह रे तेरा वचन ! किशन !" उसकी ओर रुष्ट दृष्टि से देखती हुई मालती बोली, "किशन, सारा बरापन और उत्तरदायित्व मुझपर डालकर तू अपना अलग-थलग हो गया ! पर क्यों रे, यदि वह अब से

सचमुच ही मेरे साथ लाड़-प्यार करने लग गया और मैं उसकी हो गई तो...?"

"तो क्या ? तेरी इच्छा पूर्ण करके तुझे आनन्दयुक्त देखने के लिए मैं अपने-आपको उसके पश्चात् सचमुच का तेरा सगा भाई समझने लगूंगा और उसके साथ तेरा विवाह अपने हाथों से कर दूंगा!"

क्रोध के एक झटके के साथ उसकी गोद में से उठने की इच्छा वाली मालती को हाथ पकड़कर उसी तरह से बैठाते हुए किशन समझाने-बुभाने लगा :

"इस तरह गुस्सा क्यों करती है ? जब तूने सवाल किया था, तब तुझे किस तरह अच्छा लगा था ? तो जैसे दो वैसे लो ! पर मालती, मैं बिलकुल हृदय से कहता हूं तुझसे, कि तुझ जैसी सुन्दर और गोरीपान तरुणी के लिए मेरे जैसा काला-कलूटा, कुरूप और किसी भी प्रकार की विशेषता से हीन प्रियतम अनुरूप नहीं है, यह मैं अपने मन में पहले ही से जानता हूं। मुझे यदि तेरा स्नेह ही मिल गया, तेरी संगति में सेवक के रूप से भी यदि मैं रह सका, तो भी मेरी योग्यता के अनुसार मुझे जो मिलना चाहिए वह मिल जाएगा, ऐसा मैं मानता चला आया हूं। मेरी अपेक्षा भी जो तेरे लिए अधिक अनुरूप है, उस प्रियतम के चुनने में तू सर्वथा स्वतन्त्र है।"

"ठीक है न ? मैं स्वतन्त्र हूं तभी तो मैंने चुनाव किया है। चुनाव तेरी आंखों अथवा मपैने से न करके मैंने अपनी आंखों और मपैने से इसी तरह के प्रियतम का किया है ! मेरे किशन ! मेरे प्रियतम !"

इतने में पुनः 'ऊ ऽ ऽ ऽ ! कंटक बाबू ऽ ऽ' ऐसी किलकारियां सुनाई दी।

"उठ-उठ ! वे जावरे फिर अपने को बुलाने चले आए हैं, अब जाना ही चाहिए उनके साथ समारम्भपूर्वक रोने के लिए !"

कंटक और कंटकी जब जावरों की खोह पर पहुंचे तब उन जावरों का मृतक संस्कार अपने पूरे ज़ोर पर था। वह मृत जावरा राजा नानकोबी का एक विशेष स्नेही और जावरों का एक 'दादा' था, अतः उसके मृतक संस्कार के

लिए वे सारे जावरे आए हुए थे। उस शव को बीच में रखकर सब लोग उसके चारों ओर एक वृत्त में बैठे हुए थे। उस मत व्यक्ति की पत्नी और बच्चों को स्वभावतः ही दुःख ने पहले ही से विह्वल कर रखा था। उसके साथ ही एक खास स्वर और ताल पर वे सारे जावरे भी रोने लग गए।

वह सार्वजनिक संगीत मिश्र आक्रन्द असंवरणीय-सा हो गया। इस बीच, उनमें से कुछ वृद्धों ने उस शव की एक गठरी बांधी और उसे लेकर वे सब एक वृक्ष की ओर चले। उस वृक्ष में ऊंचाई पर एक खोखल थी। उसमें उस शव की गठरी इस ढंग से बिठाई गई कि, मानो वह मनुष्य पालथी मारकर मुंह उठाकर सजीव मनुष्य की तरह सबकी ओर देख रहा हो। जावरों की ठिगनी जाति के लिए वह वृक्ष उतना ऊंचा प्रतीत हुआ, कि उनमें से कोई भी इतनी ऊंचाई तक उस शव को उठाकर नहीं रख सकता था। अतः यह काम दोलकाष्ठ के सुपुर्द किया गया। उसने स्वयं उस मुर्दे को उस खोखल में ले जाकर बिठा दिया। जावरों के मृतक संस्कार की जब यह विधि पूरी की जा रही थी, उस समय सबने तालबद्ध आक्रोश की परमावधि कर डाली।

एक बूढ़ा अगुआ उस वक्त आगे आया और टूटे-फूटे चार-पांच शब्दों में अनेक हावभावों की भर्ती डालकर उसने जो भाव व्यक्त किया, उसे यदि शब्दों ही में कहना हो तो यों कहा जा सकेगा:

"अब इस अपने मृत सम्बन्धी की ओर तीन महीनों तक कोई भूल कर भी न देखे। उसका यदि एकांतवास भंग हो गया तो उसका भूत गुस्सा करेगा। हम उसे भूल तो नहीं जाते, उसके प्रीति के प्रति कृतघ्न तो नहीं हो जाते, यह सब उसका भूत इस ऊंची खोखल में बैठा-बैठा देखता रहेगा। इसलिए इन तीन महीनों में कोई भी श्रृंगारसज्जा अथवा आमोद-प्रमोद न करे। नाच-रंग तीन महीने तक बन्द ! रंगीन मिट्टी के नखरे बन्द ! —भूरी मिट्टी ही सिर्फ शरीर पर मलनी चाहिए, कारण जहरीले मच्छर वगैरह जो जंगल में नंगे जावरों को काट खाते हैं, उनसे देह-संरक्षण के लिए किसी न किसी मिट्टी का लेप आवश्यक होता है।"

एक विशिष्ट आवाज़ में सब जावरों ने इस आदेश को स्वीकार किया और सब अपनी खोह की ओर वापिस चले गए।

किशन और मालती भी अपनी स्वतन्त्र गुफा की ओर चल पड़े। जाते समय बड़ी आज़िज़ी से उन्होंने दोलकाष्ठ को भी अपने साथ चलने के लिए कहा। और पूछा : "जो नाव तूने उस दिन मुझे दिखाई थी अब उसे किस दिन समुद्र में ढकेलना है ? परसों तूने कहा था कि अब सारी तैयारी पूरी हो चुकी है।"

"बिलकुल निश्चित दिन बतलाता हूं। तीन महीने और तीन दिन समाप्त होते ही जो दिन उदित होगा, उसी दिन नाव को समुद्र में ढकेलना है !

" राजा नानकोबी ने मुझे अभी जताकर कहा है कि, जब तक इस जावरे का सूतक समाप्त न हो तब तक नौका समुद्र में नहीं छोड़नी। तुझे होगी सादी जल्दबाज़ी, पर मुझे तो भय्या, शादी की जल्दबाज़ी है न ! क्यों कंटकी, ठीक है या नहीं ? कंटक ने पर तीर पर पहुंचाने के बदले में जो दाम देना मंजूर किया है उसकी हुंडी सकारी जानेवाली है तेरे ही प्रेम के साहूकारे पर, समझी !" ढिठाई के साथ दोलकाष्ठ ने हंसते-हंसते कंटकी के गाल पर एक लाड़भरी चुटकी मारी।

"पर, काम होने के बाद दाम का सवाल ! कंटक द्वारा दी गई हुंडी सकारी जाएगी तो उसी दिन सकारी जाएगी, यह बात मल्लाह को भी भुलानी नहीं चाहिए !" मछली को आमिषमात्र दिखाई दे सके, इस चतुरता से मालती ने अपना जाल फेंका।

22

"किशन ! ए किशन !" अपनी गुहा के द्वार पर खड़ी मालती ने मन ही मन दो-तीन बार पुकारा। वह कुछ हताश-सा मुंह किए खड़ी थी। फिर मन ही मन गुनगुनाया, "बोलते-बोलते जाने किधर चला गया। सबेरे का गया इतनी देर होने पर भी अभी तक नहीं लौटा। उन जावरों ही की धुन में उधर का उधर ही अटक

गया मालूम पड़ता है ! —पर यह कौन आ रहा है, उन बांस की झाड़ियों में से बांस जैसा ही ऊंचा? दोलकाष्ठ ! और कौन ? मेरा मन बस में करने के लिए कितना प्रयत्न करता रहता है बेचारा! इतना प्रेमयुक्त और साफ हृदय का मनुष्य है यह कि सचमुच ही उसके ऊपर मुझे तरस आता है। पर क्या करे ? उसके प्रेम को मैं स्वीकार भी नहीं सकती और इनकार भी नहीं सकती। आज महीनों से सबेरा हुआ कि इस अरण्य के ताज़े-ताज़े फूल और ताज़ा-ताज़ा शहद लेकर मुझे उपहार देने में एक दिन का भी इसने नागा नहीं किया। मैं इसे पति मान लूं ऐसा जो एक असंवरणीय मोह इसके मन में उत्पन्न हुआ है, उसे त्यागकर यह यदि मुझसे कहे कि तू मुझे भाई मान ले तो मैं अभी इसी क्षण अपने अन्तःकरण से उसे अपना भाई बना लूंगी, कारण अब मुझे सचमुच ही वह पसन्द आने लगा है।"

मालती मन में इतना बोल ही रही थी कि दोलकाष्ठ उस गुहा के समीप आ पहुंचा। उसके एक हाथ में एक सुन्दर शंख था। उसके दूसरे हाथ में एक अत्यन्त हरे पत्तों का द्रोण था। उसमें ताजे फूल थे।

"कितने सुन्दर फूल हैं ये। मैं आपकी आभारी हूं!"

"पर कंटकी, इन सब फूलों से बढ़कर सुन्दर एक और फूल है इस अरण्य में ; पर वही अभी कुछ मेरे हाथ में नहीं आया है !"

"काहे का है जी, वह इतना सुन्दर फूल ?"

"तेरे सौन्दर्य का ! कंटकी..." दोलकाष्ठ ने उद्दंडतापूर्वक अपना मांसल हांथ उसकी कोमल ठोढ़ी पर लगाने के लिए आगे बढ़ाया।

"छिः" ठोढ़ी बचाकर पीछे की ओर हटकर पर क्रोध न जताती हुई कंटकी प्रत्युत्तर में बोली, "अं हं। वह फूल समुद्र के इस अण्डमानी तट के जंगल का भले ही रहे, पर हाथ में यदि आता हुआ तो आएगा समुद्र के उस परली ओर के भारतीय तट के जंगल ही में !"

"उसी आशा पर तो मैं जीवित हूं। और मेरी नाव भी यदि तैरेगी तो उसी आशा पर तैरेगी। बस ! अब सिर्फ तीन दिन बाकी हैं। आज ही जावरों के तीन महीनों का सूतक समाप्त होनेवाला है। अपने को अब उधर ही चलना है। वह खत्म हुआ कि चौथी को हमने अपने साहस की नाव समुद्र

में ढकेल ही दी समझो ! देश की तरफ ले जानेवाली हवाएं भी अब अनुकूल बह रही हैं। अब इतने पर जो कुछ परमेश्वर करेगा वही सत्य है।"

"जो भलाई की बात हो बिल्कुल वही करेगा परमेश्वर ! आज मुझे ऐसा शुभ शकुन दीखा है कि मुझे अब किसी प्रकार का सन्देह ही नहीं रह गया। मैंने कंटक भय्या से सब किस्सा सबेरे ही कह दिया था।"

"वह कौन किस्सा है, क्या मैं जान सकता हूं? शकुन बिलकुल सत्य हुआ करते हैं, समझी !"

"अच्छा तो सुनाती हूं। कल रात मेरी लाडली मां सपने में दिखाई दी। अपने दोनों हाथ फैलाकर वह मुझसे कह रही है, 'अरी चल न, देखती क्या है, आ, मेरी भुजाओं में घुसकर आलिंगनपूर्वक भेट मुझसे ! मार छलांग, डर मत, मैं तुझे सहारा दूंगी !' मां के ये शब्द सुनते ही मैंने, एक ज़ोर की छलांग मारी, पानी की छोटी-सी धारा को जिस तरह लांधते हैं, उसी तरह समुद्र को लांघकर मैं झट से अपनी मां की भुजाओं में समा गई। इतने में मानो दृश्य-परिवर्तन हो गया। मैं अपने घर में हूं; झूले पर मैं और मेरी मां बैठी हैं। मुझे जो गाने पसन्द हैं, वह मेरी मां मुझे गा-गाकर सुनाती है। सचमुच दोलकाष्ठ, उस स्वप्न के बाद से मैं अधीर हो गई हूं; मेरी मां के वे गाने मेरे कानों में गूंज रहे हैं; मेरी मां ! हाय, अब वह मुझे कब मिलेगी !" कंटकी रोने लगी।

"चुप हो, चुप हो। रो मत, तुझे अपनी मां की स्मृति जिस प्रकार विह्वल कर देती है, ठीक उसी तरह मुझे भी अपनी मां की स्मृति विह्वल करती है। मेरी मां—मेरी एक छोटी-सी दस-बारह बरस की लाडली बहन ! मेरे अतिरिक्त उनके लिए अन्य कोई आधार नहीं था! वे लोग भी मेरी इसी प्रकार राह देखा करते होंगे ! मेरा और उनका इसी प्रकार बिछोह हो गया है ! उनसे मैं कब जाकर मिलूंगा, यही मैं भी सोचता रहता हूं।" इतना बोलते-बोलते दोलकाष्ठ का भी गला भर आया और आंखों से अश्रुओं की धारा बहने लगी।

विशालकाय, रूक्ष और मुस्टंडा दिखाई देनेवाले उसदोलकाष्ट को इस तरह भावाविष्ट देखकर कंटकी को कौतुक-सा प्रतीत हुआ। उसकी ओर क्षणभर दत्रैक दृष्टि निहारते रहने के पश्चात् उसने पूछा :

"तुम्हारी वह छोटी बहन अब बड़ी हो गई होगी !"

"काहे की बड़ी हो गई होगी ! होगी कोई बीस एक बरस की। उसे परेशान करना हो तो बस उसे यों दोनों हाथों पर उठाया और जब तक वह चिल्लाने न लग जाए तब तक उसे ज़ोर से फिराते रहे। तेरे भाई ने कभी सारे जनम में इतना लाड़ किया है ?"

"सच कहूं क्या..." मालती भावना के आवेश में एकदम बोल बैठी, "मेरा एक इकलौता ऐसा ही प्रेमी भाई था..."

"क्या मतलब ?" दोलकाष्ठ ने बीच ही में टोककर कहा, "था के क्या मानी ? तब यह कंटक कौन लगता है तेरा ?"

मालती यह प्रश्न सुनते ही इतनी चकरा गई कि चेहरा एकदम फक्क पड़ गया। पर इतने में कंटक ही उधर आता दिखाई दिया। वह विषय स्वभावतः ही बन्द हो गया।

"वह देख कंटक ! नाम लेते ही चला आया ! सौ बरस की उम्र है तेरी !" हंसते-हंसते दौड़कर वह कंटक से लिपट गई।

"शाबास, दोलकाष्ठ, शाबास !" भले मानस, मैंने तुझे इधर भेजा कंटकी को बुला लाने के लिए, सी तू यहां आकर गप्पें ही छांटने लगा ! सूतक-समाप्ति के संस्कार के लिए वे सारे जावरे चल पड़े न उधर ! राजा नानकोबी हमारी ही राह देख रहा है। चलो, चलो, झटपट !"

"कंटकबाबू, मैं जो ताज़ा शहद लाया हूं, उसे खाए बगैर यहां से आगे एक कदम नहीं रखना। कंटकी, वह शहद ले आ !"

दोलकाष्ठ के आग्रह को सिर माथे करके मालती शहद ले पाई। हरे-हरे पत्तों पर उस शंख के सुन्दर गंगासागर से वह शहद परोसा गया और उस मधुर आरण्यक प्रातराश के समाप्त होते ही वे तीनों जावरों की उस खोह की ओर चले गए।

सूतक के कारण गत तीन महीनों से उनकी जो नृत्यलिप्सा संचित होती चली आई थी, उसकी पूर्ति करने के ख्याल से सूतक-समाप्ति का जो सार्वजनिक नत्य आज सिन्धु-तट पर होनेवाला था, उधर सारे नग्नकाय आबालवृद्ध स्त्री-पुरुष मिल-जुलकर जाने लगे। और इधर, 'अच्छा, अभी थोड़ी देर में हम भी आते हैं

नाच में शरीक होने के लिए।' इस प्रकार राजा नानकोबी से कहकर कंटक-कंटकी दोलकाष्ठ सहित अपनी गुहा की ओर चले।

गुहा के समीप जाकर वहां के शिलातक्त पर वे तीनों बैठे। कंटकी कुछ फल, कच्चे नारियल, शहद और भुना हुआ मांस ले आई। भूख तो लग ही रही थी। सबने उस वन्य भोजन को अत्यन्त रसास्वादन-पूर्वक खाया।

"बस ! अब इन वन्य मिष्टान्नों के खाने के और दो दिन ही बाकी रह गए। परसों से वन-भोजन समझ करके समुद्र-भोजन का आरम्भ करना होगा।" दोलकाष्ठ कंटक की पीठ पर थपकी देकर आश्वासन देने लगा।

"और परमेश्वर की अनुकम्पा रही तो अगले महीने की इसी तारीख को हमारा अपने घर में, अपने देश में प्रियजनों के मध्य हंसते-खेलते प्रिय भोजन चल रहा होगा!" कंटक ने कंटकी की पीठ पर स्नेहभरी थपकी मारी।

"परमेश्वर की अनुकम्पा रही तो, ऐसा क्यों कहता है अब ?" दोलकाष्ठ ने अत्यन्त उल्लसित वृत्ति से कंटक को बीच ही में टोक दिया, "परमेश्वर की अनुकम्पा भी हो ही गयी है न आज ! कंटकबाबू, मैंने नाव अच्छी तैयार की है, पुलिस के कपड़े, बन्दूक, गोला-बारूद भी हमने तैयार रख लिया है। जावरों के प्रवीण नाविकों की डुंगियां दूर तक साथ आनेवाली हैं। नाव में मांस, मधु, फल, मद्य, भरपूर अन्न-जल संगृहीत करके रखा है। मछलियां पकड़ने के लिए जाले ले लिए हैं। देश पहुंचते ही जो धन संग्रह चाहिए सो वह भी हमने एकत्र कर ही लिया है। लाडली कंटकी, जो-जो पुरुष-प्रयत्न-साध्य वस्तु थी वह-वह हमने जुटा ली। पर यह नटखट समुद्र है, जिसे योंही काला पानी नहीं कहा जाता। उस काल के मुंह में सीधी-सादी हवा से चलनेवाली नाव ढकेलकर जाना है, उसमें सफलता तो दैव ही के अधीन रहेगी, परमेश्वर की कृपा अपेक्षित है, इस कल्पना से मेरी छाती सदा धड़कती रहती थी। पर आज समुद्र के उस 'जुरुविन' नामक भूत पर प्रतिबन्धक का काम काम करने वाबा वह मन्त्र और यह प्रत्यौबन्ध जब मुझे उस चेटकी ने दिया, तब मुझे सचमुच बहुत सन्तोष हुआ। दैवी कृपा की यह देख वह

लिखित वचन चिट्ठी !" ऐसा कहते हुए दोलकाष्ठ ने उस मृत जावरे का चेटकी द्वारा प्रदत्त उंगली की पोर जितना मन्त्रित अस्थिखण्ड निकालकर गम्भीरतापूर्वक कंटक के सामने रख दिया। और कहा :

"मेरी जो लाडली है न कंटकी, तेरी बहन और मेरी प्रियतमा...वह यदि सुरक्षित और सुखी रही तो बस हम भी सुरक्षित और सुखी रहेंगे। अतएव यह ताईत मुझे उसीके गले में बांधना है और मुझे दीक्षा देते समय चेटकी ने जिस मन्त्र का उपदेश दिया था, उसीका मैं भी उसके कान में उपदेश देनेवाला हूं। चल आ इधर, उस आंचल को थोड़ा-सा नीचे की ओर सरका ले।"

दोलकाष्ठ संकोचशून्य प्रेमभाव से कंटकी के कंधे पर हाथ रखकर उसके अधूरे किंतु शान के साथ कसकर बांधे हुए प्रांचल को ढीला करके नीचे की ओर सरकाने लगा।

उसकी इस छेड़छाड़ में उपद्रवकारी लंपट वृत्ति नहीं थी। इसलिए कंटकी को दोलकाष्ठ पर गुस्सा नहीं आता था प्रत्युत सहानुभूति और करुणा ही प्रतीत होने लगी थी। किन्तु वह इस बात को समझती थी की यदि वह इसके आतुर प्रणय को अनिबंध रूप से बढ़ने दे तो देश में पहुंचने पर उसके प्रणय एवंच विवाह-विषयक प्राग्रह का अनादर करने के लिए कोई मार्ग नहीं रह जाएगा, पुनश्च उसे संशय में न रखकर यदि वह वाणी से तथा अपने व्यवहार से यह पक्का जतला दे कि वह उसका पति रूप में वरण करेगी तो देश पहुंचने के बाद उससे विवाह करने से इन्कार करने पर दोलकाष्ठ के मन में विश्वासघात की जानकारी के कारण भयंकर वैरबुद्धि के जाग उठने की भी सम्भावना है, उस भीति के कारण ही उसने दोलकाष्ठ के हाथ को थोड़ा-सा परे करते हुए और आंचल को अपनी कमर में फिर खोंसते हुए कृतककोपपूर्ण स्वर में कहा :

"ताईत ही बांधना है न, तो वह मेरा कंटक भइया बांध देगा, तुम्हारी कोई आवश्यकता नहीं है बेकार की छेड़छाड़ करने के लिए !"

कंटकी की उस भर्त्सना से दोलकाष्ठ के प्रणयी मन को ऐसी गहरी चोट पहुंची कि उसकी आंखों से आंसू ही टपक पड़े—साथ ही शब्दों में से क्रोध

भी ! वह कंटकी के पास से दूर हटकर खड़ा हो गया। उस अपमान को मज़ाक रूप में न लेकर उसने कंटकी से प्रत्यन्त विह्वल-से स्वर में कहा :

"कंटकी, अभी तक तू मुझे पराया ही समझती है न ! तेरे स्वयंवर का एक पण समझकर ही इस टटपूंजी नाव को समुद्र में डालकर तुम्हें इस काले पानी से उस पार पहुंचाने के लिए मैं अपनी जान की बाज़ी लड़ा रहा हूं यह तो तुझे मालूम नहीं ? किन्तु तेरे मन में मेरे सम्बन्ध में अब भी इतना प्रभाव हो तो जबर्दस्ती तेरे सामने नाचते हुए, तुझे तकलीफ पहुंचाते हुए अपनी पगड़ी उछलवाने वाला आदमी कम-अज़-कम यह दोलकाष्ठ तो नहीं है। तू अगर आज तक मुझसे आगे चलकर विवाह करने की बातें बनाकर मुझे उल्लू ही बनाती आई हो, तो वह तेरे लिए कोई शोभाजनक बात नहीं है। उसका परिणाम..."

कंटक ने दोलकाष्ठ को आज तक इतने गम्भीर एवं विषादपूर्ण स्वर में बोलते हुए नहीं देखा था। अतः दोलकाष्ठ का ऐसा बिगड़ा हुआ राग-रंग देखते ही कंटक सहम-सा गया, और दोलकाष्ठ के आगे के कोप-परिपूर्ण उद्गारों के व्यक्त होने से पूर्व ही उसे ठण्डा करने के विचार से अत्यन्त नरमाई से बोलने लगा :

"कैसा परिणाम, मेरे मित्र ? ऐसे स्त्री सुलभ संकोच को देखकर गुस्सा आना चाहिए, या आनन्द प्रतीत होना चाहिए ? प्रेयसी की अनुरंजना कैसे करनी चाहिए, यह उन जंगली जावरों को जितना मालूम है उतना भी तुझे मालूम नहीं, ऐसा प्रतीत होता है। बांध वह ताईत तू ही कंटकी के गले में ! मैं उसका बड़ा भाई हूं। मेरा कोई भधिकार नहीं है क्या उसपर ? इसलिए यह चतुर लड़की जब तक भाई के नाते मैं उसे आज्ञा न दूं, तब तक ऊपरी तौर पर अस्वीकार जतलाती रही ? हं, बहन, बांधने दे दोलकाष्ठ को अपने गले में ताईत !"

"गुस्से में पा गए इतने ही में ! बिलकुल पगले हो तुम !" कंटकी ने समय-सूचकता प्रदर्शित करते हुए एक आकर्षक मुस्कराहट के साथ दोलकाष्ठ की उंगली पकड़कर खींच ली। उस उंगली पकड़कर खींचते ही

परवश हाथी की भांति वह दोलकाष्ठ झट से उसके समीप खिंचा चला आया और पुनः प्रसन्न वृत्ति से उससे कहने लगा :

"अब यह ताईत बांधना है न तेरे गले में ! ऐसे ! हां, सामने हो इस तरह से! गले को ठीक से ऊपर उठा। गिरने दे उस आंचल को ! बार-बार उसको ठीक करने के लिए हाथ क्यों लाती है बीच में ! .. हां, यों ! तनकर खड़ी रह, समझी !"

उसके सामने बिलकुल समीप खड़े होकर उसने वह ताईत उसके वक्षस्थल पर ठीक से लटकता रहे, इस अन्दाज से बांधना शुरू किया।

इतने में उसके वक्षस्थल पर और गले के मध्यभाग में कुछ लाल-लाल-से चिह्न उसे दिखाई दिए।

"यह क्या ? ये लाल-लाल खरोंचें कैसी हैं तेरे गले के नीचे ? कुछ अक्षर गोदे गए हैं ?"

"क्या ? मा—ल—ती—? मालती ?"

ज्योंही उसने ये शब्द ज़ोर से पढ़े, त्योंही दोलकाष्ठ के शरीर पर रोमांच खड़े हो गए। वह कंटकी को निर्निमेष दृष्टि से निहारने लगा। क्षणार्ध ही में उसने अत्यन्त स्निग्ध किन्तु अत्यन्त विस्मयपूर्ण स्वर में कटकी से पूछा :

"सच बता, सौगन्ध है तेरी लाड़ली मां की ! यही तेरा सच्चा नाम है न ? तू मालती ही है न ? किसने गोदा था यह नाम तेरे वक्षस्थल पर ?"

कंटकी को जब मालूम पड़ा कि, उसका असली नाम इस प्रकार अचानक दोलकाष्ठ को मालूम पड़ा गया है, तब वह थोड़ी-सी सहम गई, तो भी किसी प्रकार की हानि की कोई सम्भावना दृष्टिगत न होने के कारण और इस कारण भी कि दोलकाष्ठ ने अत्यन्त स्नेहाकुल स्वर में उसकी अपनी ही मां की सौगन्ध खिलाई थी, अतः उस अपनी मां की स्मृति के ताज़ा होते ही थोड़ी-सी भावमूर्च्छित होकर बोल गई:

"वह जो नाम है न, वह मेरा बचपन का प्यार का नाम है। मेरे बड़े भैया ने प्रेम में आकर गोदा था एक दफा ! पर मेरा मूल का नाम तो

कंटकी ही है।"

"नहीं ! मालती, तू मालती ही है। यह देख, उस नाम के चारों ओर कढ़े हए बेल-बूटे, वह देख उस नाम को गोदते-गोदते मेरे हाथ से भूल से 'ल' को लगी हुई 'आ' की काना ! वह गलत रूप 'मालाती !'—सब गलत ! सब असम्भव !" गद्गद स्वर से मालती को नखशिखान्त तक निहारता हुआ दोलकाष्ठ बोला, "कंटक बाबू, आप कोई भी क्यों न हों,पर यह कंटकी मेरी सगी बहन मालती है ! सत्य कहिए, यह सारा किस्सा क्या है ?"

कंटक आश्चर्य से सोचने लगा। बहुत बरसों पहले मालती का बड़ा भाई सज़ा पाकर काले पानी गया था, यह उसे तत्काल स्मृत हो पाया। परन्तु यदि दोलकाष्ठ मालती का सच्चा भाई ही है तब तो उसके मार्ग की एक और बड़ी बाधा अपने आप ही अपसारित हो गई। दोलकाष्ठ के मन में अब मालती के विषय में न तो कोई विषय-लालसा निर्माण होगी और न वैर भावना उत्पन्न होने का कोई भय रह जाएगा। यह उसके ध्यान में आ गया और वह दोलकाष्ठ से बोला:

"मित्र, जो सत्यवार्ता है, वही मैं तुझे सुनाऊंगा, पर ! पर ! ... थोड़ा ठहर, इस मेरी मालती का बड़ा भाई लड़ाई पर गया और वहां उसके सिर पर एक चोट आ गई। वैसी कोई निशानी तेरे सिर पर..."

कंटक अपना वाक्य अभी पूरा भी नहीं कर पाया था कि, दोलकाष्ठ ने अपने माथे पर आए हए बालों के गुच्छे को दोनों हाथों से हटाकर अपने माथे को कंटक के सामने कर दिया। दो अंगुल चौड़े घाव की निशानी स्पष्ट रूप से उसके माथे पर दिखाई देती थी। निशानी मिल गई !

कंटक ने अपनी अब तक की सारी कथा कह सुनाई। उन्हें कंटक और कंटकी ये बनावटी नाम क्यों लेने पड़े यह तथा अन्य सारा वृत्तान्त कह दिया।

कंटक बोला, 'तुम्हारे लड़के के सिर पर लड़ाई में एक चोट आई होगी ऐसा मुझे अन्तर्ज्ञान द्वारा दीख रहा है' कहकर उस अधम रफीउद्दीन ने साधु के भेस में जब कहा, तभी मालती की माता की उसपर श्रद्धा बैठी। इस संकट

के चक्र में पड़ने के लिए एक दृष्टि से जो मूल कारण बनी, वहां यह तेरी चोट की निशानी आज तुम भाई-बहनों के पुनर्मिलन का भी कारण बनी। उसी प्रकार उस अधम कितव को तेरे ही हाथों प्राणदण्ड भोगना पड़ा और इस प्रकार अविज्ञात रूप से मालती के भाई ने मालती के अवमान का बदला चुकाया, यह योगायोग जितना ही आह्लाददायक है, उतना ही आश्चर्यकारक भी है !"

"अरे, क्या कहता है ! उस रफीउद्दीन को तो मैंने अपना बदला समझकर मारा है। मेरी बहन का बदला लेने के लिए उसका गला एक बार और इस तरह घोंटकर एक बार फिर उसे इस तरह जान से मारना चाहिए !" क्रोध के आवेश में हवा का ही गला दोलकाष्ठ ने कसकर दबाया।

"रहने दे भय्या, अब उस गुस्से को !" अपने भाई की तथा बचपन से लेकर अब तक के सारे सुख-दुःखों की स्मृति से मालती के नेत्र भर आए थे। उसने अपने भाई का हाथ पकड़कर धीमे से नीचे की ओर खींचा और अपने हाथ से उसे दबाती हुई लाड़-भरे कंठ से उसके क्रोध को शान्त करने लगी।

"मालू बहन !...मेरे हाथों तेरा कुछ भी तो कल्याण नहीं हुआ। तेरे मन के अनुकूल..."

"भय्या, अब तू मुझसे मिल गया, इसी में मेरा सब कुछ मनऽनुकूल हो गया है ! कुछ और होना बाकी रहा है तो वह अपनी मां की भेंट ! भय्या, मुझे एक बार अपने पेट में छिपा ले न !"

"मालू ! बहन !" अपने गले से लिपटी हुई उस अपनी बहन को सहलाता हुआ, उसके बालों के ऊपर से हाथ फेरता हुआ मिलन की उस मधुर अचेतावस्था में वह बीच-बीच में योंही पुकार उठता, "मालू !" "मेरी बहन!"और वह भी लाड़-भरे कंठ से उत्तर देती—"ऊं !" "हां !" "भय्या !"

क्षण-भर बाद मालती की भुजाओं को छुड़ाकर उसका वह भाई किशन की ओर मुड़ा।

"किशन, मेरी बहन को अनेक संकटों में से तूने बचाया है। तूने मेरी बहन मुझे वापस दी; मैं भी यह ले, तेरी प्रेयसी तुझे वापस देता हुं! अपने आशीर्वाद के दहेज के साथ इस अपनी भगिनी का मैं यथाशास्त्र कन्यादान कर रहा हूं !"

"विवाह के पश्चात् न ?" किशन हंसा।

तत्पश्चात् उस निश्चित किए हुए दिन उन आतिथ्यशील जावरों ने बड़े साज़बाज़ से उन तीनों को विदा दी। जिस समय किशन, मालती और उसका भय्या (दोलकाष्ठ को अब सब लोग 'बड़े भय्या' कहने लगे थे) उस नाव में बैठे, चांदनी रात के समय चुपचाप तट का परित्याग किया, उस समय समुद्र के भूत को 'जुरुविन' को प्रसन्न करने के लिए जावरों ने नानाविध चेटक कृत्य किए ! और दो-तीन डुंगियों को साथ ले जावरों में से कुछ प्रवीण नाविक अंग्रेजों के पहरे के स्थानों से बचाकर काले पानी के भरे समुद्र में उन्हें पहुंचा आए।

काले पानी के भरे समुद्र में !—वह केवल वाताश्रित तरी ! रात के अन्धकार में तो चारों दिशाओं में साक्षात् काल ही अपनी जंभा खोले खड़ा रहता ! मध्य रात्रि काले कुट्ट करोखे में वह अशाख विस्तीर्ण समुद्र जब गरजता तब ऐसा प्रतीत होता मानो मृत्यु ही खर्राटे भर रही हो ! पर आजन्म कारावास के बन्धनों में सड़ते रहने की अपेक्षा यह साहस—यह मृत्यु का आलिंगन—ये महाकाल के भुजपाश—सचमुच इसमें कितना अधिक सुख है !

काले पानी के समुद्र में वह नाव भी अनाटंक गति से चली जा रही थी।

अनुकूल वायु उनके पाल में भरी हुई थी। पर उसीके आधार पर कुछ वह तरी निष्कंटक रूप से नहीं जा रही थी। आजन्म कारावास के पद—बन्धनों को तोड़कर हम काले पाली से भागे जा रहे हैं; इस कल्पना के आनन्द का पवन जो उनके हृदय के पाल में भरा हुआ था, मुख्यतः उसीके आधार पर वह तरी इस तरह बे-लगाम चली जा रही थी।

मनुष्य की आशा-निराशा, पाप-पुण्य, न्याय-अन्याय, साध्य-असाध्य

आदि की कसौटी पर जग की गतिविधियों को कुछ परख कर देखते नहीं बनता। उस विचार की कोई खास गिनती भी नहीं की जाती। अपने को जो वस्तु संभव प्रतीत होती है वह अकस्मात् असंभव हो जाती है, और जो असंभव प्रतीत होती है वही कभी-कभी अकस्मात् संभव हो जाती है। इसीको हम योगायोग कहते हैं। निश्चय से उन गतिविधियों का हमारी इच्छा और हमारे तर्क के अनुरोध से कुछ भी खुलासा नहीं हो पाता ऐसा हम माना करते हैं।

सर्वथा राजमहल में सैकड़ों दास-दासियों द्वारा लालित-पालित होते समय अथवा प्रत्यक्ष राजरानी द्वारा गोदी में लेकर खिलाए जाते समय गनौती के आयास से प्राप्त हुआ-हुआ राजकीय पिंडवाला बच्चा ऊंचे प्रासाद पर से, रानी की अथवा राजा की गोद में से फिसलकर नीचे फर्श पर गिर पड़ता है और चकनाचूर हो जाता है ! इसके विपरीत भीषण भूकंप के धक्के के समकाल जब नगर के नगर ढहकर ज़मीन में बिला जाते हैं और उसीमें खुदाई करने पर किसी मां का दूध पीता बच्चा दो पत्थरों के तंबू के नीचे सुरक्षित रूप में मिल जाता है ! यही है योगायोग ! दैव ! जिसके कार्यकारण की उलझन को हम सुलझा नहीं पाते अथवा जो हमारी इच्छा के अनुरूप सुलझ नहीं पाती, उसीको हम दैव कहते हैं। दैव, योगायोग का दूसरे शब्दों में कहें तो अर्थ ही है हमारा अज्ञान, हमारी निराशा !

काले पानी के भरे सागर में हवा के आधार पर चलने वाली इस छोटी-सी नाव में बैठे हुए प्रतिक्षण मृत्यु की चट्टान पर टक्कर खाने की संभावना वाले इन तीन जीवों के दैव में उस उलटे-सुलटे योगायोगों में से कौन-सा योगायोग आनेवाला है ?

आज पाठवां दिन जैसे-तैसे करके उग आया। संकटों का मुकाबला करते-करते उनका भय भी कुछ न्यून हो चुका था। केवल यही एक अप्रिय बात थी कि अन्न तथा पानी का संग्रह खत्म होने के करीब आ गया था, पर यात्रा भी तो आधे से अधिक समाप्त हो चुकी थी। वे लोग बीच-बीच में मछलियां पकड़ते थे और खाते थे, उससे उनका कुछ निभाव हो जाता था। पर अशक्ति बढ़ गई। उसमें भी मालती तो बहुत ही श्रांत हो चुकी थी। तथापि उसका बड़ा

भय्या उसे बताता था कि, अब आधे से अधिक यात्रा खत्म हो चुकी है।

आठवां दिन भी निर्विघ्न रूप से व्यतीत हुआ। उस संध्याकाल के सूर्यास्त की शोभा और उस शांत समुद्र के आश्वासनपूर्ण व्यवहार के कारण उन तीनों को विपुल उल्लास प्रतीत होने लगा। उल्लास-आवेग में किशन ने एक नाविकों का गाना गाना आरम्भ किया, तथा मध्य-मध्य मालती की ओर देखते हुए विनोद-भरी हंसी हंसने लगा। उसके बड़े भैया ने भी उसके सुर में अपना सुर मिलाया और ताल की गति पर चप्पू चलाने लगा, तथा स्वयमपि ज़ोर-ज़ोर से गाने लगा :

वायु रे, पवन रे,
बढ़ाये जा तरी को इस,
नाविक रे,
चलाए जा सवेग चप्पुओं को तू।
करती स्मरण आज स्वजनों के स्नेह को,
सांवली सलौनी बाला चली मातृगेह को;
सांवली सालौनी बाला चली मातृ-गेह को।

एक चरण एक बोलता तो दूसरा चरण दूसरा। इस प्रकार गाते चले उस गाने को सुनते-सुनते और उस नाव के झूलते हुए पलंग पर किशन की गोद को सिरहाना बनाए मालती कब सो गई, यह उसका उसे भी नहीं मालूम हो सका।

हवा फिर अनुकूल दिशा में बह उठी। पाल भर गई, चप्पू का चलाना मन्द पड़ गया। मध्यरात्रि का समय, आकाश में चन्द्रमा—इतने ही में नाव से कुछ दूर के अन्तर पर खलभलाहट की बड़ी भारी आवाज़ हुई और एक ऊंचा-सा पानी का भारी-भरकम खंभा ऊपर को उठ पाया !...

बड़े भैया ने ठीक से निहारकर देखा, तो एक प्रचंड मत्स्य आधे से अधिक ऊपर उठ आया हो, ऐसा चमकने लगा। समुद्र में अनेक बार अनुभव प्राप्त किए हुए दोलकाष्ठ ने तत्काल पहचान लिया कि यह मत्स्य एक महाभयानक जाति का मत्स्य है। तत्काल उसने बन्दूक उठाई। त्योंही पुनः

पानी के बीच खलभलाहट की आवाज़ हुई और वह मत्स्य पानी में डुबकी मारकर विलुप्त हो गया। एक बड़ी विपत्ति टल गई, ऐसा सोच दोलकाष्ठ तथा किशन ने निश्चिन्तता की सांस ली।

उस भीषण मत्स्य के ऊपर से उसी प्रकार की मछलियों की बातों का प्रसंग छिड़ा। दोलकाष्ठ सुनाने लगा, "समुद्र-यात्री लोग बताते हैं कि कभी-कभी ऐसे मच्छों से पाला पड़ता है जिनकी पूंछ में बिजली भरी रहती है, और उसके प्रहार से वे बोट की बोट को उलटा डालते हैं। छोटी-मोटी पवनवाह नौकाओं का तो अनेक मत्स्य वक्रमार्गों से होकर पीछा करते हैं, जिनमें कितने ही मत्स्य नरभक्षक जाति के भी होते हैं।"

किशन के शरीर पर रोंगटे खड़े हो गए! "नरभक्षक! तू सच कहता है?"

पर किशन के इस प्रश्न का उत्तर देने की दोलकाष्ठ को आवश्यकता ही नहीं हुई—

कारण, किशन वह पूछ रहा था उतने में, उस छोटी-सी नाव के एक पार्श्व को एक करारी चपत लगी और जिस तरह कोई कटोरी उलट जाए, उस तरह वह नाव चुपके से सुलटी से उलटी हो गई!!

नाव के उलटते समय उस चपेट के साथ किशन दूर फेंक दिया गया। उस राक्षसी मत्स्य ने उसपर झपट्टा मारा और उसे समुद्र के अन्दर खींच ले गया।

इधर दोलकाष्ठ ने अपने पर उलटी हुई उस नाव से बाहर निकालने का प्रयत्न किया। पर उतने में वह भी समाप्त हो गया। नाक पर, मुंह पर लहरों के थप्पड़ पड़ने लगे, दम घुट गया, देखते-देखते दोलकाष्ठ समुद्र के उदर में समा गया!! —

और मालती? वह डूब गई है, यह तक उसे विदित नहीं हो पाया! वह गाढ़ निद्रा में थी। उसे उस आन्दोल्यमान तरी के कारण सुख-स्वप्न आ रहे थे, कि वह अपने बचपन के उसी झूले पर बैठी हुई है, उसकी मां उसके लिए स्नेह-भरे गाने गा रही है, झले के ऊंचे-ऊंचे जाकर नीचे की ओर पाने की अनुभूति उसे अत्यधिक मधुर प्रतीत हो रही है!

उस मधुस्वप्न में, वह जिस तरह सोई हुई थी, वैसी की वैसी ही नाव के उलटने पर, समुद्र की ऊर्मियों के झूले पर सुला दी गई ! वह सुखस्वप्न ही उसकी अन्तिम जाग थी। अपने विचार से वह तो घर पर जाकर अपनी मां से मिली ! उसके लिए तो उसकी अनुभूति की वह अन्तिम रेखा सुखान्त रही ! !

ооо